(下)

马拓 著

© 中南博集天卷文化传媒有限公司。本书版权受法律保护。未经权利人许可，任何人不得以任何方式使用本书包括正文、插图、封面、版式等任何部分内容，违者将受到法律制裁。

图书在版编目（CIP）数据

帮凶：全二册 / 马拓著 . -- 长沙：湖南文艺出版社，2024.12. -- ISBN 978-7-5726-2173-4

I. I247.5

中国国家版本馆 CIP 数据核字第 20246YU863 号

上架建议：悬疑小说

BANGXIONG：QUAN ER CE
帮凶：全二册

著　　者：马　拓
出 版 人：陈新文
责任编辑：匡杨乐
监　　制：邢越超
策划编辑：刘　筝
特约编辑：刘　静
营销支持：周　茜　文刀刀
封面设计：UNLOOK 广岛
版式设计：李　洁
内文排版：百朗文化
出　　版：湖南文艺出版社
　　　　（长沙市雨花区东二环一段 508 号　邮编：410014）
网　　址：www.hnwy.net
印　　刷：河北鹏润印刷有限公司
经　　销：新华书店
开　　本：680 mm×955 mm　1/16
字　　数：530 千字
印　　张：37
版　　次：2024 年 12 月第 1 版
印　　次：2024 年 12 月第 1 次印刷
书　　号：ISBN 978-7-5726-2173-4
定　　价：79.80 元（全二册）

若有质量问题，请致电质量监督电话：010-59096394
团购电话：010-59320018

目录

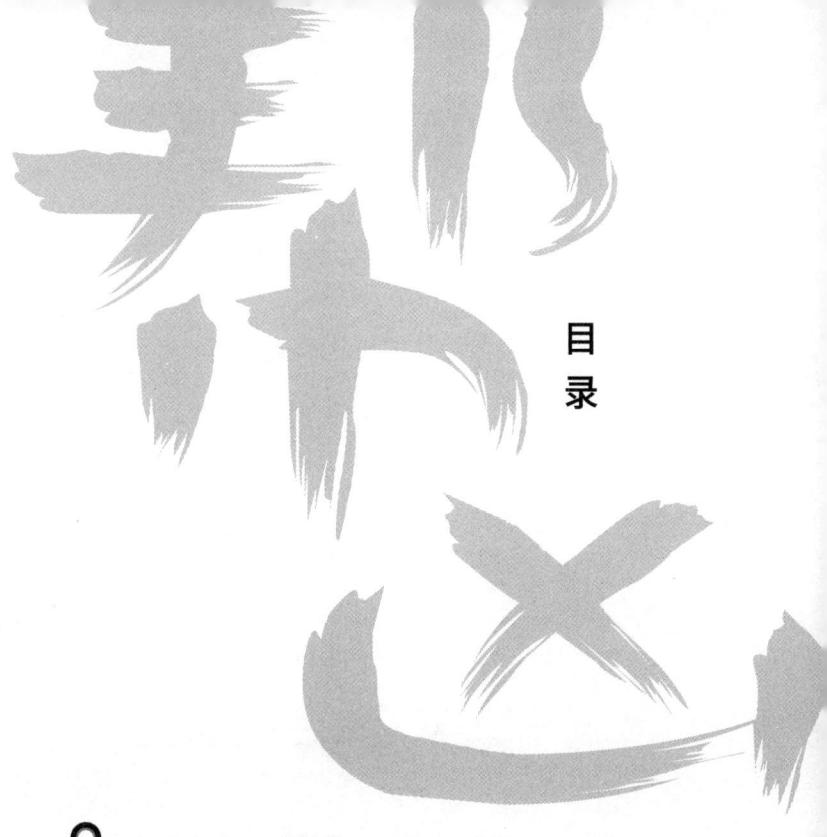

第十七章　谜团　001

第十八章　谎言　017

第十九章　疑案　039

第二十章　追查　065

第二十一章　风暴　083

第二十二章　狂卷　101

第二十三章　摊牌　115

第二十四章　复仇　135

第二十五章　**暴雪**　153

第二十六章　**坦白**　175

第二十七章　**袒露**　193

第二十八章　**轰鸣**　213

第二十九章　**对决**　229

第三十章　**真相**　247

第三十一章　**告白**　267

尾声　289

第十七章
谜团

1

下午回到家时,我才想起钱包里还有一张艾如送给许光家人的银行卡。

虽然现在还有一些关于艾如的事情没搞清楚,但这张卡不能在我手里久留。思前想后,我决定尽快把它送到许光家人手中。毕竟钱是骗不了人的,甭管艾如是否对我有所隐瞒,但就真金白银地补偿许光家这一点,终归也什么没毛病。

我并不知道许光家的具体位置,于是给李凡尘打了电话。

听见李凡尘如孩童一般高兴地接了电话,我的心情瞬间回暖。电话里,我暂时没有跟他提那张可疑的照片,只是把钱的事情告诉了他。至于许光和艾如到底是不是存在交集,我准备在去过许家之后,找个合适的机会,面对面好好跟他探讨一番。

李凡尘听我说完,并没有太多惊讶,在电话里沉默了两秒钟,说:"那我陪你一起去许光家吧。"

第二天晚上下班后,他在分局门口等我,和我一起踏上了去许光家的路途。一开始我们聊的都是一些不咸不淡的话题,气氛看似轻松,但又都有种心照不宣的生硬——我们之间还有一份未认证的告白呢,感觉聊什么都很刻意。而且怎么聊,都像是离这个正题越来越远了。

我有点着急了,李凡尘,你怎么不再问问我呀?你就不想知道我到底接不接受你吗？

上了拥挤的晚高峰的公共汽车，我的心情被满车的汗味熏得越发沉重，更加不敢跟他聊那张可疑照片的事了，怕一开口，又变成这个话题的专场了。

汽车开到了中途一站，李凡尘手疾眼快地抢到一个座位，使劲把我拉过去坐下。我稍稍松快一些，使劲把车窗掰开一个大缝，透气之余，也不免有些泄气。早知道那天就坦然接受他的追求了，干吗还故作矜持说考虑一下，把自己晾在了原地。以他的性格，八成会以为我拒绝了。

于是我最不想看到的情况正在发生——他似乎无所谓，一点也不像很想知道我想法的样子。

他真的喜欢我吗？

我抬头，发现这家伙又摇摇晃晃地看上手机了。他到底怎么想的？

下了车，我俩有一搭没一搭地聊着天往许光家的小区走。刚走到门口，李凡尘忽然说了句："啊，忘了个事。"

我胸口扑通一跳，脸上却强装镇定："怎么啦？"

他指了指一边的水果商铺："买点东西吧，空手进门不合适。"

我面无表情："好。"

买了水果，上了楼，敲了门，开门的是许纯。

我之前见许纯还是在许光的葬礼上。此刻她的精神状态看起来比那时候好了一些，起码脸色不那么惨淡了。还穿着校服、戴着眼镜，看样子是刚刚放学没多久。她显然是对我没什么印象，歪着头只跟李凡尘说话："啊，凡尘哥，你怎么来啦？"

"过来看看你们。"

许纯这才把目光投向我。李凡尘说："这是我同事，徐闪星，你叫姐姐就行，一起来的。"

我很无奈地接受了这个身份，朝许纯挤出一个微笑。

"哦，进屋吧。"

"你爸爸呢?"

许纯把门大敞,声音却放低了:"做饭呢。"

我在门厅边换鞋边听见屋子深处传来了阵阵切菜声,与之相伴的还有一句听起来很烦躁的男人的声音:"谁啊?"

许纯跑进厨房向父亲说明,我在李凡尘的带领下走进客厅。这是一套典型的老式小三居,虽然南北通透,但客厅并不朝南,而且被主卧和次卧隔在了中间,显得有些狭小。房子有年头没装修了,组合柜与墙壁装潢都是很老式的风格,客厅里的转角沙发也很有年代感。玻璃茶几上已经摆好了两样菜,一样是拌黄瓜,一样是酱肉。地上的电饭锅打开了一个缝,正在往出呼呼跑热气。

左侧有间屋子紧紧闭着,李凡尘小声告诉我:"那是许光的房间。"

这会儿许父端着一盘炒青菜和许纯一起从厨房出来,见我们还在玄关站着,淡淡说了句:"坐吧。许纯你去倒水。"

在沙发上坐下时,我看到电视柜上摆着两张遗照,一张是许光的,一张是一个烫着卷发的中年妇女的,想来是许光的妈妈。这个家庭的残缺在我面前一览无余,我不禁有点失神。

"吃饭了吗?"许父问。他穿着老头衫和秋裤,给人感觉一天都没有出门了。

"吃了,你们吃吧。"

"我不都说了吗,你不用老过来,我这儿也没什么事。"

许父坐在我们一侧,没有端饭碗,也没有拿筷子,就这么看着我们。许纯也靠在客厅和主卧之间的玻璃窗前与我们相对。一时间我们谁也不知道下一句该说什么。

我也不指望李凡尘能热场,便主动说:"是这样的叔叔,昨天我受许光搭救的那个女同志的嘱托,她说很感谢许光,想让我代为转交一样东西。"说着我把银行卡放在了茶几上。我想也没有必要深讲了,这意思已经很明显了,讲了反而让人家不好接话。

许父毫无反应。许纯则先看了看银行卡，又看了看我，最后把目光落在了她爸身上。

气氛一度凝固。

我尽管浑身不自在，但还是尽力表现出耐心恭顺的样子。

半晌，许父满脸的皱纹绷紧了，嘟囔了句："什么意思啊？"

"没什么意思。"李凡尘挡在我前面说，"她就是表示感谢，感谢许光救了她一命。"

"感谢就感谢，给这个干什么？"

终于把李凡尘给说词穷了。他结结巴巴地解释："可……可能是觉得这样能帮到您和许纯一些吧。"

我看看许纯，她正低着头一言不发。

"这里面有多少钱？"

"十万。"我脖子微微缩着。

许父冷冷地笑了，然后他忽然站起来，走到电视柜前低着头冲许光的遗像大声说："有钱了，买房子去吧！"

许纯抬头厉声叫道："你干吗呀！"

然后许父就如同不受控制一般，边自言自语骂着："买！买！买你的房子去！缺什么买什么！"边摔门走进了厨房。许纯跑到厨房门口发现打不开门，还往门上使劲踹了一脚，但里面再无任何声音传来。

我一面感到很难过，一面也被吓得够呛。之前李凡尘告诉过我，许光和他爸爸因为房子的事情僵了好几年。许光一直认为家里是有一定积蓄的，哪怕不多，借他一部分也是做家长的起码态度。但父亲显然让他失望了，所以直到他去世，父子两人都不怎么和睦。但全天下哪有父亲不疼自己儿子的呢？只不过每个人的表达方式不一样而已。许父这种人就是极致的外冷内热，他舍不得儿子另立门户，越是害怕失去就越要表现得漠不关心。于是他的所有执念和不平，都在儿子离世的那一刻爆发了。

李凡尘起身拽住了还在砸门的许纯，把她拉到沙发上坐下。许纯抓着满头的乱发，皱着小眉头说："烦死了，我受不了他了！"说着说着她嘴越咧越大，脸一红，就哭出来了，"哥呀，你救救我吧！"

2

从许光家出来后，我的心情异常沉重，什么话也不想说，双腿感觉像灌了铅。李凡尘提议去吃顿饭，被我拒绝，我说有点头疼，想回家。李凡尘打了辆车，执意送我回去。

我虚脱地窝在汽车后座，看着窗外流光溢彩的夜色，感觉这个世界特别不真实。明明城市的夜晚这么好看，但谁又知道在哪扇窗户里，藏着和许光家一样的满屋悲戚呢？也不知道这种伤痛，到底什么时候能够消弭，这家人，什么时候才能和大街上这些行人一样，重新轻松地行走于世间，毫无挂牵地承担父亲、女儿或是妹妹的角色。

我在车上睡着了。自然而然地，我又梦见了那棵大树，以及树下许光的背影。我奋力奔跑，只想告诉许光，你对他们比你想象中重要多了，哪怕你再也回不到这个世界，你也一定要带着这种坚信离开。他们都很爱你，而且非常懊悔没有在你活着的时候，坦率地进行表达。

但是一如既往地，等我跑到树下，许光又消失了。

我陡然惊醒，发现自己正靠在李凡尘的肩膀上。这副肩膀比我想象的要坚实、柔软，令我的困意久久不能消散。

手机来了微信信息。我打开一看，是柳冬丽给我发来的。她跟我说："姐，能跟你聊聊吗？我这两天一直睡不好。"

我问："怎么了？还在想着那件事？"

她说："是，现在有点害怕坐地铁，尤其是人多的时候。"

我说："不要怕。"

她说："真不敢想，如果下次再遇到这种事，但没有你这样的人帮我会怎样。"

我想了想，这样给她回复道："不会的，我有一个同事就是在和这种犯罪分子的搏斗中牺牲的。你要相信，社会上永远是好人多，邪不压正。"

打完这行字，我的大脑仿佛被挖空了，久久回不了神。

车子开到了我家小区门口。

下了车，我和李凡尘道别，准备往小区里走。李凡尘叫住我，然后伸手摸了摸我的脑门。在脑门感到他温热又柔软的手掌时，我几乎打了一个哆嗦，然后不知为何，我鼻子忽然有点发酸。那一瞬间我有点感谢李凡尘，他是这整个故事投射到我生活中的，那抹最生动的余晖。他让我看到了希望和延续，让我格外地想留恋和珍惜。

李凡尘把手从我脑门上抬起来，又摸了摸自己的，没有结论。

"得脑门对脑门才能感觉出来吧。"我看着他。他今天没有戴眼镜，所以我发现他的睫毛很长，眼睛也比以往更加闪亮。

他想了想，把头稍稍低下，轻轻碰我的脑门，随后我们自然而然地拥抱在一起。虽然他穿着很厚的卫衣，但我仍能感受到他身上散发出的温暖。卫衣的味道很好闻，应该是洗涤时用了水果味的洗衣液。虽然身处充满汽车尾气的街角，但我就像置身鲜花芬芳的海岸边，终于集结了一位心仪已久的队友，准备奋不顾身地出海远航。

"我糊涂，没上进心，还尿，你不后悔吗？"他的声音从他的脖子传递到我的脖子上，让我起了鸡皮疙瘩。那一刻我脑中出现了他抓贼时的奋勇，替许光出头时的勇敢，以及站在报告会舞台上时的真情落泪。每个人的性格就像是降世前就写好的代码，此生都将被这串数字支配命运。而李凡尘的代码里，除了他说的和我想的，还有一段天然的指令：成功吸引一个叫徐闪星的姑娘。

"哎，也奇怪了，头不疼了。"我松开他，双手攥住他的手说。

"以后都不让你疼，无论是哪儿。"

在我还没有完全反应过来时，他又马上使劲摆手："啊，我不是那个意思，我是说，照顾好你……"

我笑了，使劲点头："行，那我回家了。你也早点回去吧。"

"好。"

晚上回家我简单吃了点东西，然后洗了澡，吹干头发后，又心血来潮地给自己梳了一个很少女的发型。也许是兴奋过头，我看着镜子里过分窈窕的自己，竟然没有感到一丝违和。我二十八岁了，几乎忘了自己上次长发飘飘是什么时候了。我爸去世后，我好像就变得特别不爱打扮，有时甚至觉得爱美会有一种罪恶感。哪怕和翟忆山恋爱时，我也经常素面朝天。他的关注点似乎不在这里，我也一直走着碎嘴、神经大条的路线。但没想到今天接受了李凡尘之后，我竟然开始懊悔自己曾经过于邋遢的形象。

是岁数大了丧失自信了吗？还是因为我更加喜欢李凡尘？

我不知道。比起我一直想看清一个真正的李凡尘，我才发觉看清自己似乎更难。

我轻轻擦去镜子上的雾气，聊以自慰地想：这样也好，曾经那么邋遢的我都没有劝退李凡尘，那么我今后的每一次精致，对他来说，应该都是惊喜。

总是希望带给一个人惊喜，以他的惊喜换取自己的惊喜，这是爱情的无私，也是爱情的自私。

3

第二天早上我接到了李凡尘的信息：晚上睡得怎么样？头还疼吗？

我说：早就好啦，你怎么样？

我们断断续续地聊着，他告诉我，最近他们接了一个地铁内的扬爆案，人已经批捕了，今天要去看守所给嫌疑人做告知笔录，如果顺利，晚上他回来之后过来接我下班。

我又飘了，走在单位楼道里不自觉地哼歌，被迎面走来的庄妍一语道破："怎么，谈恋爱了？"

今天我很小心地化了淡妆，耳朵后面也擦了香水。我没敢大刀阔斧地改变，被她这么一提醒，心里又发毛了，想着万一大老远也被李凡尘识破，得多掉价啊。

"没有，您别拿我开涮。"

庄妍呵呵一笑不再饶舌，转而说道："门卫刚才给咱们办公室打电话，说门口有个叫许纯的中学生找你，你认识吗？"

许纯？她怎么来了？我赶紧朝楼梯口走去。留下庄妍一个人在走廊里自言自语："我怎么听着这个名字挺耳熟的啊……"

到了分局大门口，我看见许纯站在路旁，头戴一顶毛线帽子，身上还穿着昨晚那件校服，正在低头看手机。远远看去，许纯的眉目和许光还真是有几分相像，都是那种清秀明快的类型。见我走了出来，她朝我挥挥手，我发现她还戴了一副绣着艾莎公主图案的针织手套。

"呀，你怎么来了？"

"哦，姐姐，我本来是来找凡尘哥的，我也没他手机号，到了他们单位，结果凡尘哥的同事说他去看守所了，电话也无法接通。"

"哦……有什么事吗？"

"我把这个还给你。"她把手套脱下来，从里面拿出了昨天我拿给他们的银行卡，"我爸说让我把这个还给你们，我怕晚上放学再过来不赶趟，坐车也不安全，就趁着中午放学赶紧过来了，你收好吧。"

"怎么不要了啊？"

她噘着小嘴，眼睛也一闪一闪的："昨天你们走后他就一直念叨着变味了，我问他怎么变味了。他就说这钱不能要，花了手疼，搁着心疼，让你们哪儿来的还到哪儿去，他不能要。"

我有点明白老头的心思了，他觉得这事硌硬。他不想为了照顾艾如的情绪，违心接受这等同于儿子用命换来的钱。

所以我也不能说什么，只能默默接过了卡。我问在风中四处眨眼睛的许纯："那你还没吃午饭吧？"

许纯点点小脑袋瓜："嗯，我趁老师发饭的工夫，偷偷溜出来的，都没走学校正门，钻栅栏出来的。但是我让同桌给我留饭了，我这就走了。"

她转身要走，我拽住她，挺直了腰杆说："走，姐姐请你吃。"

我向来喜欢请小孩子吃饭，觉得他们面对美食的满足感比任何成年人都真诚，也很享受他们大快朵颐时对我的满目崇拜。我刚刚工作回老家时就经常请徐烁星吃饭，但没过两年她也工作了，吃穿也开始臭讲究了，对我的恩赐也就不那么入眼了。

我们单位附近还真没有什么像样的饭馆，许纯又着急返校，不能走得太远。最后我只能带着她来到隔壁写字楼里的一间星巴克，给她点了一份三明治和一杯热巧克力。本来我还要点一份沙拉的，但被她阻止了。她说："真不用了姐姐，已经够多了，而且我听说沙拉是你们大人减肥时才吃的，我还没到吃那个的岁数。"

我无力反驳，陪着她坐在一个安静的角落，本来想适当跟她聊聊天，这时却发觉自己跟这个小姑娘毫无共同话题。比如我问她学习紧张不紧张，她说想紧张就紧张，想不紧张就不紧张；问她昨天你爸情绪好点了没，她说我不知道啊，好不了我也没办法；问她这个巧克力苦不苦，没给你放全糖，她说哇！你怎么不早说，我没必要那么养生的。

直到后来我们聊到了许光。当然这还是她主动提起的。我只是实在不知道说什么好了，随口搭了一句："你还挺聪明的，知道把银行卡套在手套里。"

她嚼着一块培根笑道："我哥教我的。以前我上学交学费，他就让我把钱这么放。说放书包里容易被人用刀片划开，搁兜里容易被人摸，就教了我这个法子。"

我说："他真的很聪明。"

我本以为聊到许光许纯会难过，没想到她没心没肺地问了我这么一个问题："姐姐，你觉得我哥帅吗？"

"挺帅的啊。"

她歪着脑袋，费解极了："有一次我们校长抽风，非让我们每一个学生带一个家长给教学楼擦玻璃。那天我哥去的，结果我们班女生看到他都炸了，第二天全来问我哥有没有女朋友。我都蒙了，告诉她们，我不到六岁时，他就有女朋友啦，她们想都别想。但我怎么和你们不一样，我一直觉得他长得很一般啊。"

呵呵，现在的初中生都这么"凡尔赛"了吗？

我笑着说："你哥有没有帮你解决过麻烦？比如学校里有谁欺负你，他去给你报仇？"

"那倒没有。"她拨浪鼓似的摇头，发绳上的塑料球都跟着抖动，"学校里没人敢招我，而且他后来就搬出去住了，我一个月都见不到他几面。"

说到这里，她咀嚼着的嘴停住了，有点恍神："后来丰凌姐姐死了，他倒是搬回来住了。"

我想了想，问道："后来他是一直住在家里吗？"

"当然了。"许纯瞟了我一眼,"丰凌姐姐也不在了,他不在家住去哪里住啊?"

许纯说许光是在去年"十一"之后搬回家住的。虽然又能够与家人朝夕相处了,情感上却感觉更遥远了。他下班之后会帮着家里做家务,但就像是一个钟点工,做完了,就见不到人了,有时候吃饭都窝在屋里不出来。偶尔他也会奉父亲之命帮许纯辅导功课,那会儿正值许纯小升初的阶段,学习压力格外大,人也逐渐叛逆起来。以前许光见到妹妹不好好学习,总会着急上火地训斥一通,但那一段时间他显然平和了许多,甚至到了有些麻木的程度。哪怕许纯态度明显有问题,他也只是一遍一遍地讲,不再指责或是说教。有一次他们讲一道应用题,许纯一直走神,许光讲到嗓子都哑了,问她到底听明白了没有。许纯正在神游,鬼使神差地说了句:我想吃炸串。

话一出口她就觉得要坏事,搁以前许光早就拍桌子了,但没想到那次他只是说:好,我去给你买。于是他就在下着雨的晚上八点,打着雨伞出门给她买炸串了。

还有一次吃完晚饭,许父出门遛弯了,许纯坐在沙发上用电视投屏上网课,许光则在一边拖地,没事也往电视上扫两眼。忽然他手上的动作停了,盯着电视机发愣。电视里只有一个有点秃顶的男老师在讲代数,许纯正纳闷呢,见许光又走到电视前,蹲下身子伸手去够电视柜上的路由器。许纯说你干啥呢,别瞎动网,我上课呢。许光毫不理会,轻轻把路由器拿起,从底下抽出了什么东西。许纯抻着脖子一看,原来他把路由器底下一直垫着的木托拿出来了。

许纯想起来了,那木托上原本是有一个水晶球的,是去年她过生日,丰凌逛遍了整个商场,买来送给她的礼物。但自己毛手毛脚的,没几天就把水晶球碰到地上摔成了八瓣,只空剩了一个木托。凑巧的是,没过几天丰凌就又来家里吃饭了,光看见一个木托,就问许纯水晶球呢,你对着它许愿没,据说考试前拜它特管用。许光只能揽到自己身上,说被自己摔碎了，正准备在淘宝上买个同款配上呢。丰凌不傻，从许纯过完生日，许光就没回过家，怎么可能是他摔的。但她没有点破，只是灵机一动，走到电视柜前把木托垫在了路由器下面。她说：哎，太合适了，你不是老说你们家网不好吗，是因为电视柜上瓶瓶罐罐太多了，阻挡信号，垫上这个试试，有没有好一些？许光滑动着依旧有些卡顿的手机网页，笑呵呵地说：哈哈，好多了！还是我媳妇聪明！

那天晚上许纯再也听不进去网课的任何内容，满脑子都是哥哥起身，端着那个木托一声不吭走进小屋的背影。

这一度令她非常不解，她小大人似的发表困惑："丰凌姐姐死了我也很难过，也哭了好几天。但现在除了偶尔想想她，也没什么特别的感觉。但我哥不一样，他就跟变了一个人似的。你说自己对象死了，真的会受那么大刺激吗？我在学校里也有喜欢的人，但如果他突然死了，我顶多伤心一个月就过去了，大不了，再重新喜欢一个人就是了，可是我哥怎么就那么想不开呢？"

我觉得跟她探讨这种事完全就是鸡同鸭讲，只能说："你还不懂。"

没想到这又激起了她的反抗欲："怎么不懂？可能你和我这么大的时候确实不懂，但我们和你们小时候不一样，现在的科技发达多了。我晚上数学题不会，发一串语音问同学，上个厕所的工夫就搞定了，你们那时候可以吗？还有班里搞小团体，你们那时候只能偷偷摸摸的吧？我们现在都是建群，大群里分出小群，小群底下还有小群，加新成员我们就在群里投票，讨厌谁了、不带谁玩了，老群扔掉建新群就是了，你们那时候也不行吧？所以我们的信息接收量，可比你们小时候多太多了。你们老觉得我们太小，什么都不懂，我还觉得你们特别无趣呢。上班之后成天焦头烂额的，没结婚的算计着怎么攒钱买房、还房贷，结了婚的还得生二胎，就算真懂感情，有工夫去经营吗？你们也就是说说而已。"

这套说辞她说得流畅自然，说明已经不止跟一个人阐述过了，而且一定效果拔群，否则她绝对不会这么自信。

我能说什么呢？我只能感谢我妈时隔不久就生下了徐烁星，我们之间的代沟还不至于这么山远水长。

"你们原来放学了顶多就是玩玩跳皮筋和踢毽子吧？我们都是玩飞车、打游戏，女生打得比男生还好呢，谁不玩到了学校都没的聊。"

我为自己鸣不平："我也打游戏啊。"

她来了精神，伸出手机："来来来，那咱们加个微信！"

友好地加完微信，我觉得这种话题可以适可而止了，于是问道："对了，你今天来还银行卡，你李凡尘哥哥知道吗？"

"不知道。"她擦擦嘴，"我也是今天才发现我没有他的电话，微信也没有。"

"他以前老来你家玩吧？"

"嗯。但后来突然就不来了，我哥去世以后他倒又来了。"她一度有些迷惑。

我一想也是，李凡尘从许纯三四岁开始，就是她家的常客，几乎是看着她长大的。所以李凡尘和许光后来的龃龉，许纯多少应该也会有所察觉。这个小姑娘当时肯定还会纳闷，怎么好好的，李凡尘就人间蒸发啦？

我喝了一口水，用宽慰的语气告诉她："所以说成年人的事情，有的你可能还是领悟不了。尤其是男孩子之间，他们有时候虽然走得不近了，看起来不那么铁了，其实心里还是互相惦记的。"

没想到就是这句给她宽心的话，又把她抬杠的劲头勾起来了："你说李凡尘？没有吧，他跟我哥一直走得很近啊，他们关系老铁了。"

我有些无奈："你刚才不是说了吗，他后来不去你家了。"

她振振有词："我只是说他不去我家了，没说他不来找我哥啊。"

"啊？"我觉得我被她绕进去了。

"我哥出事之前，他们还一起吃饭呢。"

这回轮到我迷惑了："你指的是什么时候？"

"呃……"她托着下巴想了一会儿，"我哥出事之前的两个月左右，应该是六月吧。"

"你记错了吧？"我清清楚楚地记得，李凡尘跟我说他七月最后一次见到许光时，两人早就闹僵半年多了，互不搭理的窘状被一旁的庄妍尽收眼底。

"怎么会记错呢？就跟你什么都知道一样。"许纯瞥了瞥我，"我记得再清楚不过了，那时候我刚放暑假没多久，跟同学出去游泳了。快到家时，经过我们小区门口的饭馆，正巧看见我哥和李凡尘哥哥坐在窗边吃饭。我心想有好吃的还不叫我？于是就进去找他们了，俩人还很开心地笑着聊天呢。"

我越听越迷糊了。这是许光的妹妹吗？她说的哥哥，和我认为的许光是同一个人吗？

随后我觉得应该跟她确认一下细节，但此时突然听她一声尖叫："哎呀，快到上课时间啦！"

话音未落她就开始飞快收拾东西，并朝我摆摆手："有时间一起打游戏呀！"然后她就跟逃难似的冲出了咖啡馆，只在我面前留下一股青烟。

第十八章
谎言

1

　　我感到非常奇怪，许纯告诉我的和李凡尘跟我说的有些对不上啊。

　　李凡尘对我说的明明是，他和许光在去年年底时就闹翻了，一直到今年七月两人在分局偶遇时，都是冷战甚至断交的状态。但从许纯的叙述来看，两人至少在六月时，还很热络地吃饭呢。这是怎么回事？难道李凡尘骗了我？还是许纯单纯地为了跟我抬杠，临时编的桥段？我仔细想想，觉得两种可能性都不大能成立。

　　我找不到他们的动机。

　　但肯定有一个人在说谎，或者至少是记错了。看来只有把两人叫到一起对质，才能理清真相。可为了这种事情摆阵势，显然有点不妥。

　　我要主动去问问李凡尘吗？

　　我一路上琢磨着这些问题回到了单位，刚一推开办公室的门，就见本来面对电脑的庄妍在转椅上腾地转了九十度，一脸好奇地看向我："徐闪星！我想起来了，那个许纯，不就是许光的妹妹吗？她找你干吗来了？"

　　我盯着这个本有着优秀侦查员资质，却被埋没在办公室岗位的女人，叹了口气，把艾如托我给许纯家送钱、钱又被退回来的事情告诉了她。

　　庄妍听了，一开始还饶有兴致，后来却渐渐皱起了眉头："你怎么能就这样直接替她转交这笔钱呀？至少要经过咱们政治处吧，到时候再宣传宣传，也是很好的素材啊。多感人！"

"她自己不愿意说,只是希望私下转交。"

她很严肃地指责我:"你还是太年轻!钱的事情,咱们警察能不碰就不碰,她要是实在想私下给,让她自己去给就好了。这种事你在中间转手很麻烦的,你当时给许光爸爸的时候,没让他写收条吧?"

我摇摇头。昨天那种情况如果再让老头写个收条,估计我就得横着出门了。

"所以说,没事是没事,一旦有什么岔子,这边不认了,那边记错了,你满身长嘴都说不清!幸亏人家许光家高风亮节不收,你就赶紧给还回去吧,这钱千万别在自己手里放着,出点什么事你可就说不清了。"

我一想也对,赶紧点头。

但庄妍又想了想,话锋一转:"不过话说回来,这个女的看来还挺信任你啊。我听申队说,她不是挺难搞的嘛。看来你俩挺投脾气的!"

我也没搞清她是在夸我还是骂我,随口说道:"可能因为她是个女同志吧,再加上我平时也爱上网,所以共同语言就多一些。"

随后我给艾如工作室发了微信,说了许家退钱的事,问她们什么时候方便,我去把银行卡送回去。工作室回复说她们现在都在北京,要明天才回崤城。我便和她们暂时约定在明天把银行卡完璧归赵。

刚放下手机,我又接到了翟忆山的电话。他对我说,上次我拜托他的事他办妥了,问我什么时候能够过去找他一趟。我脑子里当时正在琢磨李凡尘的事,一时竟有点不知所云。

翟忆山在电话里泄气极了:"姑奶奶,我为了帮你费了老大的劲呢,你都给扔到脑后啦?你不是说想采访一下'八一九'案出现场的民警嘛!"

我和庄妍说出去采访,然后打车来到了宝源街派出所。翟忆山已经在那里等半天了,恨不得直接把我从车门里拽出来。他边带我往派出所里走边说:"正好我们那哥们儿今天在所里,有什么问题你直接问他就行。他叫刘茂桐。"

五分钟之后我就在派出所的案管办公室里见到了正在整理案卷的刘茂桐。他昨天值班，一晚上出了十一个110，累得痔疮都复发了，凌晨抹完药一直趴着睡到今天中午，又被领导抓来钉卷，还美其名曰让他先在内勤调养调养。翟忆山约他的时候，闻此都不忍心开口了，没想到这位兄弟倒很看得开，说："让那姑娘来吧，虱子多了不痒，债多了不愁，但我只能站着接受采访啊！"

于是我对面前这个眼圈黑得如熊猫、头发乱得如鸡窝的刘警官很是起敬，与他紧紧握手："真是谢谢你了！"

刘茂桐笑嘻嘻地说："你别客气，我跟老翟这关系，有什么问题你就直接问我好了。听说你们弄的许光那个事迹报告会特别感人，哪天我也听听去，接受一下灵魂的洗礼。"

翟忆山在一旁翻白眼："你有那么高的层次吗？先把自己投诉率降下来吧！"

哥俩正斗嘴，我发现一个有趣的现象：刘茂桐的警号和我只差一位，于是我问道："哎，你也是二〇一五年入职的吗？"

"是呀，我社招的，你呢？"

"我是公大的。那咱俩一批呀。"

刘茂桐重新打量我："哦！我对你有点印象了，当年咱们入职前我在培训基地见过你。"

"是吗?！"

"对，我记得清清楚楚，当时在食堂排队盛自助餐，你在我前面，把最后一个炸鸡腿给夹走了，给我气的啊！"

成功对我的黑历史资源库进行了更新，翟忆山笑出了猪叫。

刘茂桐也乐了半天，随后看看涨红了脸的我，勉强收住笑："对了，你想采访我什么呀？我就是当时出现场的，后来那案子就归刑警队管了。"

"哦。"我掏出小本子和笔，很正经地看着他，"就是两三个小问题，不会太耽误你时间。"

"没关系的,你们都坐下吧,别都跟我一块站着。"

我和翟忆山坐在椅子上,仰头看着他:"第一个问题,我听说许光当时和熊峰搏斗时,熊峰是持械的,否则许光也不会受那么严重的伤,对吧?"

刘茂桐点点头。

"那当时许光用什么武器反击熊峰了吗?"

刘茂桐一愣,旋即说:"没有吧!他当时也没有什么武器啊。许光这兄弟傻啊,挨第一刀时就应该赶紧从熊峰身上下来,哪能骑在他身上让他一通扎啊。估计当时也是骑虎难下,想着先把他掐窒息再说。"

翟忆山眉头紧锁:"那种情况,挨了刀只能硬顶了,否则也是凶多吉少。谁也没料到那家伙裤腰里还藏着个家伙。"

"好的。"我在本子上飞快记着,"当时艾如的情况怎么样?"

"你是说那个受害者?大脑已经完全宕机了,一句话都说不出来,后来在车上就一直打哆嗦,听说许光没有抢救过来,更伤心了,哭得几乎都要厥过去了。我一看这不行啊,赶紧给送医院吧,但到了医院她不下车啊,说自己不用看病,就只能先把她拉回了派出所,休息了大半宿之后,就被刑警队给拉走了。"

"她当时的样子……衣服什么的被扯坏了吗?"

刘茂桐似乎一时没太理解:"你是指?"

我解释道:"哦,我的意思是,熊峰对她的行为是不是真的非常恶劣,让她受到了特别大的伤害?"

他若有所思地点点头:"哦,这样啊,我记得她当时衣着还算整齐,不过也有可能是熊峰死后她把衣服重新穿好的,这个你得去问刑警队的人了。反正我印象中她头上受伤流血了,衣服挺脏的,但没有很严重的破损。"

基本和艾如之前的讲述吻合。我一字不落地记下。

"艾如有说当时她案发前要去干什么吗?"

"我当时就简单问了她一句，她说她下班回家。"

我整理了一下思绪，抬起头："还有最后一个问题，从案发到你们接到指挥中心的布警，这中间经历了多长时间啊？"

刘茂桐眉毛一扬："哟，这个我可说不好，案发时间当时被害人都说不清楚，我怎么确定得了啊。事发之前我正在同城街后街上夜查呢，当时我们在马路上碰到个正在晃悠的可疑人员，查了身份证，发现还真有犯罪前科。我和同事正对着他盘问呢，就听台子给我们布了这个警，撂下那人赶紧跑到现场一看，我的妈呀，满地的血，俩男的各躺一边，女的瘫在远处神志不清，就赶紧叫支援了。"

"哦，咱们夜里经常这样巡逻盘查吗？"

"当然，维护社会和谐稳定嘛，大晚上的，防着一些有违法犯罪前科的人再次犯案滋事。"

"真是辛苦了。"

刘茂桐很是哀怨地说："唉，现在基层工作就是要这么事无巨细啊。漏一项，扣分扣得你怀疑人生。"

我特别同情地看着他："真是太不容易了，怨不得你痔疮都犯了。"

翟忆山坏坏地看着他："走，我请客吃重庆火锅。"

"滚。"

告别刘茂桐，翟忆山问我得到什么有用的内容了吗？我说没什么新鲜的，大致上和之前了解的差不多。他也寻思说，听上去确实不像是许光和艾如联手要搞熊峰。否则许光不会连个武器也不带，艾如也不至于在事后吓成那个样子吧？

我说："有道理。但我总觉得如果仅仅是巧合，艾如不应该在那天跟我强调自己不认识许光。"

翟忆山哼了一声："她这么说也不奇怪。你想啊，如果承认自己和许光认识，那不就是平白无故给自己招嫌疑吗？人家会以为这俩人在谈恋爱呢，找地方幽会，结果碰上了熊峰搅局。"

我步子一定，脑中像炸开了一个惊雷：这不刚好能解释许光为什么深夜不回家，突然出现在那里吗？

但许光和艾如幽会，怎么可能？他们一个是普通民警，一个是美女网红，身份上差得也太离谱了吧？

又怎么完全不可能呢？他们的交集是田英敏案。像我这种自称公安记者的人都能联系上艾如并取得她的信任，许光怎么就不行？而且识相点说，许光身上能吸引艾如的地方可比我多多了。说句不该说的，只要许光有这个心思，他就有这个机会。这也能解释为什么事后艾如那么悲痛，还拿出了大笔的钱补偿许家。

难道他俩真的有一腿？想到此刻，我才发现，其实我根本没那么了解许光，而且我压根就不曾认识过一个活生生的许光。他的为人处世都是我从李凡尘和他别的同事那里听来的，但是他完整的私生活怎么可能一览无余地暴露在那些人的眼里呢？

我的脑子更乱了。

我甚至想，是不是不应该继续往下查了？就像李凡尘曾经跟我说的那样，如果反复在一些事情上刨根问底，那么不仅侵犯了死者隐私，也会给生者带来困扰。拿我自己来说，我也不希望有朝一日自己死掉，会被人拿着显微镜可劲研究生平往事，挖出很多我生前的各种糗事八卦。比如暗恋过多少男生，被多少人拒绝过，跟多少人亲过嘴，又被劈过多少次至今仍然浑然不知的腿。如果真是这样，我的鬼魂一定会在晚上飘到那人枕头边，夜夜给他欢唱《友谊地久天长》。

所以将心比心，我觉得我可以适可而止了。有些事情我依然好奇，但出于对许光的尊重，我还是要选择无视。每个人价值观不同，选择的生活方式也不同，如果肆意评判别人，自己也就活成了笑话。更何况许光已经死了，死人不会说话，我查来查去，终究是片面的，对他是不公平的。

就这样吧。

许光，现在我只希望你能安息。

2

走出派出所大门，我仰头看着午后金灿灿的阳光，本想如释重负地呼一口气出来，没想到鼻头一痒，先重重地打了一个喷嚏。

翟忆山马上把胳膊搭到了我的肩膀上："感冒啦？去医院看看。"

我挣开他的手，觉得还是要把话跟他挑明："今天谢谢你了，以后就不麻烦你了。还有，我真的有男朋友了，这两回谢谢你帮忙，回头我叫上他，一起请你吃顿大餐。"

他还是一副玩世不恭的样子："得了吧！那你跟我说说是谁啊？我可得会会这男的，趁着他没被你折磨死多看他两眼。"

我直截了当："就是那天在大会上做报告的李凡尘。"

"许光的那个小跟班？"翟忆山意外极了，"别逗我了行吗，那小孩还是处男吧？"

"你别叫人家小孩行吗？人家就比你小一岁。"

"不是，你俩什么时候搞上的啊?!"他见我来真的，有点沉不住气了，"光听说导演潜规则演员，你这撰稿人怎么还勾搭报告人啊？"

我不想跟他逗贫，直挺挺地往公交车站走去。他在后面不甘心地边追边说："那你不想知道许光和艾如到底是什么关系了吗？你也不想查查这事到底还有没有什么蹊跷了？"

我立定，扭过头看他："不想了，这件事你也不要跟别人提了。"

一缕微风吹过，把翟忆山精心打造的发型吹散了些许，他冷冷笑道："怎么着，就因为许光是个被组织树起来的英雄楷模？还是因为你不想给李凡尘添堵？"

"都不是。"我一时不知道该怎么回答。

"所以，你写的那什么事迹报告稿，哪怕内容和实际有出入，你也放任李凡尘在无数人面前大言不惭地讲出来？"

我瞪着他："你有意思吗？不知道什么叫死者为大吗？"

他鼻子一哼，使劲摇头："什么他妈的死者为大，这就是封建糟粕，是愚昧！就因为这人死了，他以前出的问题、犯的错，就不应当被追究了？照这么说，那些被正法的贪官和罪犯，都应该上天堂了是不是？你的逻辑就有问题！"

我觉得他在无理取闹："许光和这些人一样吗？他是救人者，他的行为没有错，能把他和贪官杀人犯放一块比吗？"

翟忆山飞快走到我面前，一字一顿："那我问问你，假设许光真的跟艾如是男女朋友关系，两人当时是约会，那他解救艾如，还叫见义勇为吗？叫吗？还应该被这么大肆宣传吗？"

他就是这种不吐不快的人，不然也不会这么多年都坐冷板凳。他只要觉得自己有理，就一定要讲出来，否则会憋出毛病。而且他绝不是一时孩子气地信口胡诌，他的所想所说，都有自己的逻辑支持。诚然，这比现在很多心中有想法，却总是审时度势、闷头不言的人强了不知多少倍。

我冷静地想了想，说："就算艾如和许光在谈恋爱，艾如事后为什么不说？这又不是什么见不得人的事。"

"你觉得不会见不得人吗？网络上风生水起的女权斗士，和自己曾经大肆批判的警察搞在一起，还弄死了一个人，这要是曝出来，她人设还不崩了？而且许光还能是英雄吗？我估计他俩好的时候就是背着人的！"

"你没有依据别瞎猜！风大再闪了舌头！"

翟忆山却一改以往与我斗嘴的轻佻，显得异常严肃："能不能有依据在你。"随后他掏出一支香烟，点燃后吸了一口，情绪稍微缓和了一些，"我就是觉得在这件事上，你有点不像你了。不过这也不赖你，女孩子都是感情用事，尤其害怕亲手毁掉自己认为美好的东西。"

要搁以往，我绝对会对这种言论大肆批判。但今天不知为何，我觉得特别疲惫，连还嘴的兴致和力气都没有了。

晚上我在单位门口等来了接我下班的李凡尘。李凡尘头发还是湿的，想必刚刚在宿舍里洗了澡，衣服也穿得格外休闲，夹克衫配牛仔裤，依然背着他那个学生气很足的双肩背包。

"晚上想吃什么？"他还没跑到我跟前就迫不及待地问。

"什么都行呀。"我可能有点心不在焉，但还是强打精神地笑了。

他似乎察觉到我的异常，略微愣了一下，但没有问什么，只是说道："听说你喜欢吃炙子烤肉，咱们去吃那个呀。"

我意外地停住脚步："你怎么知道我喜欢吃炙子烤肉啊？"

他笑道："看你在朋友圈里说的啊。"

我想起来了，我上个月在一位前同事发布的吃烤肉的动态下发表过评论，说这也是我的最爱。但我从来不知道李凡尘也认识那个同事，他应该是无意间刷到了这条评论，然后默默记在了心里。想来他总是这样有心，虽然看起来像个呆瓜，却是个超级细节控。

我来了精神，一把攥住他的手，说："好啊。"

我们就像别的情侣那样，拉着手来到了附近的一座美食广场。李凡尘说他早就查好了，这里刚刚开了一家老北京炙子烤肉。我调戏地看着他，问他："如果我不想吃烤肉，你不是白查了？"

他很认真地说："不会啊，我把所有的美食类都刷了一遍，日料、火锅、泰国菜，你想吃哪个，我立马就知道该去哪儿。"

我笑得合不拢嘴："看来你上班一点也不忙啊。"

"忙里偷闲呗。"

在饭桌前坐下，李凡尘贴心地拿出了两张消毒纸巾擦拭餐具。见我一直盯着他，他的脸又红了，低头边干活儿边说："你别光看我啊，点菜啊。"

点完菜，服务员给我们架上了炉子，他问我："你的报告文学搞完了没有？什么时候来我们刑警队报到啊？"

"很快搞完了，怎么着，你能给我安排到你们探组？"

他摇摇头："估计够呛，我们探组现在是满编，而且已经有王铁莹了，一般一个探组就要一个女的。"

"你们这是性别歧视啊，你不知道'妇女能顶半边天'吗，凭什么就给我们女同志一个席位？"

他边收纸巾边说："是你们不愿意来啊。你知道王铁莹工作量多大吗，不仅跟着出外勤，组里好多的内勤的活儿也是她干。她查监控能成宿地查，什么细节都漏不掉。我有时候都纳闷，她哪儿来的那么大的精神头。"

他所说的王铁莹就是曾经对他嗤之以鼻的那位。他不可能不知道她对自己的真实态度，但还是公正客观地认可她，甚至像个老大哥一样地维护她，这忽然让我有些佩服。李凡尘作为探长，可能在能力上还未达标，但人品和格局绝对没的说。

但随后他忽然想到一个很严峻的问题："我在想，如果你来了……咱俩可能会比较尴尬……"

"嗯？"

他摆摆手："我没别的意思啊，我是说，咱们局有明确规定，同单位的同事如果确认恋爱关系甚至是结婚，其中一方必须调离岗位。"

啊，我也想起来了，确实有这么一条。公安局不比其他行业，同事之间如果存在男女关系，组织上一定会以避嫌为由将两者的岗位分开。很多恋爱中的同事为了规避这一条，都不着急公布恋情。但那样也会有诸多不便，而且纸包不住火，一旦被周围人察觉，反而会传出闲言碎语。

李凡尘是什么意思呢？

见他没有表态，我便说道："哎呀，先不管那么多，走一步看一步呗。"

此时上了肉，李凡尘用夹子夹起一片肉，轻轻放在炉子上，然后说道:"其实我已经想好了,等你过来后,我就把现职辞了,然后换个部门,或者去派出所,都行。"

炉子上的鲜肉嗞嗞作响,我怀疑自己听错了:"你说什么?你不当探长了?"

"是啊。"

"为什么啊?"我使劲摇头,"不用这样的,你好不容易干到现在,受了多少累啊,怎么能为了我说不干就不干了。"

他却云淡风轻地笑了:"无所谓啊,反正干着也没什么意思。"

我很正经地看着他:"绝对不行,大不了,等我过去,咱们先转地下就行,反正也不在一个警组,不会有人发现的。"

他也挑起目光看着我:"那凭什么啊,我还想堂堂正正地接送我媳妇上下班呢。"

我虎躯一震,双颊一阵发烫。真没想到他能说出这么充满男友力的话!他是许光附体了吗?

我说话都有些结巴了:"那……不是,你这代价也太大了。真的不用这样的,一定会有更好的办法的。"

"我已经想好了,你不用劝我了。"他开始一片片地给我夹肉。

"但我不能为了我自己想当刑警,就让你去干别的啊。那样我自己也不落忍的。"

他摇摇头:"说真的,我这样决定也不完全是因为你。这些日子我一直就想,为什么我以前跟着许光干,就能顺心如意地干下去,一到了自己带队伍,就成天脑子不够使呢?如果仅仅是一两个人否定我,我还能侥幸地想是他们对我有偏见,但如果大家都觉得我不行,那肯定是我自身有问题。也许,我压根就不适合领导岗位。这样勉强着,对队伍不好,对我自己也是一种煎熬。"

我很坚定地看着他:"并不是所有人都觉得你不行啊,我就觉得你非常行,而且你一直在进步。就拿报告会这事来说,一开始你不是也没信心吗？后来怎样，事实证明只要你努力、投入，你比他们都强！"

他依然发表反对意见："那是因为我跟许光确实没的说，而且我对他特别愧疚，所以我能让大家感动。"

他不说这个还好，一说这个我又想起了许纯跟我说的，两人并没有闹翻的那番话。我脑中本已强行平息的疑惑，此时波澜再起。

"你们俩，后来就真的再也没联系过啊？"我眼睛盯着肉，耳朵却长长地支棱着。

但我没有立即听到他的反应。

我抬眼看他，发现他的眼睛在四处乱瞟。见我的目光过来了，他马上收拾好表情，不太自然地笑了笑："没有啊。你怎么忽然想起问这个了？"

我嚼着肉片说："哦，没什么，就觉得你们俩都跟小孩似的。"

李凡尘没说话，兀自夹肉。

他这番闪烁其词，我的脑子又不自觉地转起来了。随后我忽然背后一凛地意识到一个问题，那就是他给我讲述的有关他后来和许光闹翻的那些事，都是他俩独处时的情景，没有旁人能够佐证——唯一能让后来的庄妍撞见的，就是那次分局开大会之前两人的反常表现。而我清楚地记得，在庄妍言之凿凿地告诉我他曾经跟许光之间出了问题之后，我在李凡尘家对他进行试探，他曾经问我是不是庄妍跟我说了什么。

从他的表述来看，逻辑上似乎没有什么问题，但总是给人感觉不太对劲。如果两人真的断交了，想必周围很多人都会发现吧。他怎么能那么精准地猜到是庄妍向我捅破了这件事？

我正想着先跟他说一下许纯还银行卡的事，并且借这件事说一下许纯对我讲述的内容，看看他会有什么反应，但此时我的手机响了。

是一个陌生的座机号码给我打来的，最初我以为是广告，仔细一看，却发现上面显示的是我很熟悉的市局号码前缀。

我接起来，里面竟然传来了关谨天低沉厚重的声音："徐闪星，你现在在哪儿？"

我一时发蒙:"啊,关局,我正在外面吃饭呢。"

"你方便来一趟市局吗?我有点要紧事要问问你。"他虽然口气从容,但也充满着领导的霸气。这是他之前对我从未有过的口吻。

我莫名地有些紧张:"怎么了啊……"

李凡尘也很关切地看着我。

"你跟谁在一起吃饭?李凡尘吗?"

"啊……"我下意识地犹豫。

"是报告文学稿的事,我这边找了位老师给你把关,人家时间有限,想抓紧跟你聊聊。你在哪儿?如果不方便过来我可以派人去接你。"

我松了一口气,但是心里仍旧愤愤地想,那我戛然而止的约会怎么办啊?这可是我和李凡尘的第一次约会呢。

"不用,那我现在过去吧。"

3

匆匆暂别李凡尘,我来到了市局大院,踩着刚刚洒下的月光,一溜烟进了市局大楼,敲响了关谨天办公室的门。

穿着制式毛衣、手端茶杯的关副局长给我打开屋门,抬手示意让我坐在沙发上。

我很奇怪,他的屋里空荡整洁,并没有什么指导老师。但我闻到一股烟味,低头一看,烟灰缸里有好几种牌子的烟屁股,他应该是刚在这里和很多人谈过事情。

他并未马上说什么,而是很贴心地先给我倒了一杯水,但接下来的问题就不那么让我舒适了:"你刚才是和李凡尘在一起吗?"

我有些不自觉地笑了:"我不明白您为什么这么问。"

见他一时无言,我又补充道:"您是和他联系不上了吗?"

他坐在我旁边的沙发上,也笑了:"怎么,是介意我打探你的私生活了吗?"

我想了想,说:"如果您是以领导的身份问我,我肯定介意;如果是以关叔叔的身份问我,我当然愿意告诉您。"

本想着给他一个丝滑的台阶,没想到他竟然收住笑容说:"是以领导的身份问你。"

我哑口无言,与此同时,心里也生出一股莫名的恐慌。此时我才意识到,"关叔叔"的身份可能只是我的一厢情愿,他并没有当回事。相比起一呼百应的领导身份,"关叔叔"对他而言,只是对我这样一个年轻又有渊源的下属,随口建立起来的好人设罢了。

人永远是利己的,现实面前,他凭什么一直当我的"关叔叔"?我隐隐觉得他接下来要说的内容,可能会相当不友好。

我机械地点点头:"是。"

"你们两个处对象了?"

我面无表情地回答:"刚刚的事情。"我从没想过自己会以这么丧的方式宣布和李凡尘的恋情。

你不是还给牵过线吗?当领导的忘性这么大?

此刻我僵硬得就像一个正在做笔录的嫌疑人,故作镇定,心里已经演变出无数种话题的走势。但可惜的是,我找不到任何靠谱的假设。

到底发生什么事了?

关谨天点点头:"刚刚谈上,那还好。"

这又是什么别扭的意思?

见我不语,他又说道:"我找你来并不是指导你稿子的事。接下来我对你说的话，你知我知，绝不能告诉第三个人。"

我点点头。几乎必然地，我的心脏开始了无法遏制的狂跳。我预感到可能有什么不好的事情发生了。而且显而易见，我被卷了进去。

他说道："今天早上，熊峰的母亲去了耀安刑警队，她给队里人看了一样东西，队里人马上把情况报告给了市局。我是今天市局的值班领导，正好也是许光事迹宣传工作的总负责人，所以这件事就直报到了我这里。"

我问："是什么东西？"

他在亮晃晃的白炽灯光中看着我，眼里的光却比灯光刺眼很多："一串五线菩提子手串。"

关谨天告诉我，熊峰的母亲自称是在熊峰的遗物中找到的这串手串。手串上一共有一百零六枚五线菩提子佛珠，刚好和曾经田英敏一案中提取的佛珠物证数目完全吻合。老太太就心想，不是说那串佛珠已经在案发后儿子的尸体上找到了吗？那这串是哪里来的？换言之，如果这串佛珠是儿子自己的，那他尸体上提取的那串，又是哪里来的？

我也觉得非常诡异："不是说，现场提取的五线菩提子手串的佛珠里，化验出了田英敏的DNA吗？那么那串佛珠肯定是熊峰的啊。要不然谁会有那种东西啊？"

关谨天说："刑警队的人也觉得不可思议。因为从案发前地铁站监控录像来看，熊峰手上的确戴了手串，难道说熊峰有两串这东西？还是熊峰母亲为了给熊峰洗脱罪名，又额外准备了一串？"

我十分困惑："但不是说，五线菩提子这种东西很少见吗？"

关谨天眉头紧锁："对，我也在想这个问题。而且如果熊峰有两串这东西也显得很奇怪。即使真有，他会把带有田英敏血迹的佛珠戴在身上，却把干净的一串藏在家里吗？而且老太太翻出的佛珠是一百零六枚，也符合之前的证据特征。如果是老太太作假，那她为了自己已经死掉的儿子做这些，也太机关算尽了。"

我不知道该说些什么。

关谨天继续说道:"这也就衍生出一个新的问题,假设熊峰尸体上提取的那串佛珠,和他在地铁站里时戴着的那串不是一个东西,仅仅是像而已,那么他在地铁站里佩戴着的那串佛珠,又去哪儿了?"

冥冥中,我听见轰隆一声,似乎是脚下塌陷了一个缺口,缺口里面旋涡汹涌,翻卷着我之前的各种疑问:许光当日出行的蹊跷、许光与艾如的关系、疑似李凡尘的谎言……它们在波涛中撕扯开黑乎乎的水面,几乎随时要把我吸进去。

我紧闭双唇做思考状,其实所有念头都专注在怎么保持镇定上。

"所以我们就怀疑,当时从熊峰尸体上提取的那串佛珠物证,会不会是假证。"

完了,不祥感开始一点点印证了。

如果真是那样,那整件事情背后就的的确确存在着阴谋。一旦它如拼图一般组合出真容,那么所有人对"八一九"案的认知,将被彻头彻尾地颠覆。说白了,如果那真是假证,也许案子就要被重新定性,我们之前做的所有宣传工作,可能也会面临十分尴尬的境地。

这太可怕了!虽然我之前也有过这种怀疑,但那仅仅是停留在点到为止的好奇心上,如今近在咫尺地触碰这种可能性,着实让我有些焦虑。我几乎不敢再继续往下想了。

"您怀疑,这个案子中,有人造假?"

他的回答让我的体温持续下降:"我们是有这种怀疑。我也在想,如果那串佛珠物证是假证,是有人故意造假的,那么这个作案人会是谁。"

他看了看我,我本想理直气壮地和他对视,但仅仅过了半秒钟,眼睛就又不争气地看向了别处。

"我也不知道啊,这也不能瞎说。"我近乎嘟囔地应了句。

他点点头:"后来我们就分析,如果那串佛珠是假证,那么熊峰的尸体在案发后到民警出警前,就一定是被人动过。这个人就是作案人,这个人把佛珠手串调包了。"

"有可能。"我只能顺着他的话。

但随后我又追了一句:"那肯定不是许光,许光当时受伤那么严重,是绝对没这个能力的,而且他和艾如以及熊峰乘坐的也不是同一班次的地铁,在案发前也没有机会做这种事。"

"嗯。"他表示认可,"我们也在想,许光虽然之前和熊峰有一些纠葛,但从时间上和空间上,他不具备做这些的条件——那除了许光,现场只有艾如。但这样有了新问题,假设是艾如这样做了,她是出于什么动机?更何况,她怎么会有带有田英敏血迹的佛珠?"

我下意识接道:"许光也不可能有啊。"

话音未落我就后悔了,这队站得未免太明显了。还好关谨天并不介意:"我知道,我在说艾如的事。咱们刚才不是已经把许光初步排除了嘛。"

我心下稍定,努力开发出一种新方向:"还有一种可能性,现场除了艾如,会不会有其他人碰过熊峰的尸体?"

"你是说有人在熊峰和许光双双倒地后,来过案发现场,然后又在警察到达之前离开了?当着艾如的面?"

我随口解释道:"艾如当时神志不清了,她可能压根没有意识到。"

不过随后我也觉得这种脑洞很离谱:如果一个人随机出现做这种偷天换日的事,这个人的动机就更迷惑了。除非此人也是熊峰的仇敌,或者至少是知道田英敏一案内幕的人,出于惩治真凶的目的,这个人要把熊峰杀害田英敏的罪名坐实,用制作假证的手段,让熊峰接受本应属于他的法律制裁。

不过这个人又是怎样得到带有田英敏血迹的佛珠的呢?难道说,此人曾经和田英敏认识?

我正走神,关谨天又说:"所以艾如的说法就很关键。我看过'八一九'案的电子案卷,里面艾如的笔录中,对于案发前后的叙述倒是没什么问题，事实是很清楚的。但她作为此案中唯一存活的涉案人，她的话肯定存在片面性，甚至有些内容，她不讲，或者说她编造，我们永远也无法知道真相。"

我眉头紧锁："您还是怀疑她有问题。"

他看向我，忽然话锋一转："我听庄妍说，你找艾如做过两次采访，她也很信任你，还私下让你向许家转交过一笔钱。"

我心里咯噔一声。庄妍这个大嘴巴！

"所以今天我找你过来是想问问你，你和艾如接触的时候，有没有感觉到她有什么异常？或者发现过什么比较可疑的细节？"

那张偷拍的许光和艾如的合照霎时浮现在我眼前。

我的呼吸陡然急促起来。

"徐闪星？"关谨天轻轻叫道。

我马上调整好表情，很认真地看着他。他眼镜片后面的眼睛依然那么亮，但和以往那种温和而自信的光芒不同，今天这双眸子让我觉得有些刺眼。

"没有吧，我没觉得有什么异常。"我很机械地说道。

见他不语，我有点发毛，心下想了想，试探着问道："以现在的侦查手段，查个通信记录应该不难吧？如果您要是怀疑她有问题，去查查她就好了啊。"

关谨天摇头："你不知道，虽然咱们可以查通信记录，但那毕竟属于公民隐私。在这个案子中，艾如不是嫌疑人，而是受害者，所以想要她的通信记录，是无法通过厅里技侦审批的。除非掌握一定证据，然后把她传唤过来进行调查取证。但现在仅仅凭借熊峰母亲提供的一串佛珠，恐怕还不够。而且艾如是网红，能够引导社会舆论，身份上比较敏感，我想着还是先暗地里调查，等证据充足一些，再走进一步手续。"

我使劲点头，实际上大脑已经逐渐空了。

关谨天继续说："但你也不用过于紧张，目前看来，也不见得就是有人做了假证。问题也可能是出在熊峰母亲那边。但不管怎样，既然发现了这种端倪，我们就要尽力去查清楚、查明白，这种事情不容掺假。如果最终能证实我们最初是正确的，对案子的定性没有错，那皆大欢喜。"

"如果，查出问题了呢？"我看着他，心怦怦乱跳。

"如果发现有问题，对于案件的审查和定性就要及时中止、纠正。尤其是这种在公众范围内造成影响的案子，我们更不能欺瞒老百姓，必须透明、公开。现在许光的事迹报告会还只是局限在咱们本市范围，如果随着影响力的发展，到了全省甚至全国的级别，那个时候再叫停，咱们可就大大地被动了。"

我做思考状，一时没有接话。

他又说道："我听庄妍说，艾如给许光家的银行卡，被许光的妹妹还了回来，现在在你的手上，你还给她了吗？"

"没有呢。"

"好。"他点点头，"这样最好。我和耀安刑警队的人聊了聊，觉得现在还不是直接找艾如进行盘问的时候，如果她真有问题，那可能就会打草惊蛇，她会随时消灭证据，甚至有可能她已经这样做过了，而且难保她不会像以前一样，在网上瞎发什么不利于咱们工作的东西。你这两天找个机会去把银行卡还给她，顺便以你个人的名义问她个问题，就当聊天了，看她能不能自然地问答，有没有什么可疑。"

"什么问题？"

"我看过刑警队给她做的笔录，她在笔录里说，当晚她出现在案发现场，是去附近找朋友，但没有提找哪个朋友，以及找朋友干什么。因为她是受害人，当时民警也没有对她的行踪刨根问底，但事情发展到了这一步，这些内容就很关键。你假装随口地问问她，看她是什么反应，愿不愿意告诉你。"

找朋友？她不是跟刘茂桐说她下班回家吗？她会去找哪个朋友？

我脑中浮现出许光的脸，几乎下意识地摇了摇头，想甩掉这个讨厌的、完全不负责任的反应,然后侥幸地问道:"如果她不告诉我呢?"

"没关系,如果她不告诉你,就说明她的行踪还是可疑的。我们这边也会暗地里针对她展开调查,比如会梳理她的社会关系之类的。但这些工作目前都要保密进行,如果拿到证据,刑警队会第一时间对她进行传唤审查。"

"那……"我咬了咬嘴唇,"如果她告诉我了呢?"

"告诉你了,咱们就去找这个人核实。"

"如果是她说了假话,和一个朋友事后串通好了,骗我呢?"也许是想给自己一个心理准备,我要把所有可能性都摸一遍。

关谨天露出一个无奈的笑:"你以为咱们刑警队都是吃干饭的吗?这点事都核实不出来?"

我脑中轰然作响,脸上毫无表情:"好的。"

"就这样吧,不早了,你赶紧回去吧。"关谨天站了起来,居高临下地看着我,"但是记住,千万不要对她提佛珠的事,而且不光是她,这件事不要跟任何人说。"

他就差点出李凡尘的名字了。

"我知道了。"我也站了起来,虽然双腿僵硬、双脚发麻,但还是努力做出从容的样子。

随后我向门外走去。不料刚刚出了门,身后又传来了关谨天不疾不徐的疑问:"对了,许光和熊峰不是乘坐同一班次地铁的这个细节,好像案卷和所有写作素材里都没有吧?"

我猛然回头,看到的,是他那张看似漫不经心、实则深有意味的笑脸。

第十九章
疑案

1

在以前的从警生涯中,每当我听说自己的刑警同学参与了什么重大案件的专案组,为了找出真相、抓获凶手付出万般努力,甚至不惜潜伏到危险重重的犯罪团伙中获取情报,利用自己无数次的随机应变和嫌疑人们周旋时,我都觉得异常热血和刺激。曾几何时,我也幻想自己有朝一日会和他们一样,有着惊心动魄的追凶历程和伸张正义的光荣使命。我认为这是我们这个行业永远的高光时刻,所以我要不惜一切代价成为一名刑警。

但我万万没有想到,生平接到的第一个查案任务,会让我如此地心烦意乱。我不知道等待我的,会不会是一个令我大跌眼镜的蹩脚现实。

翟忆山有一点说得没错,我的确非常害怕亲手毁掉我认为美好的东西。更何况,这样东西,不光在我眼中是美好的,它现在在世人眼中,也是妥妥的正道之光。在这种前提下,我所做的所谓追求真相的调查,反倒有些矫情和虚伪。

我没有和一个凶手进行搏斗,也没有为此付出年轻的生命。但我却在一切本应尘埃落定后,妄图从中寻找正义一方的黑幕和阴谋,并加以放大,直至宣告世人:你们看到的、听到的是错的,这件事没你们想的那样伟大,甚至,它不配被拿出来宣传。

这些都是次要的,更重要的是,我心疼许光。

那天晚上我走进地铁,看着换乘通道墙壁上张贴着的许光的海报,心里就想：如果他曾经只是默默地死去也就罢了，而现如今社会已经把他捧为了英雄，成了无数人心中的偶像，难道还要因为一些原因，再把他从这个位置上赶下去，以历史的角度对他进行一个否定吗？

他只是一个死人啊，他从来都没有标榜过自己，也从来没想卷进这些纷争。难道就是因为他死了，他不能说话了，不能解释了，他的荣耀就可以被随意定义，然后再被肆意抹杀吗？

我注视着海报上他的笑脸，久久无法回神。我心里想，许光，我什么也不想知道了，我对你的了解够多了，我知道你短暂的二十八年人生里，有着爱情、亲情和兄弟情，对周围人充满善意，对工作也有着赤胆忠心，这些真的够了！我为什么非要把你了解到一个我不能接受的程度？如果你还活着，你也会讨厌这样一个我吧？

许光依旧在海报上笑着，五官虽然不像明星那样完美无瑕，组合起来却让人着迷。

那天晚上我又重复了那个总是没有结尾的梦境。我在茫茫的白色中朝着一棵大树奔跑，明明远远地我还看见许光站在树下，但等我气喘吁吁地跑近，却见不到他的身影。我大声呼喊许光的名字，回答我的，只有一阵树叶飘动的声音，以及悠悠悦耳的风吟。

翌日傍晚，我和艾如约在万民广场的一家咖啡馆中，准备亲手把银行卡转交给她。当然，我也是带着任务去的，要顺从领导的意愿，试探一下这个满怀感恩的受害者对案情会不会有所隐瞒。但我此时才意识到自己并不具备一个合格侦查员的素质，因为在心里，我竟然希望艾如能给我一个无可挑剔的答复。然后我会带着这个答复去打消领导的疑虑，令整件事情向自己期盼的方向发展下去。

本以为还银行卡时，艾如会派一个助手来，那样我也能稍微松口气，没想到她直接给我打了电话，说会亲自前来，以此感谢我的帮助。

艾如戴着一副硕大的墨镜坐到了我的面前。她先是很不见外地喝了一口我给她点的咖啡，然后接过我递过的银行卡，笑着打趣道："怎么约在这么小资的地方，咱们又不是相亲或者谈买卖。"

为什么约在这家咖啡馆？因为据李凡尘说，这里是许光和丰凌曾经约会的地方。也许就在我们不远处的那个座位上，许光展示了送给丰凌的金镯子，然后满眼柔情地观察她的反应。艾如来之前，我的脑子里就反反复复地过着这个镜头，心里止不住地想：这艾如跟丰凌的风格天差地别，许光怎么会和她扯上关系呢？

艾如今天的心情显然不错，尽管摘下墨镜后难掩一脸疲惫，但还是很有兴致地跟我提议："走吧，我带你去个地方，这里太没意思了。"

我一时无措："什么地方呀？我们有规定，民警不能出入娱乐场所。"

"一个小酒吧而已，放心，不会让你违纪的。"她已经笑着披上外套，然后重新戴上墨镜。

其实我不太想去，毕竟不是一个圈子的人，但想到还有任务在身，也只能勉为其难地答应了。

一路上她开始跟我念叨起这次的北京之行。她说Q站的盘子现在越来越大了，自己也很受流量扶持。借着这次机会，她和几位知名UP主进行了深度交流，他们一致认为目前最要紧的就是要趁着目前的热度赶紧"出圈"。只有"出圈"，才能获得更大发展。

我问她什么叫"出圈"，她告诉我就是所谓由网红到公众人物的华丽转身。比如，她制作的女性安全防范主题的视频可以以多种流媒体形式，在多家平台上线，同时强化团队运营，好好孵化自己的IP（个人品牌价值），日后可以出书、上综艺甚至涉足影视行业，走出一条全方位多渠道的营销道路。

说白了，还是怎样赚钱。

但她也表明，自己并不想继续抛头露面了，将慢慢淡出网友们的视线。她最终的目的是打造一个品牌，教大家怎样成长为一名独立女性，怎样反抗暴力和骚扰，敢于捍卫自己的各种权益。而自己也会在品牌搭建起来之后，逐渐转移到幕后，专注负责资本运营。

"那样压力会小一些，现在我有时候会困扰，成天担心人设会崩，也会有一些容貌焦虑。没办法，在镜头面前，你的一切都会被放大，好的坏的，总会让你患得患失。"她抱着肩膀，迎着风飞快向前走着，用磁性的嗓音给我讲述这些心路历程。

我心里就想，许光会喜欢这种霸道总裁风的女孩吗？

她带我来到旁边一处门厅很小、里面却别有洞天的小酒吧。酒吧是西欧装修风格，四壁镶着红木围子，墙上挂着好多说不清是盾牌还是徽章的装饰，舞台上还有两个男人在呜呜地吹萨克斯。她拉着我在宽大的吧台前坐下，问我喝什么。我基本上没来过酒吧，完全不知道该怎么点酒。她眼珠一转，点了两杯莫吉托，说："你尝尝这个，特清凉，很有夏天的感觉。"

酒是透明的，下面蓄着冰块，上面铺着叶子，模样上倒是很亲民。艾如与我碰杯，我喝了一口，没喝出夏天的感觉，倒喝出了倒牙的酸爽——太酸了，还有些发苦。我不禁咧起嘴来，紧接着就感到了一股后劲。

我皱着眉，脑子也开始发飘。见我这个样子，她不由得笑了起来："看来你没骗我，一口脸就红了啊。"

我确实不太能喝，尤其是洋酒。记得我们警校毕业聚餐时，一个男生拿来一瓶威士忌，非要让我们几个女生尝尝，说当警察的怎么能不会喝酒呢？喝酒减压，以后工作上有什么不顺心，下了班小酌几口，保准摆脱烦恼。见我们谁也不敢喝，他又讪讪地笑了："也是，你们女的以后上班也没啥压力，哪儿用得着这个啊。"听完他这话，我直接闷了一大口，最后是被人从桌子底下抬出去的。

在医院醒来后，那男生跟我说的第一句话就是："徐闪星你可吓死我了，我以为我买了假酒呢！"

那会儿刚刚二十出头的我，对未来还有着一股很中二的不服输的劲，真觉得自己就像是银河中的恒星，尽管淹没在尘世中没那么耀眼，但单拎出来也是一个发光体。

我不惧怕任何挑战。挑战也是"未来"这个概念里，最刺激的元素。

但随着年龄的增长，我才逐渐意识到，人生中的很多挑战不是外界给的，而是自己心里长出来的。年龄和阅历的增加似乎并没有为我们带来什么真正意义上的财富，反而像是与日俱增的枷锁，压得人喘不过气。

年轻时想做一件事，生怕有人阻拦，现在想做一件事，担心的却是自己中途泄气和反悔；年轻时得到一样东西，会高兴得大喊大叫，现在得到一样东西，却首先担忧自己会因此失去什么。

总以为人会越成长越成熟。但没想到成熟的另一种定义就是，人们屈服于世故之下的谨慎和苟且。

酒精并没有令我消愁，反而让我陷入了持续的自我否定。

见我有些低落，艾如加快了碰杯的节奏。随后她又要了啤酒，说："其实多喝点也没什么不好的，做我们这行，成天追着社会热点走，靠流量吃饭，压力大得不行，不喝点酒消消愁还真不知道有啥乐子。"

我很反感这种论调，现如今哪个行业不辛苦？于是我淡淡一笑："但是你们挣钱也快啊。"

她晃晃手中的酒杯，有点自言自语地说道："挣钱多又怎样呢？很多时候都是有命挣没命花。在我还是个十几岁小姑娘的时候就想，爹娘都不要我和我弟弟了，那我以后就一定要发愤图强，挣好多好多的钱，送我弟弟上一个真正的中学，再帮他考上大学，然后娶一个相爱的姑娘。至少让他像那些父母双全的男孩一样成长，成人，走入社会。但是现在呢，钱是挣得足够多了，我却没法给我弟弟花一分钱了。"

不知为何，在上一次她对我讲述这些悲惨过往时，我还对她充满同情，此时再听她说起这些，我倒感到了一丝很莫名的畏惧。越是苦命的人，内心恐怕越是深不可测。

见我不说话，她举起酒杯："来，为我弟弟碰一个吧，下个月他就二十二岁了。"

我应景地和她碰杯,将酒一饮而尽。

这会儿我才想到我还有任务在身,于是发挥着仅存的脑力贴近主题:"真不好意思,没帮你尽到心意,我也没想到许光家里会把银行卡退回来。"

我和她聊了许光父亲对于这笔钱的反应,同时强打精神,观察她的每一个细微表情。也许是因为喝了酒,她看上去并没有很在意,只是不咸不淡地说:"没关系,我的心意表达了,也就问心无愧了。麻烦你再帮我转达一下,如果他家有什么困难,随时可以再来找我。"

我几乎是脱口而出:"你可以亲自上门去告诉他们的。"

她很惊讶于我能如此直接:"亏你想得出来。"

我无奈地摇头微笑。

她正视我:"你觉得我是必须表示些什么,才比较妥当吗?"

如果放在平常,我会顾左右而言他。但今天喝了酒的我,忽然变得无所畏惧起来。就像是多年前毕业饭桌上的自己,面对一个明明自己有实力回击的质问,根本没有退缩的理由。

光影迷离中,我也正视她:"在我看来,向许光的家人,向所有办理和关注这件案子的人,说出实情,才是最妥当的,而不是像现在一样,一味想着怎样去弥补或者表达歉意。在我看来,这是一种逃避。"

此刻我深信,我还是想知道真相的。虽然我怯懦,我担忧,甚至还有那么一些幼稚的侥幸,但我内心深处,从未停止对于真相的探索。

她放下杯子,有些不可思议地看着我:"你的意思是,我隐瞒了什么事情?"

我不带任何迟疑地反问:"难道你没有吗?"

"我不明白你什么意思。"

"我采访了当时出现场的民警,他说你当时对他说,你是下班回家。而你在做笔录时,又改口称是去找朋友。你哪句话是真的?"

"出现场的民警?那个耀安区派出所的民警?"她脸色一变。

"对。"

"你认识他？"

"现在算是认识了，拜你所赐。"我不无戏谑。

她一时无话，似乎是陷入了思考。在我看来这就是心虚的体现了，于是再次大声问道："能回答一下这个问题吗？"

"哦。"她回过神来，淡淡应道，"当时我吓蒙了，就随口说自己下班回家。"

"你没有故意撒谎吗？因为做笔录时要报家庭现住址，你的家根本就不在那个方位，你怕警方找出你话里的漏洞，才改口称是去附近找朋友吧？"

她摇摇头，很无所谓地抿了口酒："真搞笑，我当时要去干什么，很重要吗？"

"那你能说说，你当时是去找哪一位朋友吗？"

她振振有词："这种涉及个人隐私的东西，也需要跟你们警方报备吗？"

我摇摇头："你也说了，咱们是朋友，朋友之间，闲聊一下总可以吧。"

她也摇头："在你问我的这一刻起，你就没再把我当朋友。"

"为什么？"

"因为你在怀疑我。"她喝了一口啤酒，"你怀疑一个因为此事受到伤害，只想着尽力忘掉它，努力开始新生活的人。"

她在偷换概念。想努力开始新生活，和客观还原事实并不存在冲突，甚至说两者之间还有着一定的因果关系。所以她在回避什么？

也许我和关谨天的怀疑是对的，她的确有问题。她制造了假象，一种只符合她的利益、能够让事情朝她设定的那样发展的假象。而且最让我接受不了的，是她以受害者自居，以及满口仁义道德的指责。仿佛一旦有人质疑她，就其心可诛了。我的呼吸因此急促起来。

我不假思索地飞快给手机解锁，找到那张她和许光的合影，拿给她看："这个能解释一下吗？"

在目光触及我手机屏幕的一瞬间，她一改刚才的态度，整张脸如同被液氮冻住一般，变得僵硬苍白："这是你从哪里搞来的？"

我沉默着收回了手。

"谁偷拍的我？"她目不转睛地看着我。

"你的粉丝那么多，偷偷跑去追星，拍你几张照片也不稀奇吧？"

"真的？"

我面无表情地看着她。

实际上我的一颗心已经提到了嗓子眼。我知道，从展示照片的那一刻开始，我就注定和她对立了。

随后艾如稍微平静了一些，又喝了一口酒，语气不再那么尖锐，甚至有些慵懒："既然是别人偷拍的照片，你要我解释什么？"

"你和许光早就认识，对不对？"

"许光？"她摇摇头，"你在说什么？你说照片里这个人是许光？"

"难道不是吗？"

我脑袋又是一阵发晕。

她眨眨眼："哪里是什么许光，我看你是喝多了。那只是我之前的一个合作伙伴。"

"明明就是许光！"我脱口而出。我不明白都到这一步了，她怎么还能这样装傻！

"拜托，那人就是露了一个侧脸，而且距离那么远，你怎么能断定是许光？我再跟你说一遍，我根本不认识许光。"

"那这个人是你哪个朋友？叫来确认一下。"

艾如看着我，最后摇摇头："徐闪星，你真是喝多了。"

随后她站起身来，平静地说道："今天太晚了，有时间再聊吧，账已经结了。"

她面色凝重，双睑微垂，不等我有任何反应，快速离开了桌子，在酒吧那扇矮小的玻璃门前迅速消失。

2

  我坐在酒吧里没有走，又要了几瓶啤酒，喝成了真正意义上的酩酊大醉。

  自始至终，我的脑子里都被一种可怕的想法笼罩着：艾如一定认识许光，并且她对这件事也是讳莫如深的。她骗了我，哪怕是被当面戳穿也死不认账，可见他们之间的事情有多么不可告人。

  但他们具体是什么关系我就不得而知了。案发的时候，两人到底是偶遇还是约定相会，也是一个非常值得探究的问题。

  我怎么想还是小事，关键是关谨天。

  即便佛珠的物证不会被推翻，那艾如今天的反应，也足以让关谨天和手下的办案人员发现她和许光的关系。一旦这层关系被捅破，整个"八一九"案的性质很可能就要被颠覆。

  简单来说，许光的英雄身份，已经岌岌可危。

  我带着使命而来，而且几乎完成了使命。但现在我却没有了复命的勇气。如果我告诉关谨天这些内容，他八成会立即中止许光的事迹宣传，然后把案子推翻重审。

  现在我该怎么办？

  我想着这些糟心的问题，一杯一杯喝着酒。我们班那个男生说得没错，借酒消愁的确有一定道理，但其实"愁"是消不掉的，酒精只会让你用另一种很销魂的方式与"愁"缠绵不休。

  手机突然开始响，我拿起来一看，屏幕上显示的是徐烁星的名字。我晕晕乎乎地听她在电话里说她又来崤城了,晚上能不能借宿在我家。我咬着舌头说:"我家?我家在绵岭呢,你要想来我家住,得提前订票啊。"

"徐闪星,你喝酒了吧?"

半个小时之后徐烁星来到酒吧拖着我往外走时,我还匪夷所思地不断跟她提问:"我什么时候回到绵岭的啊?我怎么都不记得上过动车啊?"

然后我在夜风阵阵中遥望这座宏大的城市,不住地在徐烁星的拉扯中挣扎感慨:"妈呀,绵岭现在都建设得这么漂亮啦?!太好了,我不要在外面漂着了,还是家好啊,熟悉的配方,熟悉的味道……"

徐烁星在路边奋力拖拽,反复吼着我的名字,问我到底怎么会喝成这副德行。我停止晃动,努力保持平衡,笑呵呵地说:"我跟你说啊,你可别小瞧我,我不坐办公室了,我现在是正经八百的刑警,就像许光一样,我破案!我抓人!我路见不平!我当英烈!"

"你一个大活人,就别和死人抢称号了成吗?"

对呀,我还活着呢。我配当英烈吗?

"你知道许光是谁吗?"

"不知道。哎,你别跟这儿靠着!脏不脏呀!"

随后记忆开始变得零碎而飘忽。我只记得自己好像吐了,然后又被徐烁星和另外一个人一起,拖拽着塞进了一辆车。侧躺在后座上,我感觉周围有热腾腾的气流和幽幽的香水气味,很是舒服。

我看见有个男人在开车,但始终没看清他的脸,只听他对徐烁星说道:"她怎么喝成这样了?知道跟谁喝的吗?"

我凭着仅存的一点意识判断那人应该是翟忆山。

徐烁星说:"不知道,一直在跟我讲什么许光。许光是谁啊?"

我在后座上吼了一句,告诉她许光是我宣讲稿里的人物。他帅气威猛,用情专一,是个特别优秀的青年探长。但是他不在人世了,已经光荣地牺牲了!

随后我说了什么自己也记不太清了,只依稀记得有这样一段还算利索的话:"是,他的确有可能不是英雄,但没有成为英雄犯法吗?也不能说就是道德败坏吧?你们当时树立他为榜样时,问过他的意见吗?没有吧!弄清楚事实了吗?也没有吧!是你们上赶着给他申报这个、申报那个,还组织事迹报告会,恨不得所有荣誉都往他身上安,让全国人民都知道他是公安队伍的骄傲。那现在觉得不对劲了,想怎么办?把他的海报撤下来,把他的称号都取消,跟他的家属说,哟,之前我们没弄清楚,您儿子不是模范,没法'感动中国'了,你们也当不了英雄遗属了?跟听过报告会的观众说,之前你们听的内容都不算,他可不像我们说的那样好,他就是一普通人!对吗?"

然后我眼泪就下来了:"那你说,这么一闹,他还当得了普通人吗?"

前面两个人不说话。

我歪在后座上连连质问:"他也有自己的私生活啊。活人就可以这样摆弄死人吗?你们早干吗去了!"

随后我听翟忆山说了一句:"让她回去好好休息吧。"

徐烁星应道:"唉,文青的毛病又犯了,可爱感动自己了。"

意识慢慢涣散,紧接着我又打了个激灵,原来是车门被打开,从外面扑进一阵刺骨妖风。

随后不知怎么我跑到了翟忆山的背上,被他驮进了某个大门,继而进入了某座电梯。电梯里的灯光惨白无比,令我多少有了一丝现实感。原来我根本没有回到老家,仍旧漂在这个繁华而陌生的都市,每天看似越来越接近梦想,实际上却越来越缺乏安全感。

从床上醒来时,天已大亮,墙上的挂钟指向七点。

一扭头,整个人打了一个哆嗦。我看见徐烁星就在不远处的梳妆台前的椅子上瞪着死鱼一样的眼睛看我。

"醒了?"

"嗯。"

我缓慢地从床上撑起身子，头疼之余，也感到两臂和腰间的酸软刺痛，可想而知昨天晚上我折腾得多狠。

想到在自己妹妹面前撒了酒疯，我十分羞愧，完全不知道该说些什么。

徐烁星给我倒了一杯水。这时候我才发现她的头发染了新的颜色，衣服也是应季新品。她整个人看上去脱胎换骨，再也不是昔日那个追在我屁股后头的黄毛丫头了。反倒是我这个当姐姐的，宿醉之后，如同海鲜市场里刚刚捞出来的死虾，浮肿又邋遢。我几乎是捂着脸问她："你怎么突然过来了？"

"先说说你吧。"她坐在床上，拧着眉毛看着我，"你打算怎么办？一会儿还去上班吗？"

"不太想去。"我发着呆说。

"请假？"

"嗯。"

"行吧。你酒醒了就行。"她捞起椅子上放的外套，做出要离开状。

我也起了床，束起头发："你来崞城干吗了？"

"给几个老同学送请柬。"

"哦。"

"昨天晚上出租车都不敢拉你，多亏了……算了，你好好休息吧。"

我知道她指的应该是被她叫来帮忙的翟忆山，但碍于他是我的前任，又怕我尴尬。我自然不敢接话，低下了头："哦。"

随后我俩对视了一下，她突然问我："你今晚不会又去喝吧？"

我尴尬地说："不至于。"

她点点头，想了想，又说："对了，你昨天跟我说了一晚上什么许光，有他照片吗？给我看看。"

徐烁星很少这么言简意赅，我不适应之余，也几乎是没有任何犹豫地把手机里许光的照片拿给她看。

她瞄了瞄，轻描淡写地说了句："小伙是挺帅的。"

我一时无话。

随后她又说："我觉得吧，你还是不太适合当刑警，还是干你擅长的工作吧，别跟自己较劲了。"

我有点不爽了："嘿，还轮不到你跟我说这个吧？"

她一听这个，干脆又放下衣服，一屁股坐在了梳妆台上，晃荡着双脚看我："我没资格吗？你昨天跟我叨叨了一晚上，我都听明白你是怎么回事了。我对你的建议就是这个，怎么，你不服？"

那个杠精妹妹又回来了，这激发了我的战斗欲："我当然不服了。你根本不知道这件事的严重性，所以不明白我的顾虑。"

"你的顾虑就是怕之前你们做的宣传工作都打水漂了。"

我摇摇头："当然不是。我是怕许光得到不公平的对待。他太不容易了，什么都失去了，连命都没了，所以不能这么对他！"

"拜托……"徐烁星一副无可奈何的样子，"你是被降智了吗？"

"你什么意思啊？"

"我的意思是，你昨天跟我说了半天，根本没有说到问题的关键！所以，这个案子发生的时候，许光和艾如，当时是不是在约会？他到底是见义勇为呢，还是仅仅为了保护自己的朋友，甚至是女朋友呢？这是两码事吧。"

"问题的关键是，他现在已经被宣传成了英雄……"

"那又怎样？"徐烁星朝我摊手，"这件事最大的宗旨，难道不是实事求是吗？难道有人喜欢听瞎话吗？"

我很讨厌她高高在上的姿态："你不知道内情就不要瞎评论。首先我告诉你，许光是具备一个英雄的素质的。他生前特别敬业，抓过很多罪犯。而且你根本无法想象他经历了什么。他得罪坏人了你知道吗？他的生活、爱情和事业都因此被毁了，他是因为工作才变得一无所有的！如果你深入地了解他，你就会觉得他是一个特别了不起的人，他配得上现在给他的所有荣誉。他生前就应该拿到英模称号的，只不过被人陷害了。"

徐烁星听了，面无表情地看着我。

我有些发毛："你明白我的意思吗？"

她摇头："我觉得是你陷得太深了。也许绵岭是个小地方吧，或者可能是我没关注过这方面的新闻，所以很抱歉，我没有听说过许光这个人，直到你昨天絮絮叨叨地跟我讲了他的事。说实话，听完你给我的讲述，我虽然对他深表同情，但更想知道，你说的是不是真事，他到底有没有你们宣传的那么好。"

见我不说话，她又补充道："我没有错吧？我只是想知道当时到底发生了什么。你作为警察，起码应该告诉我一个事实吧？如果连你都不知道事实，那你就去查啊。从前你总说你没有机会查案，那现在有了，为什么不去查清楚呢？还是说你不敢？"

我秀才遇见兵似的看着她，下意识狡辩："但是，这里面如果涉及人家的个人隐私呢？"

"你看，如果你这么想，就说明你自己也觉得他很可能有问题。只不过你不敢面对，你怕你查出来的真实的他，和你想象中的不同。说白了，你还是在跟自己较劲，这和什么许光、张光、刘光的，压根没关系。"

徐烁星再次拎起衣服，朝我做了一个"再见"的手势。"还有，如果个人隐私也是阻碍查案的借口的话，那你们对那些违法乱纪的人，是不是全都无计可施了？"

我垂头丧气地看着她，连挥手道别的力气都没有了。

"别再喝了，真的不值得。"

3

我没有请假。

在去上班的公交车上,我看到手机里有好几条李凡尘的未接来电,微信里也有很多他的消息。然后我吃惊地发现,自己竟然还回复了他的部分信息,在他迫切地问我在哪时,我回复:"我妹妹来了,我和她在一起。"

然后他给我发消息说,他临时要和申队去广州出差,当晚的火车,去接一个他们年初挂的网上在逃犯,可能要去个三四天。

收到消息后,我竟然答非所问地回复了这样的内容:"我不想去刑警队了。"

他当时回复:"为什么?怎么了?"

我回复道:"我不想让你被迫换岗位。"

这一条他隔了很久才回复:"不用这样替我着想。我有你就足够了。"

见我一直没有回消息,他又发了一句:"我爱你。"

也许当时我正晕头转向地趴在汽车后座上,所以回了一句很脑残的话:"我知道。"

然后我看见李凡尘发了这样一段话:"徐闪星,你是我见过的最聪明的姑娘,什么都阻挡不了你的步伐。"

这句话我读了一遍,忽然不敢再看第二眼。我把目光转向了车窗外。冬天到了,但阳光还是很耀眼。街头的景色挺漂亮的,流淌着那种很本真的生活色彩。好像一幅油画,虽然清晰度不高,甚至有的地方还有些脏乱,却涂涂抹抹地绘出令人眷恋的烟火气息。

活着真好。能够清清楚楚地看着这个世界，听到每一种声音，做发自内心的选择，这可能是我们每一个尚存于世的人，最美好的特权。

午休的时候，我接到了柳冬丽给我打的语音通话。她说她在我们单位门口，让我有时间出来一趟。

几天没有联系，我不知道她的葫芦里卖的什么药，只能穿好外套走到大门外迎接。她看起来精神状态不错，朝我挥手说："我费了好大力气才打听出来您在这里上班。"随后她从大衣兜里掏出一个毛茸茸的东西，"喏，这个给您！"

我接过来一看，是一个黄色的毛线帽子。我说："啊，真漂亮呀。你织的？"

她点点头："天冷了，您不嫌弃就戴着呗。"

"谢谢呀。"我戴在头上试了试，立马有了暖洋洋的感觉，"你别老说'您'，多显老呀。"

她捂着嘴使劲笑，说她最近改骑共享单车上下班了，虽然冷，但是没有了被骚扰的顾虑，心情比前一阵舒爽很多。

"那就好，换换环境，把不开心忘光光。"

她使劲点头，但随后眼神又暗淡了下来，低声说道："姐姐，我想了想，我不想报案了，我想把报警撤了。"

"为什么？"我以为自己听错了。

"没什么。"她低下头，又看看天，很迷茫地说，"就是不想报了。"

"你是怕给自己找麻烦吧？怕那个人日后报复你，还是怕这事传出去不好听？"

一开始她不说话，后来还是很艰难地点了点头。看来我全猜对了。

见我不太开心，她又说道："我就是觉得挺对不住您的……您那么帮我。"

我摇摇头："我倒是无所谓。只是我想问问你，如果这次就这么算了，那下次你再遇到这种事，还打算忍吗？下下次呢？如果你做不到一忍再忍，那么为什么要姑息这一次呢？如果你能够一忍到底，那么你以后面对其他事情，是不是也是这个处事原则了？"

"其他事情和这种事不一样……"

"对，其他事情可能没有这种事这样恶劣，所以可怕的地方就在于，你给自己的底线太低了，所以你以后要容忍和承受的东西，恐怕会多到让你无法想象。你为了过所谓安稳的生活，就得付出无数个可能涉及尊严的代价。你甘心过这样的人生吗？"

她眨着眼睛，慢慢垂下头："我再想想吧。"

从她的反应来看，我的这些话并没有起到什么提点的作用，反而又给她平添了一层困扰。

所以我没有继续饶舌，因为我知道选择权终归是属于她的。而且案件已经受理，证据确凿，应该不是她想撤就能撤的。于是我做出轻松的样子，把手中的帽子撑开，大大方方地给她戴上。

她睁大眼睛看着我，像一只初生的小鹿。

"天冷了，你天天骑车上班，比我更需要保暖。"

我头也不回地走回了办公楼。

庄妍不在，我在屋里百无聊赖地待了会儿，等来了李凡尘的电话。他跟我说他凌晨就到广州了，那边很热，亏他还带了好几件长袖衣服。我问他工作还顺利吗，他说人已经见到了，就在看守所，但是那人在广州本地还有两起案子，当地警方还想从那人口中深挖些线索，就拜托他们多等两天。所以他还要等几天才能回到崤城。

他有些担心，下周二在团市委还有一场许光事迹报告会，怕时间上来不及，正在和当地警方进行沟通。听到"报告会"三个字，我一时有些语塞，正在愣神，忽然看见手机上关谨天的电话进来了。

匆匆切进关谨天的来电，他在电话里问我有没有和艾如见面，我说："有，但是艾如没有正面回答我有关她当日出行的问题。"

关谨天仍旧保持着那天的神秘，对我说："你半个小时后下楼，在分局门口，会有一辆便车等着你，开车的是耀安刑警队的侦查员小苏。他会带你来队里，我在这边等着你。这件事对谁都不要说。"

我无法拒绝这种秘密部署，不久后就按照他的吩咐，再次下楼，坐进了那辆他安排好的车。司机小苏是个长着青春痘的年轻同志，说话却很老成，在确认我身份后没多说什么，只是说单位这边不要担心，关局已经替你请好假了，以指导报告文学的名义。

我隐隐觉得，他们可能查出了什么。所以这一路上我倍感紧张，一面对接下来可能发生的事情忧心忡忡，另一面又非常好奇他们到底有了什么新发现。没办法，我就是这种矛盾体质，即便是昨晚被酒精伤了神，脑筋也开始止不住地疯狂转动起来。

最后我得出一个结论：在这种事情面前，该面对的终究一样也逃不掉。我只能在座位上不住地深呼吸，希望哪怕他们真的有了颠覆性的证据，也会循序渐进地讲出来，不至于一棍子把我打蒙。

耀安刑警队和我们公交刑警队不同，是近两年刚刚落成的新址，大楼建得气派又挺拔，门口整整齐齐地停放着各种警车。我们刚下车，身穿便服的关谨天就在一个人的陪同下走了出来。据他介绍，身边那个身着警监制服、理着寸头的大鼻子中年男子姓薛，是这里的大队长。

薛队为人很和善，扯着烟嗓说："哦，小徐，那天我见过你。"

随后他就没往下说。我知道他说的"那天"指的就是许光的事迹报告会当天。但他没有这样讲，可能许光的事迹报告会已经成为敏感词了。

关谨天这会儿问我："昨天和艾如在哪儿聊的？"

我不敢提酒吧，便道："在一家咖啡馆。"

"没出什么岔子吧？"

"没有没有。"

他看了看我，点头道："走吧。"

我就这样怀着忐忑和沉重的心情，跟在两位大领导身后，走进了面前的大楼,来到了一层的办案区里。小苏似乎是主办此案的民警之一,他在身边陪着我,还肩负着向我复盘案情的任务。路上他小声问我:"'八一九'案的大概情况你知道吧?"

我说只是知道个大概,了解得并不是太清楚。

小苏告诉我,案件中有个细节,就是在案发后,他们到艾如和熊峰出站的霜河地铁站去做调查走访,访问到了一个名叫彭亮亮的站务员。彭亮亮称,当晚九点二十分左右,他亲眼看见熊峰跟在艾如身后出了地铁站。这在当时也被采纳为熊峰向艾如实施作案的间接证据之一。

我想起来了,这个情况之前李凡尘也向我介绍过。

随后小苏说道:"说实话我们对于当时地铁站里的取证没抱太大希望,毕竟地铁里乘客那么多,谁能记得住这种细节啊。但没想到这个彭亮亮自称记得很清楚,就是熊峰跟踪了艾如。"

我不太明白他的意思,反问道:"我记得我同事告诉过我,霜河地铁站里的监控录像,不是也录下了熊峰跟踪艾如出站的过程吗?为什么还要特意去寻找地铁里的目击者啊。"

他回答道:"地铁站厅的录像只能录下艾如和熊峰先后出了车站,却不能以此断定熊峰跟踪了艾如。而彭亮亮的证词,刚好能补充上证据链的缺口。彭亮亮告诉我们,当时在地铁站里,他就觉得熊峰很可疑。"

彭亮亮当时在接受小苏的访问时,是这样告诉他的:二〇二一年八月十九日晚上九点二十分左右,他在站台的岗亭里执勤,看到了从地铁上下车的艾如。当时艾如往通向站厅方向的楼梯走,一个看起来很猥琐的男人(指熊峰)则一直跟在她身后不远处。一开始彭亮亮还不能断定熊峰就是在尾随艾如,直到艾如走到楼梯口时,她的手机忽然掉到了地上,然后她停住脚步弯腰去捡手机。此时她身后的熊峰一度超过了艾如,但在她捡手机并且原地查看手机有无损坏时,熊峰又故意停住脚步,还有意无意地向后瞥她,仿佛是故意等她似的。最后等到艾如揣好手机恢复前行后,熊峰又假装无事地跟了上去。

小苏当时问他："你怎么确定那个女乘客就是我们说的艾某？"

彭亮亮答道："因为她当时戴着一副很亮眼的白手套，所以我印象很深。"

这的确符合艾如案发当日的装扮。

彭亮亮补充道："那个男人的样子，明显就是在跟踪那个女乘客。我本想提醒那个女乘客来着，但自己的岗位实在走不开，而且也确实怕给自己惹麻烦，也就没敢这么做。"

小苏和同事当时很惊喜，因为他讲的这个细节，刚好是监控录像里没有拍到的。也就是说，他的话再加上地铁监控录像，完全可以证实熊峰在地铁里就已经有犯罪预谋了。

我说："这不是很好吗？"

小苏摇摇头，指着前面关谨天和薛队的身影，小声朝我说："但是前天，熊峰的母亲拿着那串五线菩提子手串找到我们薛队时，我们又连夜对案情进行了梳理，然后发现了一个可能被我们忽视了很久的问题。"

"哦？是什么问题？"

"彭亮亮有大概率撒谎了。"

4

小苏等人再次研究彭亮亮的笔录，又重新翻看艾如和熊峰在车厢内的录像，发现彭亮亮当时并不在艾如和熊峰下车时的站台上工作，而是对面反方向的站台上。

这就要说一下霜河地铁站的站台构造了。霜河站也属于地上站,最外两侧为双向候车站台,内侧则是两条相邻的铁轨。两侧的站台直线距离有十米左右。也就是说,在艾如和熊峰下车时,与对面站台上执勤的彭亮亮至少有着十几米的距离。

我有些明白了:"你的意思是,怀疑彭亮亮在那么远的距离,是否能够看清熊峰和艾如的行为?"

"不。"他摇摇头,"十几米的距离并不能说明什么问题,否则我们在当时就发现问题了。后来我们觉得有些蹊跷的,是艾如和熊峰下车的位置。"

小苏说,艾如和熊峰当时乘坐的是地铁列车的第一节车厢,两人还是从第一节车厢的第一个门下的车。而距离他们下车的位置八米处,就有一个通向站厅的楼梯口。一个正常的成年人,即便是行走途中有捡手机的停顿行为,步行走过这不到十米的距离,最多也只需要十秒钟的时间。而从当时的车厢监控来看,列车在霜河站至少停了十五秒钟,随后才关门启动。

十秒钟和十五秒钟,好像也没有差几秒钟。这意味着什么吗?我一时被他说得有点糊涂。

小苏继续解释:"这还只是算的地铁列车在静止状态下靠站的时间。我们昨天专门找地铁工作人员核实过,咱们嵇城的地铁列车长度在一百二十米左右,出站启动的平均速度大约是每小时三十公里。那么换算下来,每小时三十公里,就相当于每秒钟行进八米多,再进行一下大概的运算,整辆列车从关门到完全驶离站台,至少也需要十五秒钟。"

我大概理解其中的玄机了。艾如和熊峰的下车位置是在车头处,但是即便列车随后关门启动,整辆车也不可能马上从站台消失。

这时我们已经走入了办案区,小苏停下看着我说:"从彭亮亮所处的执勤点位来看,艾如和熊峰下车后,他们的下车地点以及离那里不远的楼梯口处,大概有三十秒钟的时间,是被车厢完全遮挡的。那么他怎么能够看清楚对面站台上的熊峰和艾如呢？难道说艾如在那短短的八九米路途中，逗留了长达半分钟吗？随后我们又翻看了站厅的录像，发现艾如从下车到走至出站口，总共也只用了五十三秒钟。彭亮亮的证词显然是有一些问题的。"

我这才完全搞清了这里面时间、空间上的逻辑关系，心里也对小苏等人十分佩服。但是细究起来，这十几秒钟的误差，加上监控探头的盲区，再结合当时站台上复杂的现实情况，恐怕也无法直接认定彭亮亮做了假证吧？

我没有直接质疑，只是不露声色地问："所以你们顺着这条线查下去了？"

小苏还未答话，已经等在前面的关谨天此时朝我说："徐闪星，来这里。"

我随着关谨天的指示，走进了办案区里一扇普通的房门。房门上贴着一张蓝色标识，上面写着"询问室"。

屋子大概十平方米，十分整洁，除了屋顶上的两枚摄像头，房屋中间只摆了一张电脑桌和几把椅子。其中一把椅子冲着电脑桌，上面坐了一个中年男人。那人看上去四十多岁，高颧骨厚嘴唇，气质上有点贼眉鼠眼，我觉得十分眼熟。

此时电脑桌前的两个民警赶忙出来迎接领导，小苏让他们从隔壁搬来两把椅子给关谨天和薛队，然后让我和他一起坐在电脑桌前。

"'大方牙'！"我猛然警醒，认出了对面的男人。

另外几个人意外极了，几乎异口同声："你认得他？"

这就说来话长了，而且我更关心的是，他怎么会出现在这里，于是草草地跟他们解释说是在公交刑警队见过此人。

"大方牙"似乎没有认出我。此时的他看上去也比上一次跟李凡尘纠缠时老实多了，低眉顺眼、规规矩矩地坐着，甚至在和两位领导对视时还一味地讪笑。看来当官就是好啊，我都有点不自觉地狐假虎威起来了。

薛队朝"大方牙"抬抬下巴："你再把上午跟我们说的情况，跟这个女民警说一下。"

"哎！哎！"

小苏还朝他瞪了瞪眼睛："别添油加醋啊！听见没？"

"大方牙"嘴一咧，露出了两颗标志性的黄门牙："怎么会呢。"

"说吧。"

随后坐在对面椅子上的"大方牙"告诉我们，去年年底的一个清晨，他去霜河地铁站晃悠，想挑着上一趟人多的地铁伺机"下活儿"（偷东西），然后他看见站台上忽然一阵骚动，凑过去一看，原来是个年轻姑娘晕倒在了楼梯口。周围有人报警、有人打120，还有人蹲下身不断呼喊。但是那姑娘面目苍白、双眼紧闭，看样子很不乐观。

这时候一位男性站务员跑过来拨开人群，用手台向综合控制室报告着什么。与此同时，人群里又挤进来一位戴手套的年轻女乘客，她身材妖娆、衣着时髦，五官也十分娇媚。女乘客看见脚下的姑娘昏迷不醒，二话没说就跪在姑娘身旁给她做起了心肺复苏。围观人群见有人懂得急救，都给她加油鼓劲。

十多分钟之后那女乘客已经累得气喘吁吁，有人劝她喘口气，她却抹着双颊的汗水说："不行，心肺复苏停了就没效果了。"

又过了十分钟左右，两位急救人员跑上了站台，进行简单的了解之后，在现场好几位乘客的帮助下，把昏迷的姑娘抬到了担架上。而那位持续做心肺复苏的女乘客，则因为体力不支，在起身的一瞬间差点虚脱在地，幸好一直在旁边帮忙维护秩序的站务员扶住了她。

"大方牙"事后确认，她正是后来小苏等人给他出示的照片上的女子——艾如。

而那名站务员，经"大方牙"反复辨认，可以确认就是彭亮亮。

虽然"大方牙"当时并不知道艾如是网红，但当时彭亮亮显然意识到了什么，说道："哎，你不是那个……"

艾如却显得很低调，冲彭亮亮比画了一个"嘘"的手势，又赶紧找出口罩戴上。彭亮亮随后明白了什么，对她说道："那什么，赶紧跟我到办公室休息一下吧！"

随后他们又发生了什么，"大方牙"就不得而知了。他讲完，眼神闪烁地看我们。薛队和小苏看着关谨天，关谨天则把目光投向我。

我知道他们是什么意思。这代表：艾如和彭亮亮之前是存在交集的，甚至代表，他们事先就认识。

我脑子里一时发蒙，有点不可思议地问小苏："这个你们都能查出来？怎么办到的？"

对方淡淡一笑："我们连夜翻看了艾如发布在网上的所有视频，发现她在自己的视频里，提到了自己曾经在地铁站里对晕倒女乘客进行施救的事迹。虽然她没有公布具体地点，但我们知道艾如就是咱们崤城的UP主，于是根据那段时间的本市社会新闻进行了筛查，发现在那条视频发布前不久的时间段里，只有霜河地铁站发生过女乘客早高峰猝死的事件。"

当时小苏在新闻里看到"霜河地铁站"这几个字时，就觉得此事恐怕大有蹊跷，于是赶紧汇报给了领导。

我吃惊极了，指着"大方牙"："那他呢？"

"他，他是个巧合。"薛队冷笑着看了眼"大方牙"，"小苏把情况报到我这里我才想起来，那段时间我去市局开晨会，和你们分局的申队聊天，他跟我说过你们辖区地铁站发生了女乘客猝死事件，有人竟然借着这事，在围观人群里偷钱包。后来这个人在车厢里再次行窃时被便衣民警抓住了，民警根据钱包里的身份证找到'苦主'，才发现'苦主'是当时霜河站的围观群众。"

如此堂而皇之地吃人血馒头，恐怕除了"大方牙"这种极品败类，也无人能做出这种事了，怨不得小苏对他如此蛮横。

"我按着薛队的思路,在市局办案平台里一查,就查到了这个贼的电子卷宗。这不,就把他找来了。"小苏得意地看着我。

这时坐在一边的关谨天也说话了:"怎么样小徐,耀安刑警队的同志们,比你想象的还要厉害吧?"

第二十章

追查

1

关谨天把我叫到了一个单独的会客室里。会客室布置得很漂亮，有大棵的滴水莲和绿萝，两侧摆着硕大的皮沙发，视野尽头，是一扇亮得刺眼的大玻璃窗。关谨天走进屋内关好门，背对着阳光，示意让我坐下。

我带着还未平息下来的心情，缓缓陷进了松软的沙发中。

他也坐下来，很柔和地看着我："昨天艾如是怎么答复你的？"

我隔着宽大的茶几看着他，答道："她只是说去找朋友，但我问她去找谁，她却表示不方便向我透露。"

"还说什么了吗？"

"没有了。"我不再看他，把目光移到别处。

他点了点头，沉吟道："看来我们的怀疑方向没有错。但我一直有一个疑问，如果是艾如在证物上动了手脚，她的动机是什么？还有没有别人指使她？他们又是怎样做到的呢？"

心脏又跳起来了，但比起之前的惊慌失措，此刻我理智了许多。我明白许多事情是糊弄不过去的，与其装傻不言，还不如先弄清楚他的思路，这样也能给自己一些心理准备。

"您的意思是，许光？"我终于说出了这个名字。

他没有正面回答我，而是站了起来，走到窗前，抱着胳膊背对着我说道："徐闪星，想必你是知道许光和他女朋友之间的事的。那个案子，哦，也不能叫案子，只能叫一起事件吧。虽然我了解得不多，但我多多少少也听到了一些风言风语，它似乎跟熊峰也有关系。这个你也是了解的吧？"

我喉咙发干，勉强应道："是的，我知道。"

他转过身子看着我，整个人被阳光包裹着，脸却显得有些冰冷："你在采访这件事的时候，难道没产生过一个疑问，就是那晚许光为什么会出现在案发现场吗？"

我背后像中了一箭，身子下意识耸了耸。

关谨天缓缓向我走来："我让人查了，许光的家不在那个方向，他的同事中，也没有住在那附近的。那么他怎么会那么巧，在那个他本不应该出现的地方，碰见了熊峰向艾如实施作案呢？"

此刻的感受很奇妙，一方面我觉得终于在这个疑问上得到了共鸣，另一方面又很惧怕这种共鸣。于是我很心虚地保持沉默。

"这个问题，其实在发现那串新的佛珠之前，并不算个大问题。一开始耀安刑警队就有人提出过，但当时就有人说，那是人家许光的私事，没有必要深究，再说还有被害人佐证呢，案情能有什么纰漏？尤其是你们公交分局的人，也一直强调许光人品出众，是一个好警察。但现在事情到了这个地步，咱们还能任由它继续发展下去吗？再这样一味地掩耳盗铃，恐怕到最后，局面会非常难以收拾。"

我冷静了些，思绪也不再那么杂乱了，问道："那接下来，是要对彭亮亮和艾如展开审查了吗？"

关谨天摇摇头："不，还不是时候。尽管找到了彭亮亮证词中的疑点，但这也不是艾如伙同他做假证的直接证据。而且我们还需要查明，如果他们联合起来作假，那么许光……"

他话还没说完，门外响起了敲门声。关谨天说了一声"请进"。

薛队带着小苏走进来，并在关谨天的示意下坐到了我的身边。

"'大方牙'走了？"关谨天重新坐下。

"走了。"小苏点头,"跟他交代好了,他出去不会瞎说的。"

关谨天此刻看向薛队:"你们把下一步调查的方向跟小徐说说,看看她能不能帮到你们。她是目前咱们同事中,唯一和艾如有着深度交流的人,艾如也比较信任她。"

这份"信任"恐怕也是过去式了,但还没容我解释,薛队就一本正经地向我介绍起来:"小徐啊,我们觉得,如果艾如在证物上做了手脚,那么仅凭彭亮亮的帮助,她是做不到这些的。尤其是现场发现的那串带有田英敏DNA的佛珠,她是怎么伪造的?所以这个案子中,难免还有其他的参与者。"

说到这里他似乎是为了照顾我的情绪,故意停顿了一下,然后放慢语速,尽量委婉地说道:"法医鉴定结果显示,佛珠上的DNA肯定是田英敏的,那么我们就寻思,如果这个物证是假证,会不会是有办案人员在田英敏案案发时,偷偷保留了尸体上的血样,然后用在了这个特定用途?"

这是我第一次听到有关那串带血佛珠的深入推断,心头一凛,思维也空前地清晰起来。田英敏一案案发时,熊峰就是公交分局挂了号的滚刀肉,而这起案子,也成了许光职业生涯的最大遗憾。

他们的意思是,许光有动机,也有条件,来做这个假证。

更何况后来丰凌被熊峰骚扰之后,离奇死亡。

尤其他们还不知道,许光在案发前通过某种方式,与艾如相识。

像是眼前一片萦绕已久的迷雾被风吹散,雾气背后,露出了许光那张沉默而决绝的脸。他为了制裁熊峰,运用自己多年的侦查常识,对熊峰展开了布局和围剿。他留下伪造的证据,就是要熊峰落入法网,血债血偿!

正应了当年他在西河湾子派出所对熊峰撂下的那句话:"走着瞧。"

许光,真是你做的吗?

我还是不能相信!

我宁愿认为许光当时是在和艾如约会!

"小徐？"薛队的一声呼唤把我拉回现实。

我收拾好表情，一脸认真地看着他。

薛队似乎有些难以启齿，他扭头看向身边的下属小苏。

小苏这才试探着向我说道："我们还会继续调查。但我希望你还是能以自己的名义，在不泄露侦查进展的情况下，私下接触一下艾如。假设她真的涉嫌违法，我们希望她能主动向我们交代问题，也算是为自己争取自首态度，而且在这件事上，我们真的不想以公事公办的态度，去主动调查我们自己的同志。"

薛队在一侧打补丁："尤其是已经去世的同志。"

这些话在我耳边轰炸开来，我一时回不了神。关谨天此刻还语不惊人死不休地继续说道："当然，如果情非得已，我们也只能那样做。而且现在刻不容缓，我们必须快速地查，如果拿到实质性证据，必须马上叫停事迹报告会，否则这个活动延伸到全国，麻烦就大了。"

我由远至近地看着他们，仍然有点难以置信："他已经死了，也要这样被调查吗？"

关谨天正视了我，眼里露出不容置疑的神色："徐闪星，记住你是一个警察，你得明白自己的职责所在。追求事实真相，努力让人民群众在每一起司法案件中感受到公平正义，是我们警察应该恪守的原则，而不是把情感和立场局限在单纯的生死荣辱上。"

我浑身发紧，不知道该说什么。

"如果我们宣传的事情不是事实，那流传得再广、再感人至深，又有什么意义？那对以往那些真正英勇献身的英雄，是不是也不太公平？"

2

回到单位，庄妍还在办公室里询问关谨天怎样指导了我的写作，对接下来许光事迹的宣传工作，还有没有新的规划和想法。

我能怎么说？只能打马虎眼说就是简单地交谈而已，他仅仅是提出了一些写法上的建议，并没有透露什么内情。

庄妍听了，眼珠慢慢转了转，然后趁我扭头看向电脑，忽然跟幽魂似的徐徐说道："我说小徐呀，有个事情你得拎清。虽然你是从市局过来的，但你现在可是咱们公交分局的人。再加上你和关局这层关系，如果你知道什么市局层面的动向，尤其是关于许光事迹宣传的，可一定得告诉我呀，我们这边也好做准备，好几次了我都被他们打得措手不及！"

我回过头，直勾勾地盯着她。

她尴尬地笑笑："你可不知道，大领导们的思维可发散了，一会儿让我们提交这方面素材，一会儿又让我们策划那方面的方案。还有联系媒体、对接平台什么的，都是我这个副主任亲自在跑，好多时候我都是胡子眉毛一把抓，头天晚上接到任务，第二天早上就得到市局汇报，你可不知道姐姐我压力有多大呀。"

说着她摇摇头，自嘲地笑着说："许光活着的时候，给他跑宣传也没把我累成这样，没想到这人没了，好多活反而更难干了。"

最后她收住笑，一边很无奈地喝着茶水，一边静静等着我表态。

我想了想，还是没有憋住，问她："主任，我有个问题想问。"

"你说。"她边吹着茶叶边朝我抬眼皮。

"如果，我是说如果啊，"我尽量小心地措辞，"如果咱们宣传的内容，与事实出现了偏差，怎么办？"

她一扬眉毛，放下水杯："偏差？你的意思是，有的案件，时间地点上描述不准确？还是法律法规上叙述得不规范？你跟我说一下，我赶紧让他们更正一下。"

"不是这个意思。"

我看了一下她的眼神，感觉她确实没有听明白，便进一步说："我是说，假设啊，假设咱们突然发现，许光的事迹是误会，他根本不是见义勇为，那咱们走到这一步，该怎么办？"

我的心脏怦怦直跳，甚至有点埋怨自己，怎么就直接说出来了！这可不是凭一句玩笑话就能圆得过去的。

果然，庄妍匪夷所思地看着我："说什么呢，云山雾罩的。还误会，你的意思是牺牲的不是许光，是咱们搞错了，许光现在还活着呢？"

我尽量像胡言乱语一样地补充："啊，我不是这个意思，我并不了解许光，所以我就想，我写了他这么多好人好事，但都是道听途说的，万一他不像我写的那么好呢？万一他在生活里，也有着和普通人一样的困惑，犯普通人会犯的错误呢？他女朋友那件事，不就是一个代表嘛。"

"就算他有缺点，他救人的事迹也是事实啊。"

我觉得我跟她说不明白了。

庄妍不依不饶地看着我："亏你还是公安英烈的子女，说话怎么就这么没谱呢？"

我也愣了："您知道了我爸是……"

她翻着眼珠打断我："当然了，你当你姐姐我成天就坐在办公室里两耳不闻窗外事呢？再说我后来也看过你的人事档案嘛！"

我嘟囔："那这和我是英烈子女也没啥关系吧。"

"怎么没关系啦？好，那不提这个，就说说你，作为一个搞外宣的，就应该知道，英烈们为咱们付出了什么、奉献了什么。他们是咱们行业里

071

的标杆，是老百姓眼中的英雄。咱们这个时代需要英雄！否则，我们拿什么激励别人，又拿什么展示我们公安队伍的形象，拿什么弘扬正能量？好好还原他们的光辉事迹，才是你应该考虑的，而不是怎样去质疑人家！"

见我不语，她又有点警觉地问道："是不是又有谁跟你瞎说什么了？你好的不听，光听一些鸡零狗碎的八卦！"

"没有啦。"我摆摆手，"我自己胡思乱想的。"

"我可跟你说啊，你给我端正态度，许光我太了解了，真是一个好孩子，我们都心疼死他了！"说到这儿她竟然还哽咽了一下，"我把这么光荣艰巨的任务交给你，你可别辜负我的信任。啊，是咱们整个公交分局的信任。"

"哦。"我含胸垂头，心里五味杂陈。

庄妍调整好表情，又去敲电脑了，边敲嘴里还不忘数落我："也不知道你是吃顶了还是喝高了，成天琢磨这些没边的事。"

我坐在电脑前陷入了沉思。难以想象耀安分局那边一旦查出了如他们所想的东西，公交分局这边会经历怎样的暴风雨。

联想到目前小苏等人的调查重点就是艾如和许光是否存在交集，而我作为目前唯一可能知道内幕的人，还没有告诉他们实情，心里更是乱极了。我万万没有想到那次的意外发现，会让自己陷入如此两难的境地。

我并不是有意隐瞒，只是缺乏开口的勇气。我知道一旦和盘托出，许光的事迹报告会必然会被叫停。因为这是攸关事件定性的信息，哪怕许光没有作假，以他和艾如的关系，也势必会被剥去荣誉。

当潮水退去的时候，不知道许光面临的会是什么？

我在办公室里窒息难耐，起身到茶水间接水。接了水，我心神不宁地走到楼道的窗前，看着楼下进进出出的警车，忽然又想到一个问题。

不对，不光是我一个人知道许光认识艾如，翟忆山也知道。

万一他把这事捅出去，可就乱套了。

情急之中，我走到楼道里的偏僻处，拨打了翟忆山的电话。翟忆山那边信号不太好，很久之后才有清晰的语句。我怕他拿我那晚发酒疯的事讥讽我，对着话筒直奔主题："你听我说，你有没有跟其他人说过，咱们发现艾如和许光之前见过这件事？"

"说了，我拿着大喇叭在局里喊了一通。"

"你正经点！我这儿烦着呢。"

"没说！也没人问我啊，那案子又不归我们探组。怎么了？"

我不敢泄露案件进展，只能说："没怎么。"

"那你打算怎么办？就这么一直闷着不说？万一后续被人查出来该怎么办？你不成知情不报了吗？回头给你一个大处分，你一辈子也别想当刑警了。本来你也不适合。"

"我挂了。"

"哎，等会儿。他们是查出什么来了吗？怎么跟你说的？许光和艾如当时真的是在幽会？"

我叹了口气："要是那样就好了。"

翟忆山不傻，似乎猜到了小苏等人怀疑许光涉嫌做假证的事，毕竟这是最坏的结果，我之前也如此联想过。他很理智地沉吟道："那不会吧？你跟他们说了许光和艾如没有乘坐同一班地铁的情况了吗？而且咱们之前不是也问过刘茂桐了吗，别说武器了，许光身上连工作证都没带，怎么看都不像是冲着熊峰去的啊。"

对啊，我才想到这两个细节。当时在耀安刑警队我被关谨天等人一通教诲，几乎没有自己思考的空间，更没有提出本该有的疑问。现在想想，许光乘坐地铁的班次，和他当时身上携带的东西，不都印证他出现在那儿的随机性吗？

挂了电话，我告诉自己，我并不是知情不报，只是想先搞清楚事情的真相，再统一向组织汇报。因为我仍旧抱有一线希望，许光不会是那种弄虚作假的人。

但是就凭我，还能查得出更多东西吗？如果不能，就凭这两个细节，能说服他们吗？我越想越有一种深深的无力感，走路都头重脚轻。

回到办公室，我看见庄妍刚刚挂断一个电话。她撇着嘴跟我说："哎，宣传你地铁里勇抓流氓的事，黄了啊。"

"怎么了？"

她耸耸肩："刚才派出所来电话，说事主要求撤案。"

没想到柳冬丽真的这样做了。我惊呼道："这还能撤呢？以什么理由？"

"事主说她谅解嫌疑人了。"

"但是已经受案了啊，证据也取了，还能随便撤呢？说不查就不查了？"

"对啊。"庄妍摊手，"说你业务知识不行你还不信，《中华人民共和国治安管理处罚法》第十九条，自己查去，这种情况对嫌疑人可以不予处罚。"

想到那天那个流氓嚣张跋扈的样子，以及今天关谨天等人在我面前历数许光疑点的嘴脸，我压抑着的情绪终于爆发了。

我把手中的笔记本使劲摔到了桌面上。

庄妍一震，面露惊恐地看着我。

巨响过后，周围静得悄无声息。

抓到手的流氓放虎归山，却百般质疑和调查一个因此牺牲的自己人，公安队伍这是怎么了？

那一刻我忽然格外地心疼许光。他为了打击这种犯罪，把命都搭上了，却依然换不来世人的警醒。真是应了那句话，地球离了谁都照样转。地铁里，无数起猥亵案依然在悄然发生，无数个流氓依然因为各种原因逃脱法律的制裁。也许许光此刻仅剩的价值，就是供我们探讨，他是否"报复"和"陷害"了前科累累的熊峰。这真是太可笑了！

等到这种论调昭告天下，还有谁会坚定地站在许光这一边？

我深刻地认识到，许光已经死了，我对他的任何想法他都感应不到。如今，我唯一能够带给他的，就是这份信任。

就像李凡尘说的那句"他不会采取这种方式的"。

对呀，光凭一张偷拍的合照，就能说明许光跟艾如有男女朋友关系，甚至事发之前两人是在约会吗？

如果两人仅仅是相识呢？

如果仅仅是彭亮亮在证词的叙述上有问题呢？

如果是现场还有第三个人存在呢？

甚至，如果后来出现的佛珠手串，是熊峰的母亲在作假呢？

明明这些假设都是可以成立的，我却在关谨天等人的面前噤若寒蝉。我自以为是地用隐瞒许光和艾如相识这一点来保护他，殊不知我更应该做的，是贯彻自己的信念，找出能够证明许光清白的证据。

所以，当务之急是找到许光当时的出行目的，或者找到真正偷换佛珠手串的人。

3

我还是要查，必须查。

庄妍出去开会了，只留我一个人在办公室。我屏气凝神，深入思考着八月十九日那天晚上，在同成街的那条小巷以及附近，可能发生了什么。

首先熊峰肯定是跟踪了艾如，否则他们两个人不会出现在案发现场。许光是随后赶到的，在时间线上来说，许光和他们二人并不完全一致。这个时间差，可能是我的一个突破口。

我想到一个问题，拿起电话，拨打给了宣讲团中许光的那位派出所的同事，问他案发当晚许光执勤的地铁站，以及下班时间。

那位同事告诉我许光当天是"备班",执勤的地铁站在4号线的七道口站。七道口附近有个体育场,当天晚上有一场足球联赛,所以分局勤务指挥部给七道口沿线的派出所都安排了勤务,许光在晚上八点半左右才得以撤勤。

我计算了一下,七道口站和霜河站并不属于同一条地铁线路,中间还要换乘一次,总计需要经过十二座地铁站。我打开手机导航,选择了搭乘地铁的方案,测算到从七道口站抵达霜河站的通行时间是五十分钟。

五十分钟,算上中间出站以及步行到同成街的时间,刚好是案发时的晚上九点半左右。

从球赛结束许光下班,到他出现在案发地,中间几乎是一分钟都没耽误。如果他和艾如约好"诬陷"熊峰,他怎么可能把时间把握得这么精确?即便他已经计算好球赛的结束时间,他又是怎么掌握熊峰的时间的?

我赶紧把这些发现记录在笔记本上。

但我看着这些文字,又陷入了困惑。仅凭这些,好像有点难以说服关谨天等人。毕竟这很表象,又比较主观。

我托着下巴在办公桌上思忖良久,没有找到新的思路。

我思考着,当时出现在案发地附近的,还有谁呢?

刘茂桐。

没错,与此同时,刘茂桐在同成街后巷进行夜查。他在那里夜查的时候,听到了指挥中心的布警。随后他赶赴现场,发现许光和熊峰已经倒在了血泊里。

按艾如的叙述,结合许光当时的伤情来看,刘茂桐到达现场的时候,案发已经超过二十分钟。

这二十分钟,除了熊峰侵犯艾如、许光同熊峰搏斗,很可能还有一个某人在熊峰尸体上偷换佛珠手串的过程。

但这个人能是谁呢?

这会儿有个外宣的民警进来找庄妍,见她不在,便留了一份稿子说一会儿等她回来过目。我朝那稿子看去，发现那是我们分局这期公众号的头版头条样稿。稿子大意是某某地铁派出所民警在辖区对乘客核查身份时，查到了一名潜逃十年之久的杀人犯。这可是近几年来我们分局核查工作取得的最大成果，所以局里提倡广泛宣传。

我刚把目光移开，忽然联想到一个事情。

刘茂桐曾经跟我说过一个细节。他夜查那会儿，正在盘查一个在附近晃荡的"街溜子"。

也就是说，那晚案发地附近，除了他，还有一个"街溜子"。而且这个"街溜子"，还是有前科的。

那这个人会是谁？他出现在那里，会不会和案件有关呢？

虽然这只是一个脑洞大开的想法，但想要查明这个人的身份，似乎并不难。

刘茂桐当晚用的也是市局的核查系统，而核查工作是会有记录的，只要我用刘茂桐的账号进入系统，就能循着核查时间和地点，看到这个被核查人的相关信息。

我进入市局主页，点进人口核查的页面，发现如果想要登录刘茂桐的账号，需要输入他的警号，以及登录密码。

我正琢磨着怎样搞到刘茂桐的警号，忽然想到他的警号只与我差一位，我是有印象的。而密码，系统的默认密码是单位电台呼号。

我又打开市局页面，查到宝源街派出所的呼号，随后顺利进入了他的人口核查账号。

刘茂桐不愧是治安民警，每个值班日都要核查很多可疑人员。我顺着上千条记录一页页往后翻，终于找到了八月十九日当晚，他在同成街附近的核查记录。那时候他在街边一共核查了三十多人，其中只有一个人的名字旁边缀有警示信息。而那条记录的核查时间显示为晚上九点零一分。

刚好是案发前后。

我迅速点进去那条记录，页面上刷出一个长方脸、短头发的男人的免冠照片，以及几行身份信息。那人名叫骆臻辉，户籍所在地是安徽芜湖，警示信息显示该人在安徽当地有赌博和吸毒的前科。

芜湖，我觉得这个地名似乎有点耳熟，好像之前在哪儿听过，想了想，心脏忽然又开始了带有某种预兆的狂跳。我拿起手机，几乎是颤抖着给李凡尘发了一条微信：田英敏的老家是不是安徽芜湖的啊？

等待回复的时候，我又把目光投向网页上那张男人照片，这才发现，不只是那行户籍地址令我感到熟悉，连这个照片中的这个眼神木讷的男人形象，自己也似乎在哪儿见过。

但我一时又想不起来了。脑海中一片躁动，仿佛有什么东西迫不及待地要钻出来和我摊牌。但有时候人的记性就是很奇怪，明明对什么东西有着明显的印象，却还像隔着层层纱，令人摸不透。

手机响了，李凡尘回了一条语音："是啊，怎么了？"

听着他熟悉的声音，我的思路一下子开阔了。我想起之前在哪儿见过这个叫作骆臻辉的人了！

他就是那天在许光的墓地边，向李凡尘鞠了一躬，并与我擦肩而过的人。

4

下了班，我没有任何犹豫地打车来到了那座公墓。

因为是工作日，而且天色渐晚，一眼望去，几乎看不到任何扫墓的人。倒是强烈的夕照把墓碑群照得很有光影层次，背靠着山腰上已经红透的枫树林，景致看上去比我们上次阴天来的时候要动人多了。

我没心思欣赏，直奔公墓管理处。

只有一个戴着袖标的中年男子坐在值班室的沙发上玩手机。见我敲门，他只向我瞥了一眼，随口问我是买墓地，还是买祭品。我一时还没想好怎么开口，正在措辞，他放下手机，抬起一张满是褶皱的脸："是不是墓碑下面的水泥挡板开裂了？今天修不了了，你把编号告诉我，我明天找人抹点水泥吧。反正今天也不下雨。"

我说："不是，我想查一个人。哦，不是，是一个死者，是不是葬在这里。"

男人站起来走向门口："你是干什么的呀？"

我想了想，还是掏出了警察工作证。

他更奇怪了，上下打量我："是查案吗？"

我点点头："之前我们单位办了一个刑事案件，死者可能埋在这里。"

男人满脸写着"都埋了还查啥"的疑问，走向了沙发边上满是灰尘的电脑显示器前坐下，抬头问我："叫什么名字？"

"田英敏。"

他在一个表格中敲了这个名字，点了两下鼠标，对我说："有啊。"

我按捺着心中的狂喜，使劲跟他道谢。那男人反而有些含糊了，甚至傻乎乎地问我："你是法医吗？不会是要开棺验尸吧？我们这儿可是火葬墓地！"

"当然不是！"我摆摆手，又问他："咱们工作人员，对扫墓时家属摆放的祭品，会定期清理吗？"

"会啊。"

"多久一次？"

他挠着鼻子说："这个啊，清明前后会打扫得勤一些，平时都是一周一次啦，这么大片山，保洁员推着三轮扫上一圈也蛮辛苦的。"

"现在几天没打扫啦？"

"都是每周五一大早扫。"

我掰着手指头一算，上周我和李凡尘是周六来的，今天是周四，墓地恰好还没有被打扫过。

我兴冲冲地管男人要了田英敏墓地的编号，在太阳落山之前，终于找到了田英敏的墓。那是离许光墓地很远的一块区域，规格也很小，墓碑是扁平的，只有差不多枕头大小，上面也没有遗照。据我所知，田英敏的家人对她的死亡异常淡漠，甚至都没有来认尸，那么这块墓地应该是田英敏在嵋城唯一的朋友小倩给她安置的。

矮小的墓碑上面写着：田英敏。生于一九九三年十月十六日，卒于二〇一九年五月十八日。

她死的一年之后，许光也葬在了这里。他们一个是熊峰的手下亡魂，一个和熊峰同归于尽。共同在这里安息，想来也是一种缘分吧。

我双手合十，拜了拜这个可怜的姑娘。

果不其然，墓碑下面，还摆着一束有些干瘪的鲜花。

紫色的鲜花。我蹲下身，轻轻把花拿了起来。发现如我猜测的一样，那是一束紫藤花。可能是由于水分殆尽，花束很轻，多数花瓣都发黑了，但仍能闻到一股紫藤花香。

我想起了在花卉市场买花时，老阿姨兴致勃勃地介绍：紫藤花的花语是，为爱执着，为爱而亡！

显而易见，这是祭奠爱人的花。

回家之后，我坐在床下的小地毯上认真思索，这个骆臻辉，究竟是何许人也？

他和田英敏老家相近，还出现在案发现场周围，"八一九"案案发之后，他跑到了田英敏的墓地，甚至还很有可能为她献上了一把象征爱情的花束。这么多巧合叠加在一起，我深感此人极为可疑。

难道田英敏生前和他是恋人关系？李凡尘之前跟我讲过，田英敏是后来在广州给人当情妇，被人家老婆发现并报复，才来到崤城躲灾的。不过她在十七八岁的时候，和一个本地男人私奔过，而这个男人，会不会就是骆臻辉呢？

之前许光带着李凡尘查过田英敏在崤城的通信记录，发现她为了暂住和谋生，只联系过小倩一个人。也就是说，那时候骆臻辉应该不在本市。但是时隔两年，他怎么会忽然出现在崤城呢？

也许我应该去问问小倩，但我没有小倩的联系方式。所以我要怎么去求证骆臻辉和田英敏的关系呢？

按照刑警队正常的查案流程，这个时候如果不想打草惊蛇的话，就应该先派人到田英敏的老家走访，去梳理两人的社会关系。我显然不具备这个条件。如果我想查，只能找骆臻辉本人求证。他的身份信息是有的，想查到联系方式并非什么难事。但我一想又不行，几天之前骆臻辉在墓地见过我，如果我以某种借口找到他，肯定会招致怀疑。

如果是假装以田英敏朋友的身份，跟他通个电话呢？

我迅速返回单位，用市公安局的人口信息查询系统查询了他的身份。这时我惊讶地在"出行轨迹"那一栏里发现，骆臻辉购买了上周日的高铁票，目的地是云南。想必他现在人已经不在崤城了。

发现了这一点，我反而松了口气。我走到楼梯间，拿起手机做了几个深呼吸，然后拨打了刚刚记下来的、系统中登记的骆臻辉的手机号。

电话通了，但没有人接。我尝试着又拨打了一下。

"喂？"一个沉闷且略显警觉的男声从话筒里面传了出来。

我压制着已经加速的心跳，尽量平静地说道："你好，是骆臻辉吗？"

"你是哪位？"

"哦，我是田英敏的一个朋友。你还在崤城吗？"

"朋友？你叫什么？你怎么知道我的手机号的？"他似乎显得焦躁不安。不过也正是这一番反问，大幅度地印证了我的猜测。他果然认识田英敏，甚至，两人的关系很不寻常。

我也顾不得思虑周全了，随口解释道："哦，我姓徐，你的号码是小倩给我的，她给我讲了你们之前的事情。"

"我怎么没听她说过？你找我有什么事？"

"我也是最近才和小倩联系上。田英敏之前有东西存在我这儿，是一个手包，还是名牌，她人没了，我一直留着也不合适，要不你拿走得了。"我记得李凡尘跟我说过，田英敏是个大牌控，住处有很多这类东西。

那边沉默了两秒钟，随后语速飞快："不用了，我已经不在崤城了，你自己处理掉吧。"

他说完就挂断了电话。

空旷的楼道里依稀回响着手机里传来的忙音，就好像我势如破竹的脑电波，在迷雾之下疯狂闪烁。

第二十一章
风暴

1

我以最快的速度回到家，翻出我曾经用来构思小说用的白板，在上面写下了这些名字：许光、丰凌、熊峰、艾如、骆臻辉、彭亮亮、田英敏。为了能够营造氛围，我甚至打印出了许光、艾如和骆臻辉的照片，并在白板上贴好。然后把他们彼此的关系都用黑线做了标注。

很快，白板上就呈现出了错综复杂的人际关系谱。

我发现，田英敏身上辐射出的黑线最多。可见，这些与"八一九"案有关的人中，她是整起案件的旋涡中心。几乎可以确定的是，作为二〇一九年"五二一"案中的受害者，正是她的死，引发了今年的"八一九"案。

确切地说，也是熊峰引发的。他曾经是杀害田英敏的嫌疑人，是间接导致丰凌死亡的凶手，许光的嫌犯兼仇人，也是艾如曾经在网上讨伐的对象。

随后就能看到艾如身上的奇怪之处。她认识许光，知道熊峰和田英敏，甚至也很可能认识彭亮亮，正是这些诡异的关系，让整起"八一九"案越发不像是一起熊峰的随机作案。而许光身上的可疑之处，也都拜艾如的这些古怪所赐。毕竟彭亮亮的证词可疑，案发现场之外，还出现了另一串佛珠证物。最让关谨天等人起疑的便是，许光具有强大的构陷熊峰的动机。

他恨熊峰。

所以关谨天等人最想查的就是许光和艾如之间的关联点。换言之，我手机中那张许光和艾如的合影，就是他们一直在追寻的证据。

如果说我之前还在为这个烦恼，认为一旦我和盘托出，许光的形象就会崩塌，但现在我不会了，因为我无意中发现了骆臻辉的存在。

骆臻辉作为田英敏生前的前男友甚至是地下情人，在案发后出现在了案发现场附近，说明他很有可能参与了布设假证的过程。只不过他提早逃离了现场，所以没有引起警方注意。而且他也具有强烈的作案动机，他和许光一样，也是憎恶熊峰的人。

那么从我目前掌握的许光的行踪来看，他出现在那里，很可能就是巧合。真正联合艾如陷害熊峰的，是骆臻辉。

他很可能在两年前就看到了艾如在网上抨击警方以及熊峰的视频，然后像我当初那样，利用私信的方式，和艾如取得了联络。从那时候起，他们就开始布局，想将熊峰绳之以法。在这期间，艾如可能还以某种手段，联系上了当时侦办案件的许光，想从中打探一些有利于他们作案的内部消息。比如之前在办案过程中，那明明可以将案件定性，却偏偏缺少DNA验证的佛珠物证。

骆臻辉和艾如最初的计划，应该是将熊峰引诱到荒僻无人的同成街附近，然后将其打晕，调换其身上的佛珠手串。但他没有料到的是，半路好巧不巧杀出了一个许光。而正是许光和熊峰的惨烈搏斗，让骆臻辉直接坐收渔利。他在许光和熊峰都倒地失去意识之后，迅速布设假证，成功地偷天换日，并提前逃离了现场，只留艾如一人在原地，随后装模作样地报警。

都是狠人啊。

怪不得骆臻辉在墓地偶遇李凡尘时，会对他鞠躬致意呢。因为那个时候许光的报告会视频已经开始在网络上流传，骆臻辉一定是无意中看到，于是认出了李凡尘。在他心里，对许光也一定非常愧疚吧。毕竟是他让许光无意间卷入了这场纷争，还失去了生命。

事情好像能够说得通了，但这里还存在一个问题：骆臻辉和艾如是怎样制作假的物证的呢？

这一点我暂时没有想清楚，但我明白，只要用技术手段，查一查骆臻辉和艾如的通信记录，就能扒出他们之间的联络细节。随后他们制造假证的来源和过程，就能昭然若揭了。

我异常兴奋，觉得自己已经查清楚了，是时候给关谨天一个交代了。

就在此时，我的手机响了起来。

是庄妍打来的，口气特别急迫："徐闪星，你赶紧看一下微信！"

我刚刚一直开着电脑端微信，所以手机没有提示音。听她这么一说，我才云里雾里地拿起手机。在打开锁屏的一瞬间，我以为自己看错了，或者是手机出故障了。

好几十条未读信息。

哪怕是好几年不联系的老同学都发来了消息。就在我莫名其妙的时候，李凡尘也打来了电话。

"怎么回事？网上那人发的是真的吗？"

"哪个人？你们在说什么啊？"我完全摸不着头脑，但隐隐能感觉到，他们所说的，肯定不是什么好事。

"说你诬陷好人，在地铁里乱抓人，你先赶紧看看！"李凡尘的口气比庄妍还要急。

李凡尘和庄妍不约而同地给我发来几张图。我点开一看，发现都来自一个叫"黑米饭团儿"的人的微博截图。"黑米饭团儿"在微博中说，上周的时候，他乘坐地铁去上班，下车走到站厅后，忽然半路蹿出一个叫徐闪星的女警察，不分青红皂白地当众声称他是猥亵女乘客的嫌犯，并且无视他的任何辩解，强行把他扭送到了公安机关。

显而易见，这个"黑米饭团儿"就是那天我在地铁站里截获的戴黑框眼镜的男子。

看到这里，我感觉仿佛有一股冰冷的潮水从脚底漫延上来，逐渐浸泡得我浑身冰凉,大脑缺氧。

那人称自己在公安机关无论怎样解释都无人理会,不仅遭遇了一系列的盘问,还被提取了血样。等待鉴定结果的一周里他内心无比煎熬,工作生活都受到了严重影响。直到今天下午,民警通知他鉴定结果已经出来了:他的DNA和女事主裙子上的体液的DNA并不匹配,他不是那个猥亵者!

在大篇幅的文字下方,还有两张法医出具的鉴定意见的复印件照片。更令我窒息的是,他还配上了好几张当日在地铁内跟我对峙时,对我拍摄的照片。照片中的我双眼圆瞪、面红耳赤,俨然一副骂街泼妇的模样。

再看这条微博的评论和转发,都已经过千。转评里基本上都是对我一边倒的批判,甚至有一些三无小号开始对我的身份进行扒皮,我的很多个人信息,甚至是不知他们从哪里搞来的我的其他照片,都赫然出现在万众瞩目的评论区中。

转评数量还在不断升高。

我给柳冬丽拨语音电话,想问问到底怎么回事,却一直无法接通。

我恐惧得想扔掉手机,却还是不受控制地打开微博,发现里面已经涌入了上百条消息提示。果不其然,好事者们已经顺着我的姓名、形象甚至工作单位,追踪到了我的个人账号。

我的微博评论区和私信已经沦陷。有人说我人丑心黑,不配当警察;有人说要到公安局举报我,把我这种害群之马清除出公安队伍;还有人说我立功心切,害得别人社会性死亡,那也要让我尝尝"社死"的滋味。

其中有一条消息,是几百个"赶紧滚"。

还有的就是简单一句"人丑多作怪"。

还有人展示了在市公安局网站的公开信箱里举报我的截图。

就这样,我作为话题"崤城地铁内女警察诬陷男乘客为流氓"的当事人,迅速登上了微博热搜。

2

一夜未眠。

上床之前，我接到了很多人的电话。除了徐烁星、翟忆山、我妈、李凡尘，以及几个要好同学是真心宽慰，其他多数人都是抱着看热闹不嫌事大的心态，想打听一下被"网暴"是一种怎样的体验，以及这件事还有什么更为刺激的内幕。我冰冷机械地应付完他们，关掉了滚烫的手机，一头扎到了被子里。

在一片死寂的被窝里，我听到了身下老旧的席梦思床垫中传来的咯吱咯吱声。那是我早已濒临失控的心跳和床铺产生的共振。

黑暗中，我经历着这辈子都没有体会过的痛苦。而且这痛苦还反复逼问着我，自己究竟错在了哪里？我明明记得那天是柳冬丽亲口告诉我，就是那个戴黑框眼镜的男子猥亵了她，事后她也进行了当场指认，说明我没有抓错人。但为什么鉴定结果会是这样？最让我想不通的是，在当时那种情况下，我作为一个警察，没有理由不去控制住那个所谓嫌疑人。如果我当时选择视而不见，那同样是一种不作为啊。那么遇到这种事，到底有没有处理的准则了？难道应该麻木不仁地应对，多一事不如少一事吗？

想到这里，我觉得孤独极了。虽然刚才还硬撑着跟李凡尘说没事，但此刻对他思念却到了极致。我多么希望他就贴在自己身边，用关怀但也同样无助的眼神看着我，随便说一些安慰的话。我喜欢听他温柔清澈的嗓音，就像是那天我躲在舞台布景后面，沦陷在他的声音幻境里一样。那样多少还能转移一下我早已失控了的注意力。

整个晚上，我脑中不断闪现着事发时的场景和细节，根本没有余力思考其他事情。曾经带给我安宁的钟表嘀嗒声，此时也成了刺耳的噪声，搅得我难以入睡。等辗转反侧地在床上失去了所有体力时，我发现，天也亮了。

第一次感到自己如此惧怕光明。

浑身乏力地从床上爬起来，我几乎是屏着呼吸重新拾起了手机。微博中有关我的热搜仍是居高不下，私信中又多了一百多条的消息。果然，无聊的夜晚，大家都在尽情地追逐新闻热点，发泄，狂欢，为讨伐一个三观不正的恶毒女警猛烈敲击自己的键盘。

李凡尘，你什么时候回来啊？

我抱着绝望的心情在客厅站了一会儿，实在不知道该干些什么。随后我向对面的落地镜看了一眼，发现里面站着一个形容极其恐怖、与网上的评价有过之而无不及的丑陋女子。于是我逃向了卫生间，决定先洗把脸，把蓬乱得如同扫把一样的头发梳好，再重新找个角落躲进去。

这时候门外传来响声，应该是合租的姐妹加班刚刚回来。她一边开门一边朝门外嚷嚷着什么话，然后砰一声关上防盗门，在玄关大声呼喊着我的名字。

我紧张地走出卫生间。

她以一种从未有过的恐慌神情看向我："怎么回事？我刚走到楼下，门口有个女的问我徐闪星是不是住这个楼。我以为是你的朋友，就说我是你室友，结果来了一大帮人，说是都是什么公众号记者，还有什么做视频号的媒体人，要采访你，就跟着我上楼了，甩都甩不掉，你到底怎么了？突然成网红了？"

还不容我解释，门再一次被拍响。她转身大吼："再敲就报警了啊！"

我虚脱地躺在沙发上。

室友朝猫眼看了看："都没走啊，就坐在楼道里呢。"

随后她走到我面前，问到底发生了什么事。我有气无力地给她讲了大

089

概,又拿出手机让她看了看里面的场景。她瞠目结舌了一会儿,先表示了同情,又给我倒了杯水,认真提议:"你出去跟他们讲清楚不就行了吗?你也没有做错什么,这件事本身就是个误会啊。"

"你觉得现在这种情况,我解释得通吗?这帮人既然来了,肯定不是想听我解释的,他们只是想向网友们展示一下我的尊容。"

我抱着杯子在沙发里瑟瑟发抖。

室友很心疼地看了我几秒钟,随后扭头向门口啐道:"这帮王八蛋,为了蹭热度,怎么这么不要脸!"

我有几分感动地看着她。虽然和她只是单纯的合租关系,平时在这狭小的两居室里都见不到几面,但此刻她却是唯一活生生地在面前声援我的人。患难见真情啊。如果不是她下一秒钟说出的话,我真的就要扑进她怀里放声大哭了。

"不过……你现在这样躲着,也不是办法啊?"

"那我要怎么办啊?"

她凑近了我,一脸认真:"咱们毕竟是合租,我刚加完一宿的班,还想好好休息一下,下午还得出去见客户,你一直在这儿,他们肯定就不走……我也挺困扰的。"

我心口一凉,刚要说什么,她又解释:"啊,我的意思是说,你可以去单位呀。你不是警察吗,你进了公安局,住进了宿舍,他们肯定不敢在公安局门口造次,肯定就散了,总比让他们在这里堵着你强。"

"……"

"我就是提议啊,不是强迫你啊。不过,他们一直在门口猫着,对你影响也不好,不是吗?"

果然只是合租关系。是我想太多了。

十分钟之后,我在无数的叹息声中,收拾好了一书包细软,准备到单位暂住。出门之前,我戴上了墨镜和一只硕大的口罩,准备以百米冲刺的速度跑下楼。

门一打开,坐在下行楼梯上的一个身穿绿衣服的小伙嗖一下站了起来。随后三五个人分别从楼上楼下冒出来,像水母捕食一般沉默又急速地向我靠拢。直到我灵活地绕过了那绿衣服小伙子,飞快地向楼下奔去时,后面才传来一声女人的惊叫:"徐闪星!徐闪星!我们是公众号'嵴城芸芸众生'的,你能跟我们聊聊那天发生的事吗?"

3

单元门口冷风扑面,除了凛冽的冬意,迎接我的还有更险峻的敌情。在我们小区的院子里,林林总总至少堵着五六家媒体,其中嵴城新闻有线电视台最有排面,直接把贴着台标 logo 的采访车停进小区院里了,引得一些路过居民不住侧目。

那帮人正在楼下三五成群地聊着天,见我全副武装地冲出来,不约而同地将我包围,有人手忙脚乱地拍摄,有人争先恐后地提问。

"你就是徐闪星警官吗?微博上的爆料你看了吗?你有什么要跟我们说的吗?"

"徐警官,我们是视频号'呱呱说'的记者,想采访你一下,当时你在地铁里执法,是单位组织的行动,还是你的个人行为呢?"

"请问你对抓错人这件事有什么看法?爆料博主说你当众污蔑他,还说你是故意的,请问你俩之前在车厢内乘车时,是不是发生了什么争执?"

听到这里我终于忍不住了,止住脚步狠狠地瞪了那个提问的眼镜男一眼,厉声说道:"我没有跟他发生争执!是事主指认他的!"

"您认识事主吗？您和事主是什么关系？"

"我们不认识，没有关系。"

"那您当时情绪为什么那么激动？"

"还有爆料称，您是因为以前在地铁内受到过流氓侵害，所以对这种行为深恶痛绝，请问是这样吗？"

"请问您是女权主义者吗？"

我觉得说不清楚了，我简直要被他们气晕过去了。

正在我被前后夹击，语无伦次时，忽然感到胳膊被人攥住，扭脸一看，对方是一名身穿黑色夹克、戴着白口罩的短发男子。我吓了一跳，刚要挣脱，却被那人死死拽离了人群，随后他匆忙摘下口罩看了我一眼，甩出一句："跟我走！"

"曾竹？"我愣着又被他拽出好几米。

"快走啊！"

我意识到什么，赶紧迈开步伐，随着他一起奔向小区门口。

后面一众记者扬着手机穷追不舍。

"是她男朋友吗？看看他们去哪儿！"

曾竹带我跑到一辆黑色的国产小轿车边，然后飞快打开车门跳上驾驶室，边打火边摇下窗户朝我说："上车啊！"

钻进车里的我惊魂未定，看着窗外记者们穷追猛打地拍着玻璃。曾几何时，我也幻想过自己有朝一日成为广受追捧的大明星，一现身就会被狗仔们围追堵截。毫不夸张地说，现在的我已经完全达成了这项成就，虽然背后的原因很不堪，但最起码表面上看来，已经成了妥妥的公众人物。

我这才明白，为什么有那么多人不择手段地想要"红"。因为万众瞩目、牵动人心的感觉，确实够刺激。那一瞬间，我还真有点脚下发飘。

曾竹一脚油门踩下去，把我带回沉重的现实。

他眉头紧皱地打着方向盘，不时还瞥向后视镜。我扭头看去，发现后面至少两辆车在跟着我们。

"安全带。"他在嘀嘀的提示音中说。

我战战兢兢地系安全带："现在记者都这么疯狂吗？"

他目不斜视："你以为呢？他们现在为了流量都疯了，你这事可是现在全国性的顶流！"

我还是难以置信，下意识地狡辩："这就成顶流了？不就是抓错人了嘛……何况是事主检举的啊……"

他看了我一眼，不无戏谑地说："女警在公共场合污蔑无辜男乘客是流氓，而且有鉴定结论这个铁证，你没的洗。而且你还成功引发了社会热点问题，比如两性对立啊，猥亵案的灰色地带啊，女性权益的保护和滥用啊，警察的粗暴执法啊，你觉得你不是顶流谁是顶流？"

心灵再一次遭受暴击，脑子里反复闪烁着几个灰暗的大字：我完了。

成为"顶流"虽然刺激，但刺激背后，其实是深不见底的焦虑和恐惧。望向窗外，我感觉自己已经从这个热闹的世界上剥离了。我仿佛已经不属于这个星球，连呼吸的权利都没有了。

瘫在椅子上，我忽然又想到了什么，开口问曾竹："是李凡尘叫你来的吗？"

他看了我一眼，从车门上抽出一瓶水递给我，答非所问："喝点水吧。"

后面的汽车还在穷追不舍，他们似乎想看看我们到底去哪里避难。曾竹加快了车速，说道："对了，你跟单位请几天假，这几天不要去上班。现在你这事还没有发酵到高峰，过两天还会有更多的人来找你，采访的、找事的、偷拍的，你千万不要回家了。"

"那我要去哪儿？"

"酒店。"

"酒店？"

"对，不然呢？你还能去哪儿？"

这些话一句句将我打入深渊，心情也跌至谷底。同时我脑子里又接踵而来很多新问题：那些人会不会骚扰我的家人？会不会到单位找我？领导会不会处理我？我是不是再也不能出入公共场所了？

心如死灰。

曾竹拐过一个路口后忽然毫无预兆地靠边停车，然后朝我说："下车。"

窗外是一片小区外的底商，有五金商店和水果铺子，并没有什么酒店。

"啊？"

他使劲盯着后视镜，提高了嗓门："快啊。"

我来不及思考，急忙背起背包开门跳下车，说时迟那时快，身边竟然嗖一声刹住了一辆摩托车。随后我眼前一黑，再反应过来时，脑袋上已经被扣上了一顶沉甸甸的头盔。

耳边响起一句语速飞快、有些尖锐的女孩声音："上车！"

我这才反应过来："王铁莹？"

"快点！小心被他们发现了！"王铁莹鹰一样的眼睛从头盔玻璃里射出寒光。

我跨上摩托车后座，还没坐稳呢，就被强烈的速度和巨大的惯性，扯得几乎灵魂出窍。

王铁莹车技不俗，七拐八绕，竟然带我钻进了闹市中的胡同。也正因如此，她把身后跟踪我们的汽车甩得无影无踪。

我已经记不清上一次坐摩托车是何年何月了，此时听着耳边呼呼的风声，感觉就像回到了孩提时代。沉闷的心情被撕开一个裂缝，我一手扶着王铁莹的腰，一手掀开挡风玻璃，大声问道："是李凡尘叫你们来的吗？"

她加大马力，背影岿然不动："我可不是冲他，我是冲光哥。"

我有点羞愧地说："许光并不认识我。"

她没有说话。

又行驶了十多分钟，她带我拐进一家商务酒店的停车场。我摘了头盔下车，跟在她屁股后面来到酒店大厅，发现那里有人在等我们。

朱哥远远地朝我们打了一个手势，嚷嚷着："怎么才来呀！人家这儿就一间标间了，我身份证都押这儿半天了。"

我惊讶地看着他和王铁莹，差点飙泪："你们全体出动了啊？"

朱哥连比带画地说："行了，别感动了，你赶紧把身份证拿出来登记，我刚才怕房间被人抢了差点就先用自己身份证登记了，后来我一想也不成，那样咱俩在系统里就成同房人员了！"

4

王铁莹拉上了酒店房间里的一扇窗帘，屋里立刻暗了一个度。她回过头嘱咐我："这几天尽量别下楼，一日三餐都订外卖吧，单子上也别留自己的名字，电话就留酒店前台的。"

这时我才腾出工夫打量她，发现她化了淡妆，穿了一件挺酷的皮夹克，头发虽然短，却修剪得十分有型，远远地闻着还有一股香味。也许这才是女刑警该有的气质和风采，我不禁有点自惭形秽。

我说："谢谢了。"

"没什么。"她快言快语地说，"我们也该谢谢你，光哥的事迹报告会多亏你了。我们都是一帮粗人，也帮不上什么忙。"

说到报告会，我心里又是一阵乱，只能强作镇定："李凡尘也功不可没。"

"祝福你们。"她文不对题。

随后她想起什么，提醒我："你请假了吗？"

我这才想起请假的事，赶紧拿出手机给庄妍打电话。庄妍那边早就意识到了事情的严重性，反复问我这边状况怎么样。我在王铁莹的提示下，只说自己暂住在朋友家，目前没受到任何骚扰，可能要请三四天假，等事情热度下去了，再恢复上班。

庄妍说："也好，今天开会的时候市局两个领导还重点说了你这件事，看样子他们也要调查一下，这个当口你确实不宜露面。"

我一口气提到了嗓子眼："不会处分我吧？"

"那倒没说。"

"哦。"

灰溜溜地挂了电话，我发现王铁莹已经走了。

我给李凡尘打了两个电话，发现都是无法接通，给他发信息也一直没有回复。我壮着胆子打开手机，发现微信和微博里依然在源源不断地涌出新消息，于是又赶紧关掉，破罐破摔地把自己扔到了床上。

也许是昨晚熬夜的缘故，迷迷糊糊地，我竟然睡着了。

我做了很多杂乱无章的梦。一开始我梦见了我爸，场景是他出事之后的那间病房里。梦中的我爸坐在床上等着我，见我跑进来，只是笑吟吟地看着我，一言不发，目不转睛。我心里悲伤汹涌，想跟他说些什么，双唇却像封了蜡一般，无论如何也开不了口。

我可以清晰地看到他额头上的每一道皱纹，接收到他无比慈爱的眼神，感受到病房里如春的温度，但就是没办法对他说出一句哪怕仅仅问候的话。在这个梦里我还在琢磨，我最后一次跟我爸对话，是发生在什么时候呢？是曾经临睡前的互道晚安？还是他上班出门之前的随口告别？我想不起来了，我竟全然忘记了他曾留给我的最后讯息。

我们经常没有一句像样的告别。这种在现实世界中只是若隐若现的遗憾，在这个梦中忽然演变成一种巨大的恐惧，让人忍不住浑身发抖。

随后我不知为何开始在一片白色中奔跑。那片亮白的光晕漫无边际，许光远远地站在一棵大树下面。我奋力朝他跑去，呼喊着他的名字，却发现他再一次消失了。

梦中的思维又开始活跃起来。我意识到，自己永远也不可能正视他那张活生生的脸，和他产生哪怕是半句交流了。即便是梦里也不可能。我俩似乎命中注定，行走在两条平行线上，直至其中一条永远地终止，被我没有止境地甩在身后。

我有可能穷极一生，都再没有机会知道许光到底是一个怎样的人。

我不仅没有和他告别，连基本的相逢都没有。

迷迷糊糊中，我听到一阵敲门响。

我睁开眼睛望着酒店空荡的四壁，瞬间感到了来自现实的恶意。我小心翼翼地挣扎着起床，警觉地凑到房间门口，小声地询问来者何人。

"是我。"一个熟悉的声音轻轻响起。

我鼻尖一酸，迅速打开门，拥抱住了门外的人。

李凡尘没有戴眼镜，肩上背着一只背包，还挎着一只行李袋，双手还拎着两只硕大的塑料袋，里面塞满了各种食物。

"先让我进去，手指头快废了。"他有点后仰地笑着看我，双下巴都出来了。

进屋之后，他才告诉我，知道我出事之后，他直接订了凌晨的高铁票，连夜出发，在高铁上安排了王铁莹等人过来接应我，然后自己下了火车就打车来了酒店。上楼之前，他见楼下有比萨店和商店，就给我买了午饭和一些零食，实际上他自己连早饭还都没来得及吃呢。

"看来铁莹他们还是很听你话的啊。"

"关键时刻还行吧。"

我见他很认真地分门别类地码放比萨外卖，很有再拥抱他一次的冲动，但还是忍住了。

随后我们就窝在沙发里吃比萨。我萎缩已久的胃口又打开了，一边嚼着李凡尘忙乱中随手挑选的芝士火腿比萨，一边和他聊天。我问他这么突然地回来，会不会耽误工作？他说不会，广州那边还有申队坐镇。那个嫌疑人交代了一些在当地的违法事实，广州警方正在核实。即便是没有我这件事，他也要在下周二之前赶回崤城。他和申队不可能同时缺席周二的许光事迹报告会。经过和组委会的协调,申队的宣讲由公交刑警队的另一名领导代替。李凡尘作为压轴出场,将排除万难保证出席。

听到这里,我的咬合肌像是生了锈,慢慢停止了咀嚼。李凡尘或许还知道,随着小苏等人的暗中调查,许光的英雄身份可能随时会被推翻,报告会很可能也要马上被叫停。虽然我查出的有关骆臻辉内容可能会为局势带来一丝曙光,但偏偏就在这个时候,我摊上了这种事情。

李凡尘似乎看出了我神色有异,拿起一张纸巾给我擦嘴:"怎么了?"

"没怎么,那你这两天是不是可以休息了?"

"怎么可能,申队交给我一堆活儿回来干。得空我还得复习一下宣讲稿呢,都忘得差不多了。"他苦笑了一下。

我身子缩成一团,很认真地看着他:"周二的报告会上,你不会还绷不住哭出来吧?"

"应该不会吧。"他放下一根薯条,很奇怪地看我,"怎么突然问这种问题?"

"没怎么,就是看见你哭,挺心疼的。"

他靠近我,然后伸出一只胳膊,把我搂在怀里。

"要说许光死去那晚的事,我确实是特别难过。有人可能觉得我是为了节目效果才一把鼻涕一把眼泪的,其实根本不是,如果不是借着报告会这种场合宣泄一下,我可能这辈子都不会提起半句。但那样的话,许光、同事们,包括领导在内,都不会知道我对这件事的真实感受,我也没有机会跟他们好好聊聊,那种感觉特别压抑。也可能是我太好面子了,怕说出来显得太刻意,让人觉得很矫情。"

我浑身暖洋洋地看着他:"你不是好面子,你是太善良。"

他很漠然地看我:"我善良吗?我怎么没觉得。"

我有点猝不及防,直觉告诉我这不是他的风格。女孩子在突然发现心上人的另一面时,除了感到一点小刺激,慌乱也是有的。就在我还不知道说什么的时候,他的嘴唇就轻轻贴了过来。

我整个人像通了电，一下就酥了。

在这股电流中，我也获得了瞬间的清醒。原来他画风骤变，是因为这个啊。

但与此同时，我的脑子里又冒出一个现实问题：这里是酒店，我们不会就在这儿发生什么吧？旁边就是床铺，床铺一侧还有个样式很风骚的卧榻，卧榻旁边就是包裹着磨砂玻璃的淋浴间。甚至就连我们身下的皮沙发也宽大松软，散发着很不安分的气息。

简直没有理由不发生什么。

但是我现在这个处境，也太尴尬了吧？一个正在遭受网络暴力的女警察，居然躲在酒店里和男朋友滚床单，这成何体统！

门外的"黑粉"们正可劲地在挖我的黑历史，我却还好死不死地制造这种风流韵事，是不是太不应该了？

等等！我是不是想得有点多啦！

没办法，我就是这样一个患得患失的脑补狂人。尽管我觉得李凡尘的举动弥足珍贵，也足够能带动我的激情，但因为顾虑太多，我却越来越无法集中注意力，甚至下意识地想要抗拒了。就在我们两人都略显僵硬，不知如何进行下一步时，谢天谢地，他的手机响了。

我趁机往外缩了缩，他手忙脚乱地摸电话。

他整张脸已经涨成了猪肝色，额头上还沁出了不少汗珠。那副手足无措的样子，就像是考试作弊被抓了现行。他又变回那个腼腆的大男孩了。

他对着电话说了几声"嗯"，然后撂下一句"我这就回去"，然后结束通话，挺无语地看着我。

"怎么了？"我尽量让自己看起来若无其事。

"我们政委的电话，听说我回来了，让我回一趟队里，说市局有个专项打击的紧急会议让我去开一下，队里实在是忙不过来了。"

我万分失落的同时，又重重地松了一口气。鬼知道这是什么糟糕的感觉。

"你赶紧去吧。"

"你一个人行吗?"

"没问题。"

他再一次凑近我,摸了摸我的头发,笑着露出了洁白的牙齿。

"等着我。"

第二十二章
狂卷

1

送走了李凡尘，我接到了柳冬丽打来的语音电话。她在电话里哭着道歉，结结巴巴地说她也不知道怎么回事，事情就变成了这个样子。她那天清清楚楚地记得，就是那个男乘客站在自己身后，下车后又很可疑地擦拭着双手。她甚至还问我："徐警官，你当时也觉得那个人很可疑，对不对？"

我身心俱疲，不知道此刻这种问题有什么意义。

"徐警官，是我对不住你，我在那条骂你的微博下面留言了，说了当时事情的经过，但是过了一会儿就被删掉了，我也不知道是怎么回事。"她这样说道。

"没事，就这样吧，我有电话进来了。"

我并没有敷衍，确实是有新电话进来，而且可以说是源源不断，有庄妍的、徐烁星的和翟忆山的。徐烁星问了我目前处境和所住酒店，说要过来看看我。翟忆山亦是如此，我却没敢把酒店地址告诉他。

"我就是想过去陪陪你，没别的意思。"他一改平日里的油腔滑调，格外地正经。

我说："谢谢，不用了。"

他叹了一口气，沉默了一会儿说："其实我一直特别后悔，以前的事，都是我不好。能再给我一次机会吗？"

眼圈又一次热了。如果放在以前任何时候，我听到这些话都不会有什么动容，但现在的我于他而言，是一个名声已经臭了的、众人避之不及的前女友。所以我觉得特别温暖，哪怕这已不再是爱情的温度，也足以让我真真切切地感动和欣慰。至少自己曾经没有看错人。

我看着酒店窗外光影缠绕的马路和缀满星星的夜空，心里开阔了一些，对着电话说道："谢谢了，老翟，你最近没少帮我，我嘴上不说，但心里都记着呢。那次大冷天的你开车来酒吧接我和徐烁星，我一直想跟你说声谢谢。但不知道为什么，咱俩之间，我觉得说这些话挺难的，你别怪我。其实你人和条件真的挺好的，遇见合适的姑娘，一定得把握住。"

他在电话那头笑了："怎么听着你跟要寻短见似的。现在正站在窗户边上自怨自艾吧？"

我抹了一把眼泪："挂了吧。"

"哎，别挂呀，你说我晚上去酒吧接你和徐烁星，我怎么不记得有这么一茬啊？哪年的事啊？"

我挂断了电话。

晚上我没吃饭，浑浑噩噩地看了一会儿电视，又等来了李凡尘的电话。他说要带队去抓个人，明天上午忙完后会第一时间来看我。

放下电话，我又手贱地点开了微博，想看看热搜有没有被撤掉。不看不要紧，一看我才意识到现在的网络是个多么肥沃的土壤。仅仅过去一天的时间，网上竟然已经开始流传出各种恶搞我的视频。

基本都是一个套路，把我的头像PS进一些影视剧中的"名场面"里，制造出非常鬼畜的效果。比如把我PS成《征服》里的刘华强，买瓜时斥责摊主是流氓，摊主否认我就将其一刀毙命；把我PS成《康熙王朝》里的康熙皇帝，在上朝时怒斥群臣全是一群臭流氓；更有甚者把我PS成某个自称武术大师的老头，一边甩着各种夸张动作，一边说这是我抓流氓的独门绝技。

每个视频的点击量都居高不下，弹幕密密麻麻，五彩斑斓。看来我的这一事件，给无数视频博主们紧急输血一样地提供了珍贵素材。

我几乎心脏骤停。这什么时候是个头啊！

我不敢再看这些，再一次关掉了手机，连滚带爬地钻进了被窝。

2

第二天天还没亮，迷迷糊糊中我被一个陌生来电吵醒。我点开接听，里面传来一个带有不知道是哪个地方口音的男人声。他问："徐闪星？"

我睡意顿无："你是哪位？"

"傻×。"电话断了。

我还没回过神来，电话声又不断地响起。最初我还脑子发蒙地接了两个，里面传来的无一例外都是骂声，此时我才意识到，自己号码被外泄了。

哪个王八蛋干的？我的仇人就那么多吗？还是这年头个人隐私就这么容易泄露？我扯着头发骂出了声。

好在我的手机是双卡双待，骚扰电话只集中在其中的一个号码上，我迅速拔掉了那枚电话卡，才获得了暂时的宁静。

我很严肃地告诉自己，事情远远比想象中要严重，接下来几天要面对的，可能是从未有过的一场灾变。更令人绝望的是，这场暴风骤雨可能还会持续很长时间。就像是网友们揶揄某个翻车的明星那样，想要熬出头，光靠话题热度的消退是远远不够的，只能静待新的社会热点取而代之。说白了，是苟延残喘地活下来，还是就这样永无翻身之日，都看老天。

我不会真的遗臭万年吧？

我瘫坐在宽大的床上，内心一片荒芜。

即使没有再次打开手机，我仿佛都看到谩骂和侮辱如同沸腾的气泡一般，奋力在眼前飘荡。

"丑人多作怪。"

"屎眼看人黄。"

"车厢打拳侠。"

…………

我怎么也没想到，一直以来对上网冲浪乐此不疲的我，有朝一日也会成为网民们的娱乐源泉。大家似乎已经慢慢不再关注事件本身，而是借着这个话题，挖空心思地用各种搞笑方式，发表着自认为正义的态度。我从事件中的主角，完完全全沦为了热点标签，供数以亿计的网友们开发乐子。

没有人会关注这个标签到底做了什么，是对还是错。标签嘛，一组游荡在无数手机和电脑屏幕中的数据而已。它没有生命和脉搏，也没有尊严和人格，它的象征意义无穷大，而实际意义趋近于零。

欲哭无泪。

不知过去了多久，门外响起了敲门声。我惊恐了一会儿，拿起电话确认外面的人是李凡尘，才敢爬下床把门打开。

李凡尘依然提着行李袋，还换了衣服、刮了胡子，看上去已经不似昨天那般风尘仆仆。进屋后，他一边打开行李袋换拖鞋一边说："今天我来陪你住。"

我一愣神，他马上红着脸解释："啊，我睡地上，我带着睡袋呢。"

我心里一暖，尽力让自己看起来不那么丧，有点打趣地说："行啊，看来生活很丰富啊，还有睡袋。"

"路上刚买的啊！"

他的样子终于逗笑了我，我拉着他在他敞开了的行李袋面前蹲下来，笑嘻嘻地说："来来来，让我看看你还带了什么荒野生存的东西。"

"没什么。"他扒拉着里面的东西，掏出一个折叠烧水壶，"我听说酒店的烧水壶不干净，就给你买了这个，说是出差神器。"

"好样的。那个是什么？"我指着里面一个白花花的东西。

"哦，这个啊，三合一充电器。除了手机还能充电脑和手表。"

"这是什么呀？"

"这是驱蚊水。"

"你没事吧，这季节还有蚊子？"

"我看网上说酒店暖和，一年四季都有蚊子，而且还是咬完了各种人再来咬你的那种。不喷一下，被咬一口多恶心。"

这时我注意到行李袋底部露出一个很小的银色包装袋，看上去特别像避孕套。那一刻不知为什么，我绷不住乐出了声："哈哈，给我看看那个银色的是什么！"

李凡尘赶紧伸手把那小袋子掏出来攥到手里。我过去抢，李凡尘跳上沙发后再无退路，只得死死把那东西按在兜里。我上前一把握住他手腕："什么意思？干吗不给我看？"

"什么都不是。"

"那为什么不能让我看？"

"这是我用的，你又用不到。"

我想都没想就说："你一个人用的？"

他一本正经："当然，我都用了多少回了。"

我使劲掐他，他惨叫，却还是丝毫不松手。

我干脆走到门口，把房门打开一个缝："拿出来，要不我可不敢让你在这儿待着了。"

他这才把手伸出来，缓缓打开拳头，露出了个皱得不成样子的小袋子。

盯着那个袋子，我头皮猛地一紧，随之浑身像被火烤一样滚烫。

上面写着两个大字"沙宣"。

是一次性洗发水。

我目瞪口呆，他憋着一脸坏笑凑过来，问："你倒是说说，我一个人用不了吗？难不成还分你一半？"

我觉得我活不了了。可能我的智商的确有问题吧，在地铁里分辨不出真假流氓，在酒店也分不清避孕套和洗发水。我面无表情地走到床边，生无可恋地趴下，用冰凉的被子给自己炙热的脸颊降温。

身旁的床垫重重陷下去，一张皮肤白皙又丝毫不失男子气概的男人脸挡住了我的全部视线。他眨着眼睛看我，口鼻间一股热气扑到我脸上："走啊美女，一起去卫生间洗个头？"

我扭过头，面朝另一边，眼泪忽然控制不住地往下流，嘴里也没来由地哼哼唧唧起来。

李凡尘在我身边撑起身子，不知所措了一会儿，用手扒拉我："没事，有我呢，别哭了，啊。"

"我可能完了……"

"怎么会呢，一切都会过去的。"

"所有人都在骂我，以后没脸见人了。"

"不管怎么样，我都陪着你。"

不知为什么，听到他这么说，我哭得更凶了。身体里的悲愤与委屈像是被他这些话调动起来，合力冲破了阀门，止不住地往外涌。哭到后来我连起码的意识都没有了，被这股情绪任意摆布着。

李凡尘又不断地说着什么，我却什么也没有听清。忽然我听到他大喊了一声什么，紧接着床上就乱作一团。

一阵尖锐的女声骤然响起："滚开！你个臭流氓！"

我鲤鱼打挺地坐起来，看见徐烁星正拿着一只背包砸向李凡尘。李凡尘连滚带爬地逃到窗边，把一椅子都带翻了。

我赶忙上前扯住徐烁星。只见她穿着宽厚的风衣，头上还戴着一顶卡通得有点幼稚的小熊绒帽，看样子刚刚进来。别看我这个妹妹平时雷声大雨点小，但真要动起武来，也够人喝一壶的。据说有一次他们医院出现医闹，警察还没赶到现场呢，她已经用听诊器把对方的脑袋甩开了瓢，倒赔了好几千块钱。要不是院领导看在她英勇的分儿上没有深究，她早就卷铺盖回家了。

此刻的徐烁星气喘如牛，小熊帽子也歪了，造型有点搞笑。她指着躲在角落里满脸无辜的李凡尘，气呼呼地问我："这人谁呀？"

3

我们三人端坐在宽大的酒店卧室里大眼瞪小眼，互相看了一会儿，我才想起一个关键问题，问徐烁星："你怎么进来的？"

"门一直开着呢。"她耸着肩说。

还真是，刚才光顾着哭，我都忘了是自己在调戏李凡尘时把门打开的。我看见徐烁星脚边的行李箱，又问道："你这是？"

"过来陪你住啊。没承想你这儿还挺热闹啊，要是没我的地方我就先走了啊。"她瞥一眼一边的李凡尘，却没有一点起身的意思。

李凡尘马上站了起来，挠头笑道："你住，还是你住吧，你陪你姐姐好好住两天，我正好单位还有事呢……"

我万分留恋地看着李凡尘，搜肠刮肚却找不出一句挽留的话。毕竟徐烁星大老远地来了，也不能把她拒之门外，更何况还是因为一个男人。

李凡尘很关爱地看了我一眼，然后草草收拾了刚刚打开的行李袋。我走过去帮他装东西，见他把折叠烧水壶、充电器和驱蚊水一一掏出来摆好，心里有点不是滋味。

见我有些失落，李凡尘凑到我耳边小声打趣："你妹妹真够虎的，我下回得给她买个礼物。"

我还没说话，坐在窗边的徐烁星就发话了："不用买礼物，下次来给我带杯奶茶就行了，要那种爆珠的。"

"你耳朵怎么那么好使！"

徐烁星不理我，摇晃着走到李凡尘面前，再次打量他，然后徐徐问道："哎，你爸妈，介意双警家庭吗？"

李凡尘说："我父母双亡。"

徐烁星有些灰头土脸："哦。"

我狠狠瞪了她一眼。

李凡尘把硕大的行李袋挂在肩上，扭头看我："那我走了。你没事别看手机了。"

我觉得他简直帅得掉渣，迫不及待地问："那你什么时候再过来呀？"

"明天我值班，后天白班，有机会我就过来找你……"他说到这儿还挺萌地愣了一秒钟，看了眼徐烁星，补充道，"们。"

李凡尘走后，徐烁星对我说："这就是你上回说的小奶狗？"

"你这是什么用词，能别说得这么庸俗吗？"

"你们滚过床单没有？"

"你有病吧。"

"有什么不能说的！你当初不也跟八婆一样问过我？"

我一想，也是。那会儿我和翟忆山还打得火热，还会以过来人的身份给她指点迷津。但现在不行了，我哪里还有资格呀。

于是我照实说："没有，刚好上呢。"

她点点头，很怅然地说："没想到啊，是这么一个人。"

可能她对我男朋友这个概念，还停留在翟忆山那种类型上。翟忆山通透又阳光的样子，当时很得她这个准"小姨子"的欢心。她曾经不止一次地对我说："就怕你找一个愣头青警察，或者油腻的人精老警察，那样肯定无趣到爆。像翟忆山这样多好，人不傻，又很纯真。最难得的是那份率真，是现在很多饱受社会毒打的成年人所不及的。"

我问她："李凡尘呢？"

她说："有待考验。不过这个人看起来，气质有点奇怪。"

我问："怎么奇怪？"

她说："说不上来。感觉他吧，乍一看挺单纯的，再一看又似乎不怎么单纯，感觉让人看不太透。"

我很不平地撇着嘴："你才见他几分钟啊？"

她摇着头："反正跟翟忆山给人的那种一眼看到底的感觉完全不一样。"

从那个下午到晚上的时间，我和徐烁星的绝大多数话题都是围绕着我这两任男友展开的。其实我并不想聊这些，但此时此刻也找不到更能分散我注意力的话题。毕竟网上关于那件事的各种讨论和恶搞还在发酵，如果我闲下来，总会想掏出手机看两眼。

我俩就这样心照不宣地躺在大床上聊着天，话题断断续续，直到我们各自昏沉地睡去。

其实徐烁星是个很念旧的人。翌日早上她先我一步起床洗了澡，然后包一个巨大的蒸汽发膜帽坐在床上观看收费电影。随后她对着被响声吵醒、正痛苦着挣扎的我说："哎，咱们以前看过这部电影吧？我记得跟翟忆山一起看的！"

我瞄了两眼那电影，发现是一部恐怖片。那年徐烁星来崤城找我玩，翟忆山很用心地制订了一个周末旅行计划。白天露营烤串，晚上在营地看电影。结果那晚营地的银幕坏了，露天电影泡汤了。翟忆山很是气馁，回到市里非要看一场电影弥补遗憾。于是我们就近找了一家影院，发现只有这部影片的时间合适。我们三人都不是看恐怖片的体质，看的过程可谓是一言难尽。简单形容就是，其他观众没被影片本身吓到，倒被一惊一乍的我们搞得惊心动魄。

回忆起这些，哪怕电视屏幕里的气氛很紧张，我俩却笑得前仰后合。徐烁星最后扶着脑瓜上的发膜帽说："哎，说来那时候也挺逗的。现在想想，我还真是有点想念翟忆山啊，说来我们也两年多没有见过了。"

我一愣："怎么会呢？那天我在酒吧喝多了，你不是还把他找来接咱们吗？"

她也愣了："翟忆山？"

"对啊。"

她吞吞吐吐起来："啊……是啊……"

我忽然想到昨晚翟忆山跟我说的话，纳闷极了："怎么，那晚接咱们的不是翟忆山吗？"

"是，是他。"

我觉得大不对劲，摇着她的肩膀："不是吧，你是不是有什么事瞒着我？那天来接咱们的到底是谁？"

"就是翟忆山。"她嘴硬地看着我。

我拿起手机："那我现在给他打电话。"

她慌了，赶紧摆手："不是他。"

"那是谁？"我疑惑极了，完全想不出这个对徐烁星来说几乎完全陌生的城市中，有谁会在深夜里随叫随到。

除非这个人是我的熟人。但能做到这份儿上的，除了翟忆山和李凡尘，我也想不到其他人了。

"是关叔叔。"她终于艰难地开了口。

"他？"我觉得面前的妹妹越来越陌生了，她头上的发膜帽看起来也越发古怪了，此时此刻她简直像个老妖婆。

"关谨天？你还跟他有联系？"

"嗯。我和妈知道你讨厌他，就从没对你说过。这些年，其实他一直都挺照顾咱家的……"

她跟犯了法一样交代问题，我却更加不可思议了。不知为何，我丝毫没有感觉到那种所谓温暖，反而有种被集体背叛的愤慨。尤其是想到宿醉的第二天，关谨天还若无其事地跟我探讨案情的样子，以及自己各种自作聪明的反应，我几乎恼羞成怒，气呼呼地看着徐烁星："怎么照顾的？我怎么一点都不知道？你别拿我开涮啊。"

　　"好多事呢，比如那年奶奶家的老宅翻盖，是他给找的施工队，还有前两年咱们家装修也是，还有过年过节，他都给咱家捎东西，还有以前咱家烧煤气炉时，都是他派人给咱家往楼上搬煤气罐……哦，对，今年夏天奶奶腰抻了，还是他找人给挂的中医专家号，一看就是好几个月……"

　　怪不得呢，怪不得我爸没了之后，我每次问我妈煤气罐谁给她搬上六楼的，她都跟我说是煤气公司提供的新服务。还有过年过节的，那些米面和肉，我妈都跟我说是我爸单位发的福利。当时我还没多想，觉得这可能是组织对于英烈遗属的优待。联想到上次在市局吃饭时关谨天还跟我聊到了奶奶的伤情，我终于找到了答案。

　　我死死地瞪着徐烁星："还有你的工作对不对？"

　　她脸上一阵泛红，点了点头。

　　我一时不知道说什么。

　　反倒是徐烁星，又生怕我不高兴似的解释了一堆内容。比如她说关谨天压根不是我想的那种拜高踩低的官迷。我爸牺牲后，周围同事啊，亲友啊，疏远的疏远，失联的失联，只有他还一直惦记着我们家。直到此时我才知道，为什么早年间我在家里说关谨天坏话时，还能得到家人的些许共鸣，而慢慢地，她们就不再附和，到后来干脆随口找个话题岔开。

　　我觉得非常不公平，冷冷地说："为什么就瞒着我一个人？我不是这个家里的人吗？"

　　徐烁星有点老气横秋地叹了口气："跟你说，你能接受吗？你忘了咱爸没了之后的第一个春节，关谨天给咱家拿来了一些年货，有米面，有冻鸡肉。你看见后跟疯狗似的冲出去给扔到了门外的树坑里，怎么拦都拦不住，还跟妈大吵了一架。"

我当然记得，那晚我们一家四口都哭了。本来就雪上加霜的年，过得更是无比凄凉。

"你才是疯狗呢。"

"咱家四个女人，老的老，小的小，没了爸，生活有多难，你没有想过吧？你想的好像从来就是自己的事，考学，当警察，离开绵岭这个小地方，证明自己，成就事业。但你不知道，完成这些的前提，是得能正常地生活下去啊。如果没有关谨天的帮助，咱们要怎么办？妈再嫁个人，还是把奶奶送到敬老院？"

是啊，作为这个家的长女，我确实没什么责任感。父亲的殉职只带给了我满腔悲愤，和看似一往无前的斗志，却让我忽视了更为宝贵的东西，那就是对家庭的贡献和对家人们的关心。而我的这份缺失，还得到了亲人们无限的包容。她们为了照顾我的感受，偷偷接受关谨天的接济，竭尽所能地维持着这个家庭的原状，还让我完成了职业梦想，离开了故乡。这一切的一切，都来自她们对我的爱，以及无法说出口的无奈。

而我现在这副样子，对得起她们这样的付出吗？

我想哭，只能极力忍着。徐烁星反倒是很释然的样子，走到卫生间洗了头，吹干之后又回到我面前。她很轻松地说道："早就想跟你说说关叔叔的事，一直找不到机会，还怕他调到崤城后，你们见面会尴尬。今天都说出来了，也算我在嫁人前了却一桩心事。"

见我还陷在悲伤的情绪中，她又活跃气氛地说："哎，你还记得那天晚上你喝成什么德行吗？满嘴胡话不说，还对着我们俩乱蹬，人家可是副局长哎，做到这份儿上真是可以了！"

我立即想起什么，抬脸问她："那晚我都说什么了？"

"什么说什么？"

"就是我当着关谨天的面，在他车上，以及下车后，都说什么了？"

"就是许光这个那个的。说了他一堆好话，还说凭什么查他，他是个好人、是个真英雄什么的。要不我第二天问你呢，许光和那个艾如到底是什么关系。"

我感觉天灵盖上嗖嗖冒凉气："我说了许光和艾如认识吗？"

徐烁星皱着眉头："好像说了吧……说是有一张什么照片？"

"当着关谨天的面说的？"

"记不清了……我也忘了你是在车上说的，还是回家之后说的了……"

我心里一沉：完了，如果那晚我失言说出了照片的事，关谨天一定早就知道了我知情不报，更会坚定地认为许光和艾如联手做了假案，并且竭力朝这个方向调查。但事情并不是他想的那样啊！我已经查出了骆臻辉的存在，这个人是扭转案情的关键，他才有可能是整起案件的始作俑者。如果我不说，关谨天就会一直把矛头对准许光，随时叫停他的事迹报告会。

我赶紧从床上爬起来，手忙脚乱地找衣服，边找边咒骂身边目瞪口呆的妹妹："你害死我了，你知道你耽误了我多大的事吗？"

"你这是要干什么？"

"去单位！"

"你疯了？这个时候出去？"

第二十三章
攤牌

1

徐烁星拦不住我,最终协助我乔装打扮,送我走出了酒店大门。

我身穿着厚重的大衣,戴着徐烁星的小熊绒帽,脸上除了口罩,还架着副硕大的墨镜,鬼鬼祟祟的样子,看上去就像是一个刚溜出精神病院的疯子。

出租车里,司机从后视镜瞄了我好几眼,一句话都不敢多说。我也没闲着,一直给关谨天打电话,他都没有接。经过我的推算,他今天应该在单位值班,看来只有直接去他办公室堵门了。

车子以最快的速度开到了市局大院门口,我费了好大力气从衣兜里掏出工作证给门卫看。门卫狐疑地盯着我,甚至还让我摘下墨镜确认身份。他可能从来没有见过如此奇装异服的到访者。

一路上我尽量躲着大院和楼道里的同事,捉迷藏一样摸到了关谨天办公室门口。刚要敲门,大门却突然敞开了。关谨天身穿制服,毫无预兆地出现在了我面前。

他手里拿着水杯和笔记本,费力地打量着我,终于认了出来:"徐闪星?"

我一手拿着墨镜一手抓着手机,火急火燎:"关局,能跟您聊一会儿吗?"

"什么事?"他站在原地看我。

"是关于许光的事。"

"啊。"他想起什么似的看了看远处,"那个事啊,有时间再说吧。你先把你自己的事情整顿好,我现在要去开会了。"

"我自己的事?"我反应了一会儿才明白,"您说网上都在骂我的事?我没事的,我现在就是想跟您汇报一下……"

"是这样徐闪星,我现在要去开一个厅里的视频会,你有事,先放一放,也等一下你们单位的通知。"

"什么通知?"我云里雾里地看着他。

他也看着我,表情上有几分为难。最后他说道:"你被停职了。"

"啊?"

"先等等你们分局的通知吧。现在我要去开会了。"

在我还没有完全回过神来时,楼道一端走来了一名年轻的小同志,看上去像是他的秘书。那人一边很好奇地看了我两眼,一边递给关谨天一份文件,说道:"会议室已经准备好了。"

关谨天和秘书匆匆走了,留我在原地继续傻眼。

短短两分钟,头脑承载了巨大的信息量。我的脑回路终于搭上了,这才有了第一个意识:我被停职了?

为什么?!

我不敢细想,拿出手机给庄妍拨打电话。谢天谢地,她很快接了。

"今天早上市局刚下的通知,说是局领导根据你那事开了党委会,意见是先让你停职,等调查结果。我还没来得及告诉你呢。"

我身子一阵打晃,缓缓地靠着冰冷的墙壁坐到了地上。这一刻,我才领教了现实真正的残酷。所有人根本不会在意你到底做了什么,是对还是错,只要是你引发了问题,那便是原罪。在网络大潮中,事情的真相早就沉底了,人们想看到什么,透视出社会现象本质,才是给事情定性的关键。

领导们深谙此道,所以他们采取的平息事态的方法,就是如那些咒骂我的网民所愿,让我得到应有的处罚。这样看起来稳妥、严肃,并且有着足以服众的公正。

"对了，你看你今天什么时候有空，把工作证交到分局来……"她沉默了一会儿，支支吾吾。

"怎么能这样？他们问事主了吗？问侦办那起案子的派出所了吗？凭什么停我的职？"我无法控制自己的满腔悲愤，冲话筒嚷嚷起来。

"你听我说！"庄妍语速飞快地打断我，"我也问市局那边了，跟他们讲了前因后果，想着能不能通融一下，但市局的人说了，是关副局长坚持要停你的职，所以谁劝都没用。"

我挂断了电话。

看来关谨天早就对我为许光辩解心怀不满了。也正是借着这件事，他的本来面目终于露了出来。不管他有多么念旧情，多么体贴人，但只要有人阻碍他的计划，甚至是和他意见相左，他都会想尽办法对付和惩治。我早就该想到了，一个能走到这个位置的人，不可能没有手段。我的眼界还是低了，官场上，怎么可能讲感情呢？更何况我只是一个再普通不过的小兵，是杀是剐，他都不费吹灰之力。

想到这一层，我反而有些释然了。既然已经被针对，再喊冤也是徒劳。此时此刻，我倒想和这位心思深沉的关副局长开诚布公地聊一聊。

2

我在关谨天办公室门口蹲了大概两个小时，临近中午的时候，终于等来了开完会的他。见我靠在窗边还没走，他眉头微微皱了起来："还有事？"

"有事。能进去说吗？"我也不再客气，满脸事务性的表情。

进屋后我站在他办公桌前，面对面地质问他为何停我的职。我说了当时现场的情况，以及事主指认的情节，强调当时是被害人扭送嫌疑人，我作为恰巧路过的民警，只是尽了应尽的职责而已。何况当时也有包括驻站民警在内不止一个人看见事主指认了嫌疑人，我何错之有？

他听了，只是微微点头："这些我都知道。但现在事情还在调查，并没有一个处理结果，所以你还是需要耐心等待一下。"

"等待可以，为什么要停我的职？这不就是有罪推定吗？何况现在网上那些人骂我骂得那样厉害，如果知道我被停职了，那肯定更认为是我有问题，会骂得更凶，这些您想过吗？"

"你先坐下。"

我满脸不悦地坐在沙发上，肚子里已经没话了。他一直跟我打官腔，我真的不知道该怎么申辩。

他坐到我的对面："这件事你想过没有，整个过程中你一点问题都没有吗？"

我想都没想就摇头。我实在想不出，在当时那么混乱的场合下，还能有什么解决问题的其他方式。

"为什么那个被你抓的人后来那样激动，就因为你当众说了他涉嫌猥亵。如果你当时有更温和的处理方式，也不会让他那样愤怒。"

"但是当时的情况是，我最初并没有大张旗鼓地强调这一点，只是私下里让他配合工作。他拒不配合，并且引来了很多围观群众，我不得已，才把有人检举他的事说出来。难道警察抓人，还都要小声求着嫌疑人跟自己走吗？"

"他不是作案人，当然不会配合你的工作。"

"他到底是不是作案人又没写在脸上。何况事主一口咬定，我难道坐视不管吗？"

关谨天抱着肩膀沉默了一会儿，忽然转移话题："先不说这个了，早上你来找我说有事，是什么事？"

"是许光的事。"我很郑重地看着他，"我查出来了，许光没有害熊峰，害他的另有其人……"

没想到他完全不为所动，脸上还有几分厌倦："熊峰和许光的案子，你就不要管了，这不是你的职责范围，你也没有应有的侦查手段。这件事，让耀安刑警队的同志们侦办就好。"

我愣了一下，很困惑地说："难道您不想听听我查出了什么吗？"

"你说吧。"他起身去桌子上拿茶杯。

我便把如何查到骆臻辉这个人，这个人怎样出现在案发现场附近，以及他和田英敏到底是何关系，甚至是猜测他会在什么情况下联系上艾如原原本本讲了一遍。然后我很期待地看着他，希望能够得到他肯定的回应。

没想到他眼神还是那样黯淡，只是说："你的这些推测，有证据吗？"

"嗯？"

"比如，骆臻辉是田英敏男朋友的证据，以及他串通艾如的证据，有吗？哪怕是证人，或者一些聊天记录也好。"

我一时蒙了："暂时没有……聊天记录，也得等查获艾如时，到她的电脑里去看啊。我也没有手段搞到这些啊。"

关谨天在沙发里凝眉思考了一会儿，然后说："徐闪星，你知道你的问题出在哪里吗？"

我很困惑地看着他，摇头。

他叹了一口气，语重心长地说："还是回到你抓流氓的这件事，事情的结果你看到了吧，你抓的人，不是作案人。这才是引发你现在问题的关键，这才是事实。"

"但是当时……"

他打断："我没有否定你当时的做法，但作为一个警察，归根结底是要追求事情的真相。你记住，正义不是一种感情，更不是一腔情绪，而是在客观事实的基础上做出的选择。"

"事实真相也要一步步调查，如果没有DNA鉴定结论，我们怎么知道谁是作案人、谁又不是呢？"

"好，那你现在跟我说说，许光到底有没有问题呢？"

我下意识感觉这个问题有坑，只能含糊其词："这个还不能百分百确定，还得看后续的调查……不过骆臻辉的出现，有大概率证明他才是始作俑者。"

"那你倒说说，那串带有田英敏血迹的佛珠手串，骆臻辉是怎么搞到的呢？"

我一时哑然，想了想说："我觉得当务之急是先找到这个人。"

他调整了一下坐姿，继续问："那如果真像你所说的，是这个骆臻辉鼓动艾如一起策划的这件事，艾如又凭什么听他的呢？这样做对艾如有什么好处？她会为此冒多大的风险，你有想过吗？"

我想了想，只能这样回答："这可能和艾如的个人经历有关系吧，她曾经的确遭受过这种侵害，因此家破人亡，所以她对熊峰这种人恨之入骨。"

"徐闪星。"他道，"能再问你一个问题吗？"

"您说。"

他盯着我，双眼透过眼镜片闪烁出令我发抖的严厉："你敢说，在调查这件事的过程中，你没有带着一丝对许光的同情，甚至是喜爱？"

沉默了两秒钟后，我意识到什么，反而挺直了腰杆，反呛道："所以您之所以执意停我的职，是因为这件事？就因为我没有按照您的思路，首先把许光设定成一个嫌疑人，去尝试推翻他的事迹，让外人看来，咱们的队伍多么纯洁伟大，哪怕是同志牺牲了，他的错误也必须被揪出来以正纲纪？"

关谨天此时却笑了："你还是那个你，多年前，在我和你爸爸吃饭时，那个梗着脖子说要当刑警、满大街抓坏人的你。可是你要记住，当警察不仅仅是为了抓坏人，更是为了追求客观和调查真相。"

他不提当年还好，提了反而激怒了我："那如果真相就摆在眼前呢？就好比当年你带队伍去处置沈宝存绑架案，明明坏人就在你们眼前，你却还让他带着我爸爸滚下山，我爸死得那么突然，那么不值！沈宝存已经把事情做到了那个份儿上，还不是个坏人吗？"

"我没有说他不是。"

"那当时如果你们人手多一些，预案充分一些，或者你冲在最前面，直接一枪把他毙了，或者你把枪给我爸一把，他还会牺牲吗？"

"事情不是你想的那么简单！那天晚上事发突然，派出所的枪库只有一把枪，你爸爸因为年龄原因，持枪证早就交了，他怎么持枪？山里那么大，我们都在分头找孩子，谁又能确保谁先找到？谁又能保证第一时间赶到现场？！"

"你说得轻巧，在你看来，他只是一个你手下的老民警，但对我来说，他是我爸，我都没有见上他最后一面！"

这时我才发现自己已经泪流满面，浑身发抖。一旦在关谨天面前说起这件事，我就完全不能自已，就失控得一塌糊涂。那个永远改变我们家命运的夜晚，他轻描淡写地找一个借口就糊弄过去了，我怎么能够心平气和！如果那天晚上但凡他能履行好职责，能够保护好他的下属，那我现在每逢过年回家，都会见到我爸满脸笑意地打开家门，像小时候那样捏一把我的脸蛋，然后一蹦一跳地跑到厨房给我捏饺子。我为什么就失去了这些！

"所以你后来每年给我们家送东西，帮我家人那么多忙，其实没有一丝的歉意，都是因为可怜我们？"我强忍着委屈，恶狠狠地看着他。

关谨天再一次摇了摇头："你太让我失望了。"

"我没办法让你满意，因为那样我会失去更多。"

他递给我一盒纸巾，带有一丝缓和地说道："不管你信不信，我都要告诉你，之所以停你的职，跟许光的案子没有任何关系。换作任何一个民警，我都会这样处理。我只是想让你明白，当警察，尤其是办案民警，尊重法律、尊重事实是基本的准则。如果许光活着，我也会这样对他说。"

见我不说话，他又说道："你爸爸是一个好警察，他说了一辈子实话，做了一辈子实事，最后英勇牺牲成了英烈。但如果一个人死在了弄虚作假上，也阴错阳差地被我们追捧为模范，那你不觉得对不起那些真正的英雄吗？衡量英雄的标准到底在哪里？"

我陷入深思。这时我放在茶几上的手机忽然响起。

我们不约而同地看到了屏幕上闪出的两个大字：艾如。

正当我犹豫不决时，关谨天不假思索地命令道："接，开免提。"

我没有思考的空间，伸手开了免提。按下的一瞬间，我才意识到自己可能面临更为严峻的局势。

"徐警官，几天不见，你成网红了啊？"艾如有些沙哑的嗓音几乎响彻整间办公室。

"啊，你有什么事吗？"我紧张地问道。

"没什么，就是想跟你聊聊，毕竟上次咱们也没有聊完。那天你喝多了，也说了一些胡话，我觉得有些事情，咱们还是要说清楚。"

我知道她说的是与许光合影那件事，怕她继续说下去会让关谨天听见，连忙应道："好，那我下午就去你的工作室。"

"好，不见不散。"她挂断了电话。

我深深吐出一口气，看了关谨天一眼："那我先走了。"

关谨天仍然坐着，没有应声。虽然觉得他这样有点反常，但我也不想逗留，径直走到了门口。

"徐闪星。"他忽然叫住了我。

我回头看着他，一脸迷惑。

他扭头看着我，眼里有种形容不出的色彩："屠龙的少年，觉得只有自己燃烧起来，才能打败恶龙，你同意这句话吗？"

我不动声色："您的意思是，要谨防与恶龙搏斗的人，也变成恶龙？"

"错！"他摇头，眼睛瞪大了一些，"有些人其实天生便是恶龙，但他却固执地认为，自己才是那个屠龙少年。"

3

我匆匆赶到艾如工作室时已经是下午两点。不知艾如是不是有意安排，此刻工作室里只有她一个人。与此同时，我发现客厅里码放着很多大大小小的纸箱子，墙上、展示柜里的很多装饰物也消失不见。沙发上还堆着几个硕大的行李袋，根本没有落脚的地方。

艾如很随意地说道："哦，我们明天就要搬到新的工作区去了，所以这儿比较乱，你多担待啊。"

随后她就带着我去了会议室。那里的陈设基本没有改变，除了灰尘多一些，还是当初我和李凡尘观看她那段血泪控诉视频时的模样。

我挑了一张还算干净的椅子坐下，依次摘下帽子、墨镜和口罩。艾如边给我递矿泉水边笑道："大衣也脱了吧，也就是你，要是别人这副样子，我根本不敢放进来。"

我脱下外套堆在桌上，没心思打趣，很木然地看着她："找我什么事？"

她并不介意我的态度，很从容，甚至很配合地在我面前坐下。今天她的装扮极为休闲，戴了一副挺潮的黑框眼镜，头发梳成一个利落的马尾，身上套了一件看起来很松软的卫衣。如果不是戴着那副标志性的手套，我会以为她是在某个互联网公司就职的小姐姐，没事就点杯红豆奶茶按部就班工作那种。谁又会把这么一副人畜无害的形象，和在网络上呼风唤雨的

"节奏党"联系到一起呢？

更何况，她可能还对警方和世人撒了一个弥天大谎，害得许光失去生命，害得我们大动干戈。所以我已经拿不出任何好态度来迎合她。

艾如不急于回答，而是掏出手机调到某个页面，放在桌上推给我："看看微博上'车厢女警'这个话题，已经蹿到热榜前三了，现在热度还在往上爬。我们简单推演了一下，现在应该还没有到高峰。这两天应该有不少媒体人上门堵你了吧？"

两句话又把我的焦虑值拉到最高。我心乱如麻，也完全不知道她要表达什么，是作为旁观者的幸灾乐祸？还是作为业内人士的故作高深？还是作为吃瓜群众的好奇？不管怎样，哪一种对我来说都不算友善。所以我紧闭着嘴巴，佯装冷静地表达抵触。

她却还轻飘飘地开着玩笑："想必，你也没那个能力撤掉热搜吧？有找过公关公司吗？"

"没有。"我正视她，"我问心无愧，相信公道自在人心。"

她笑出了声："在人心？你有看过那些评论吗？有看过视频里的弹幕吗？真不知道你的自信是从哪儿来的，你以为在这个世上，人们会多么独立思考吗？多么耳聪目明吗？多么辩证地看待问题吗？我告诉你，大家没有那个时间，也不想动那个脑子。他们无非就是看到了感兴趣的话题，冲上去发泄自己的观点，借着话题来释放自己的情绪。干掉让自己讨厌的目标，会让他们爽，这才是他们理解的'正道的光'。而你，就是那个千夫所指的靶子。"

这些道理我当然明白，可明白又能做什么？我已经被停职了，在很大程度上已经"社死"了，掀不起任何水花，只能清空自己的社交账号，把希望寄托在时间的流逝上。这很可悲，也很现实，只有经历过的人才能体会个中滋味。我甚至想过，与其经历这种无妄之灾，还不如让我生一场大病，我宁愿承受肉体上的煎熬，也不想遭受这种精神上的凌迟。

想着想着，我如丧考妣，已经快装不下去了。

见我面色阴沉，艾如语气也逐渐凝重起来："这事刚开始发酵的时候我们就关注到了，当我发现主人公是你的时候，我才意识到你可能摊上事了。于是我们动用所有手段，找到了当时那个找你报警的女孩，她叫柳冬丽吧？"

我心头一惊："你怎么会知道她的？这怎么可能？"

她得意一笑："我们从爆料人的微博评论里，发现了她为你澄清的留言，就找到了她的个人账号。这还不是重点，重点是我还从曾经和她互动的微博用户里，找到了她的一位现同事。然后我们通过一些方法，取得了她这位同事的信任，并且在昨晚成功把这个同事约了出来。"

我早就领教过这些新媒体人的无孔不入，所以并不怀疑艾如的手段，只是奇怪她为何去找柳冬丽的同事。

"我知道你在想什么，这件事现在去和柳冬丽求证没有意义，毕竟她也以受害者自居，而且如果她真想替你出头，根本不可能只是简简单单地在爆料微博下留个言。何况留言被删除了，也没见她有什么补救措施，可见她是一个胆小怕事的人。所以我们约见了她的同事，想求证一下我们的想法。"

艾如告诉我，柳冬丽的那位同事姓程，在公司算是柳冬丽为数不多的朋友，两人之间几乎无话不谈。艾如在微博上表明自己的身份，并略施小恩小惠，成功把小程钓了出来。果不其然，在艾如和助理等人的各种话术攻势下，小程和柳冬丽的塑料姐妹情彻底崩塌，小程不仅向艾如等人吐槽了柳冬丽的一堆缺点，比如遇事就慌、没有准则、耳根子软等等，还向她们透露了一个重磅信息：柳冬丽曾经在事发后第二天，就有意无意地向她念叨了自己在地铁里举报了一个流氓，但回家后她左思右想很久，觉得自己可能认错了人。

为什么认错了人？柳冬丽对小程说，自己发现裤子上的不明液体时，那液体已经趋近凝固，可见猥亵这件事已经发生了有一段时间，而那个戴黑框眼镜的男子当时只是刚刚靠近她不久。所以她事后冷静下来后越发觉得，那人有可能不是侵犯她的流氓。

那时候起，柳冬丽就担心，自己会不会搞了一个乌龙。

我说呢，案发后不久她就想要撤案，原来并不是出于胆小怕事，而是担心弄成冤假错案。

这个傻姑娘，为什么不能实事求是地告诉我呢？即便是指认错了，向公安机关及时阐明就好。现在对方拿到了鉴定结论，当然理直气壮地喊冤了。唉！

此时艾如话锋一转，说道："我暗地里把小程讲的话录下来了。你看，咱们做个交易如何？"

我一时发蒙："啊？"

艾如表情认真得近乎毒辣："我帮你把这件事搞一个反转，说不定能够彻底洗白你。而你，只需要把你手机里那张我和许光的合影删掉，就可以。"

信息量太大，我一时只接收到字面意思，第一反应是："照你这么说，你承认那张照片里的人，就是许光了？"

艾如显然料到我会有此疑问，丝毫没有停顿地答非所问："你最好别问这么多，先考虑一下我的建议。"

心脏跳得厉害。这是她第一次变相在我面前承认和许光相识，听上去她也非常避讳这层关系。他们到底是怎么回事？她在怕什么？难道说，他们真干了什么见不得人的事？

"你准备怎么做这个反转？"

她目光一冷，不疾不徐："你这件事，爆料人已经把前因后果说得很全面，几乎滴水不漏。最关键的是人家已经拿到了鉴定结论，你想推翻他的说法很难，基本没有胜算，而且只会越描越黑。而我，已经帮你拿到了柳冬丽的短板和黑料，只要稍稍加工一下，就可以形成一套对你很有利的逻辑：你并没有乱抓人，而是在柳冬丽这个被害人的指认下去控制的嫌疑人。更能抓人眼球的是，柳冬丽曾经私下里说过自己可能认错了，这就更能说明责任在她,而你成了她的背锅侠。明白了吗?你要想破局,只能从她身上做文章,把骂声引到她那边去,你就可以全身而退了。"

这席话句句惊心,我目瞪口呆。

我的反应显然是符合她的预期的,她又自信满满地补充道:"哦,还有,现在事情闹到全网皆知这种程度,你要想反击,没有一个强有力的平台是绝对发不出声的。而我们'红叶疯了'这个视频账号,是有实力帮你做到这一点的。我们有庞大的粉丝基数,也和各大媒体有着良好的合作关系,到时候我也会充分利用我的人设和资源帮助你制造反转,让大家相信你,不再攻击你。"说到此处,她脸上又多了一层很明显的套路感,"更何况,我手上还握着小程的录音,这就是最关键的证据。"

我完全不知道说什么好。如此一来,的确能把网上对我的大部分骂声引走,但柳冬丽就会成为新一轮被"网暴"的对象。这样真的好吗?

她只是认错了人而已,并非故意,更不是无中生有。她当时作为一个被侵害对象,慌乱和紧张再正常不过。我听李凡尘跟我讲过,他办理的地铁刑事案件中,事主所述的案情,和监控录像中的吻合度平均不超过百分之七十。也就是说,即使是案件亲历者,也无法完全讲清楚案发的时间、位置、周围情况,甚至是嫌疑人的体貌特征。毕竟案发就在一瞬间,谁都不太可能有充足的思想准备。

柳冬丽也正是顾虑到这一点,主动去派出所撤销了报案,算是进行了补救。只是没想到那时候给法医的样本已经处于送检状态,而结果要告知被检验人。也正是这份白纸黑字的结果,令那个被举报的人难以释怀。所以这整件事情盘根错节。要怪,先要怪那个真正猥亵柳冬丽的流氓。其次,就要怪柳冬丽没有亲口向被冤枉的人道歉。但事情已经到了这个地步,让她站出来道歉还现实吗?她肯定不敢,即使她敢,对方也未必接受。

所以,我要接受艾如的提议吗?毕竟现在最痛苦的是我,如果不通过某种方法脱困,那等着我的,很可能是毁灭性的打击。

艾如很平静地观察我的每一处细微表情。不得不说她真是个人精，从走进这间屋子，她就一直想我所想，每一句话都能说到我的心坎里。也正因如此，她才笃定我会接受她的交易。

因为我看上去早已无路可走。

她轻轻伸出手，握在了我放在桌面上的手上，一边传递着她的体温，一边继续循循善诱："徐闪星，从我见你的第一面起，我就知道你是一个聪明的姑娘。但是聪明人最怕的就是情绪化，你只有真正冷静下来，才能做出符合你利益的决定。所以你不用急着回答我，可以仔细考虑，慢慢说服自己。如果从今以后你的名声真的臭了，那不管你追求什么所谓真相，都不会有人再相信你。"

我抽回手，一方面不太适应她这种故作关心的热情，另一方面也担心自己会因此掉进沟里。于是我努力调整思绪："是的，但就我个人而言，也不能因此被剥夺知道任何真相的权利吧？"

"你的意思是？"

"我的意思是，"我直勾勾地看向她，"既然咱们已经把话聊到了这个份儿上，你就跟我说句实话，你跟许光到底是怎么认识的？你们到底是什么关系？"

艾如脸上笑容渐失，良久无言。

我也不说话，但整个过程中，心脏始终不受控地乱跳。鬼知道我将等来一个怎样疯狂的答案！这种好奇到令人发慌的心情，已经把我的大脑变成一片空白，除了陷在当下等着她的回应，完全失去了任何思考能力。

艾如站起来，不知从哪儿掏出一支烟，点燃，然后背对着我走向了不远的窗边，一口接一口地抽了起来。

窗外阳光满天，照得她熠熠发光。远远看去，她好像站在某个高处不胜寒的峰顶，身边布满了奇幻莫测的云雾。

"许光是我死去的战友，我们联手做掉了熊峰。"

4

我像被雷击中一样，僵在椅子上半天没有回神。

艾如的讲述还在继续。从她逻辑分明的表达来看，她似乎早就做好对我和盘托出的准备了。

她告诉我，许光是在今年五月找到的她。和我一样，许光最初通过平台私信和她取得了联系，开门见山地表明了自己是田英敏一案的主办民警，看过曾经她发布的讲述田英敏案件的视频，希望能跟她进行一些交流。

一开始艾如觉得莫名其妙，因为田英敏案件已经过去了两年，嫌疑人也早就无罪释放，此时一个自称办理此案的民警忽然以个人名义找上门来，怎么看都不是一件靠谱的事。于是她一开始并没有理会，但是没过多久，许光又发来一条信息，大概意思是，既然她曾经质疑过警方侦办此案的过程，那么难道她不想听听，当初熊峰到底是怎么逃脱法律制裁的吗？

艾如一见对方似乎是有料要爆的样子，思路就转变了，给许光留了联系方式和地址，俩人就在工作室小区的咖啡馆里，见上了第一面。

此刻我有些迟钝的大脑才跟上她的节奏。我已经好久没有听到许光生前故事的了，按理说应该被此吸引。而且我老早就做过他们二人相识的假设，按理说也应该见怪不怪。但现在听她如此直接地承认，却还是万般震惊和无奈。因为我深深地知道，在这种讲述中，许光的所作所为，会与我一直以来坚信和期待的他背道而驰。那将是一段引发无数残酷事端的孽缘，字字揪心，句句见血。

不，等等，我劝自己要冷静。现在许光和熊峰已经死了，死无对证，谁又能证明她说的都是真的呢？

于是我又在心中反复告诫自己，这只是她的一面之词，不能轻信。

不过还是要听她说完，我倒是要听听，她会借助许光给自己找怎样的托词。

艾如果然是我肚子里的蛔虫，一眼看穿了我的想法，随后她拿起手机，翻找出一个页面，轻轻地点了一下。紧接着，一段熟悉的男人声音从里面飘扬而出。

"我来找你也没什么别的意思，就是想问问你，你发布的那条田英敏案的视频，是单纯地为了博关注，还是真的想为保护女性权益发声，做一些自己力所能及的事情？"

我忽然激动了起来，这是许光的声音！虽然我只在李凡尘家听过一段许光的语音，但我对他清亮又微微沙哑的声线记忆犹新。

显而易见，艾如当时给许光录音了。

录音还在继续，紧接着传来艾如的声音："既然我接受了你的约见，当然是想坦坦荡荡地跟你交流这个事情，如果你相信我，有什么话尽管说。而且咱们也都不是傻子，你之所以来找我，肯定不只是为了介绍案情吧？"

许光顿了顿说道："好，那我就先来说说为什么来找你聊这件事。田英敏案，当时唯一的嫌疑人熊某被判无罪释放，这你知道吧？"

"不光我知道，全天下的人都知道了。"

"对，拜你所赐。你当时也特别难以理解，所以义愤填膺，对吧？"

"所以呢？"

艾如语毕，随后，扬声器里就传来了令我浑身汗毛耸立的一段话。

许光说："所以，现在我有一个办法，能够让这个人得到应有的惩罚，但这需要你的帮助，你愿意跟我合作吗？"

我像是刚刚被抢救过来的濒死患者，双目圆睁，呼吸无状，瘫在椅子里一动不动。

许光啊许光……你终究还是做了。

印象里一贯含情带笑的他，忽然露出了隐忍的凶狠。

我几乎打了一个哆嗦。

艾如适时地按断了录音，说道："想听完整版的，等你答应了我的交易再说。不过那也没什么意义了，仅仅是满足你的好奇心而已。"

我足足用了好几分钟才缓过劲来。看来包括我在内，调查此事的人猜得没错，许光联合艾如等人做了假案。他真的策划了一场惊心动魄的复仇行动。他们瞒天过海，各司其职，炮制了一条看上去天衣无缝的证据链，死死地框住熊峰，把所有人都骗了过去。这需要何等的算计啊！

看来许光真的是恨毒了熊峰，哪怕搭上性命，也要让他血债血偿。此刻我脑中出现了无数个夜晚，许光躺在冷清的房间内，面对着天花板愁肠百转的情景。日复一日，悲伤压抑成仇恨，仇恨又转化为动力。他开始想要报复，用自己的方式，清算那个毁掉他一生幸福的人。这个方式可以繁复，可以冒险，但看上去要合法。因为只有这样，才能令熊峰这种无赖百口莫辩，吃一个永无翻身之日的哑巴亏。

但艾如呢？她为什么要配合许光？我心思纷乱地抬眼看她。

艾如面目平和，淡淡说道："我们第一次见面，许光就跟我提这些，我当然觉得很疯狂，于是毫不犹豫地拒绝了他。"

她说，许光第一次碰钉子之后并没有放弃，一个月之后他又到小区里堵她，想继续谈论自己的计划。虽然不准备陪着他发疯，但是她对这个一表人才的年轻警察也逐渐产生了一些兴趣，于是两人就再一次进行了深度交流。

艾如当时问他："你当了这么多年警察，想必碰到过不少恶人吧？怎么就这么执着于要惩治熊峰呢？"

许光坐在咖啡馆的藤椅上略有失神，随后摘掉了头上的棒球帽，露出一脑袋茂密又蓬乱的头发，整个人看上去稍微有点颓废。

艾如洞察人心的绝活儿又来了："如果我没猜错的话，是因为女孩子吧？熊峰，冒犯过你的心上人？"

许光仰面看了看天花板上五颜六色的吊灯，过了很久才长长地呼出一口气："我不想说这个。"

但是艾如怎么会轻易放弃呢，追问道：你不说，我又有什么理由帮你？别忘了，从根本上来说，咱们还是素不相识的。最起码，你要给我一个信得过你的理由。

在艾如的追问下，许光给艾如讲述了自己和丰凌的故事。艾如并没有对我过多描述这个过程，但是不难想象，应该就如李凡尘告诉我的一样，充满了动人心魄的浪漫与悲情。想必，在许光亲自口述下，那些事情还会有更加细节的描述和情感的投入。艾如怎么可能不为之动容？

尤其是故事的结尾，丰凌死在了阴雨绵绵的地铁轨道里，而那个罪魁祸首熊峰，却依然逍遥法外。真是令人心寒！

许光曾经告诉她，他一个警察，无法保护自己的爱人，哪怕是在爱人死后，也无法为其报仇，这难道不是一辈子的耻辱吗？

艾如听罢满腹心酸："好歹你还是一个警察，你还有机会为别人伸张正义。但是像我们这样的普通人呢？我们穷极一生，也可能无法正面迎战黑恶势力。因为在恶人面前，我们太弱小了，我们只能把所有的希望交给你们，盼望你们警察能给我们公正。"艾如说到这里，想到了自己的弟弟艾晖。她对艾晖的爱，何尝不及许光对丰凌的爱！

"可是有时候正义是等不到的，甚至有时候期待正义反而成了一种痛苦。这又是谁的错？"她看着许光，目光炯炯。

许光难得地笑了，虽然笑得很不走心，顶多算是缓和气氛，但还是让人觉得非常暖："谁都没有错。法律这个东西，要体现最大的公平公正，所以它只能在惩罚和保障权益上，取得一种宏观的平衡；而现实的执法环境中，又存在很多不确定因素，谁也不能保证每一起案件都能留下充分的线索。"

艾如点点头:"所以,如果法律无法惩治那个坏人,你就想自己动手,将他送进监狱吗?"

许光摇头:"不是法律无法惩治,是他钻了法律的空子。我们既然无法篡改法律,就只能试着修正一下事实。"

艾如重新审视了这个经历不一般的年轻警察,松了一口重重的气:"那就说说你的计划吧。"

第二十四章
复仇

1

　　许光的想法是，一定要用看上去最合乎法理的方式，对熊峰造成致命打击。所以这个计划必须是为熊峰量身打造的，要将他的罪行挖掘整合，一股脑呈现到世人面前。

　　许光半年前就开始谋划，然后暗地里调查熊峰的社会关系和生活轨迹。只要不上班，他就偷偷潜入熊峰的台球厅或者住处周围，尝试搜寻熊峰的犯罪线索。那时候许光心中还没有明确的目标，只寄希望于熊峰能够在没什么戒备心的情况下，露出一些蛛丝马迹。但是令他失望的是，熊峰自从无罪释放以来，除了偶尔去地铁里揩揩油寻开心，没有搞出一丁点水花，基本上还算安分，甚至连下地铁尾随女乘客的事也没有再干过。小心谨慎的样子，反而令人恶心至极。

　　许光就想，这样不行，想要扳倒他，就得抓他的把柄。许光试着在地铁里跟踪他，拍摄他猥亵女乘客的证据。但因为他藏得太深，一次也没有成功过。甚至有一次熊峰在车厢里偷摸女乘客被发现，正在胡搅蛮缠的时候，许光想站出来帮助女乘客，但挤过去却发现，地铁列车到站后女乘客早已下车远去，对此事并没有追究。为此，许光头疼极了。

　　到底怎样才能得到他违法犯罪的实锤呢？

　　直到有一天，许光发现了一个细节，就是熊峰又戴上了那串"五线菩提子手串"。那手串许光再熟悉不过，当年是他亲自发现并提交的证物。

案件结束后这东西被检察院发还给了熊峰，一直没有重现于世。许光还想，那么晦气的东西，他此生肯定是不会再拿出来了，现在看来，他心还是挺大的，竟然还敢天天戴出来四处显摆。

想到此处，许光灵光一闪，有了一个初步想法。既然没有把柄可抓，那么完全可以给他制造一个。当初有一枚佛珠在案发现场没有被找到，除了彻底丢失，还存在着另一种可能性，就是上面沾了犯罪证据，被熊峰更深地隐藏起来了。许光深知熊峰不可能戴着赃证物招摇过市，但只要玩一出偷天换日，就可以把这种可能性变成现实。

那时候熊峰绝对跳进黄河也洗不清。

但是要完成这个计划，凭一己之力是无法做到的。于是他就想找帮手，但是找谁好呢？这个人要有一定财力，还得是女性，而且也深信熊峰就是杀人凶手，并且对之深恶痛绝。

如果她还有一定的社会影响力，那就更好了。

想来想去，除了艾如，别无他人。

说到这里，艾如弹了下手中的烟。说了这么多，她似乎有点疲惫，但眼神中还是迸发着坚毅的火苗。

我呆呆地看着她："然后呢？"

艾如把烟掐灭，看似轻描淡写："然后我接受了他的计划。"

"为什么？"

"因为我觉得如果我不做这一票，我对不起自己的良心，对不起我这么多年以来的仇恨、期待和等待，也对不起我弟弟。现在想来，他长那么大，我没为他做过什么。我们从小就没有父母，哪怕他上了武校，在学校里也被人各种看不起，遭受了霸凌。"说到这里，她手里的动作停住，声音变得哽咽起来。

"学校里的同学说他是孤儿，娘娘腔，连战术对打的考试都没有人和他组队。在练功房里，他们逼我弟弟倒立，逼他负重，强迫他打车轮战，说要把他训练成真正的男人。他经常是在一天都没吃饭的情况下遭受这种非人的折磨，浑身上下经常青一块紫一块的。我知道后，却帮不了他。让他退学，他又不肯，他常常跟我说，'姐，我什么都不会，如果再学不成功夫，以后就更没办法保护你了'。"

她的眼泪大颗大颗地往下落："是我害了他。"

我揪心地听着，呼吸也越发沉重起来。

"所以，我怎么能不恨熊峰那种流氓呢？男人的力量可以顶天立地，可以建功立业，可以惩恶扬善，为什么，有人却偏偏要用来对付女人呢？这些人难道不应该被制裁吗？"她微微扬头，定住眼神看我。

问得我一时语塞。半晌，我恢复了一些思考能力，反问她："所以，答应许光后，你做了什么？"

"我按照许光的计划，先想办法购买了一串和熊峰那串相似的五线菩提子手串。那东西不便宜，但钱还是小事，关键是它稀有，不好找，我们又不能明着求购。好在我人脉还算广，在北京做活动时，给一家古玩店带过货，和那家老板混得挺熟，就偷偷让他给我找关系，兜兜转转地从一位老北京票友手里收到了一串。花了十二万左右吧，许光凑了几万块钱给我，说剩下的算是管我借的。我说钱是小事，几万块钱对我来说确实也不算什么，只要东西像，别到时候露出什么马脚就行。结果把照片发给许光看了之后，他说跟熊峰那串几乎一模一样，倒真像是老天都在帮我们。"

如果老天真的愿意帮忙，就不会让许光死，我难过地想。但是又有什么办法呢，他们就这么荒唐地做了。

"然后呢？"

"然后，许光这时候也逐渐摸出了熊峰出行的规律。他说熊峰在每周三到周五的晚上八点多从店里出来，坐地铁到城南一个朋友家打麻将。于是我们计划着将他从地铁里引出来，引到某个没有监控的角落里，由许光把他打晕，然后把他身上的真手串换成我们准备好的假手串。随后我们原地报警，由许光给我做证，这样警察就可以顺理成章地再次抓获熊峰，然后从身上查获那串假的物证了。"

果不其然,我的鸡皮疙瘩有点起来了,这和关谨天他们的猜测几乎一模一样!

不,还是有一些问题。我很庆幸自己保持了基本的理智,调整了一下僵硬的坐姿,问道:"这就有些奇怪了,既然这样计划,那明明可以找一个许光休息的日子再行动,提前埋伏好就可以了,为什么偏偏要定在八月十九日那天?那天许光要上班,行动之前你们俩坐的还不是同一班车,不可控因素太多了,你不觉得很危险吗?"

"你听我说完,事情远远比你想的复杂。"

艾如告诉我,许光不愧是刑警出身,所以顾虑的因素非常多。他知道单位里很多同事都知道自己和熊峰的恩怨,就盘算着怎么才能把戏做足,让大家相信他只是凑巧路过,并不是有意针对熊峰展开的打击报复呢?

无非就是两点:一是完善证据链,二是把自己案发前的行动轨迹合理化。艾如解决了第一个问题,她想到了自己认识霜河站的一名站务员彭亮亮,此人对她充满爱慕,只要稍加引导和迷惑,就可以为己所用。许光一开始并不放心,一度否决了这个提议,觉得地铁监控录像就能证明熊峰跟踪艾如。但艾如反问,如果监控拍不清楚怎么办?熊峰又找借口抵赖怎么办?所以还是找个活人,彻底把这个口子封死。

随后艾如尝试联络彭亮亮,对其进行了一番蛊惑。

两人许久没有联系,彭亮亮最初当然是受宠若惊,对艾如说有什么需要帮忙尽快开口。艾如早就准备好了托词,说自己之前总被一个"车厢痴汉"骚扰,这次找了朋友想教训他一番,于是准备引蛇出洞,其间会经过他们地铁站,万一最后招来警察,请他帮忙做个证。她说得轻描淡写,对方压根没有细想,很快答应了下来。

但彭亮亮也有个条件,就是艾如和熊峰必须在自己的工作期间真实地出现在自己的视线里,这样有地铁监控为证,自己也不算对警方撒谎。艾如掐指一算,他们只能找周三和周四行动,而最近那两周,彭亮亮只有在八月十九日那个周三的晚上值夜班,岗位刚好就在站台上。她把这个情况告知许光，许光听后认为完全可以把行动日期定在那一天，他们干脆就从霜河站出站，把熊峰引到地铁站外面的一处僻静角落里。

大概日期和地点确定了，剩下的就是落实细节。许光算了一下，那天晚上七道口体育场有一场足球联赛，自己很可能要加班。这一点有弊有利，弊端是时间上有些不可控，好处是这能在一定程度规避他的一些嫌疑——万一后续面对警方盘问，他大可以说自己只是下班后到同成街附近办事，反正地铁里有录像可循，不会让人觉得他早已对熊峰布下陷阱。

因为不知道具体的执勤点位和撤勤时间，所以他那天只能实时和艾如联络，保持行动上的一致。艾如的任务是，在许光指定的地铁站等熊峰出现，确认他的确佩戴了那串佛珠后，用相对暴露的穿着引诱他，直到对方上钩。这就需要艾如自己做好心理建设——哪怕他在车厢里对自己有了猥亵行为，也要尽量做出一副若无其事的样子。因为只有这样，熊峰才有可能陷入曾经对田英敏有过的意乱情迷，误以为眼前的这个女人对自己的行为并不反感，两人还有"进一步"的可能性。

但这个时候艾如也不能直接坐车到霜河站，而是在途中和许光保持联系，直到许光撤勤下班了，她再对着地铁线路图调整乘车策略，尽量把自己和许光到达霜河站的时间差控制在五分钟以内。这期间她还把熊峰今日的衣着特征发给了彭亮亮，以防他看不清，在警察问话时无可奉告。

为了行动，许光给每个人都购置了一台二手手机和流量卡，并在购物平台上购买了临时的社交账号。一旦警方介入调查，机卡全部扔掉即可。虽然一般情况下，警方不会调查证人的通信记录，但他还是防备了一下。

很快，他们就等到了行动的日子。

2

　　最初他们的计划开展得还算顺利。如许光所料，熊峰准时出现在了西河湾子地铁站。艾如那天身穿一袭长裙，画了鲜艳的妆容，尽管有口罩掩面，但站在一众乘客中依然美得突出。她从站台的屏蔽门反光中看到，熊峰很快注意到了她，随后还故意站到了她的身后。

　　是成功的开始，也是危险的临近。艾如心跳加快，喉咙发干，看了一眼手表，此时是晚上八点十分。她把自己这边的情况报告给许光，许光给她回复，说刚刚接到通知，他们八点半撤勤，从自己所在的七道口地铁站乘车至霜河站，需要一个小时左右。艾如只需在九点半左右抵达霜河站即可。许光还让她到站之后不要轻举妄动，发短消息确认他会马上就位之后，再离开地铁站。

　　艾如分析了一下地铁线路图，西河湾子站距离霜河站虽不是直达，但也只需要大概四十分钟车程。为了配合许光的时间，她只能选择一种比较绕路的换乘方式。这个时候她还是挺紧张的，毕竟第一次做这种"钓鱼"的事，一方面觉得挺刺激，另一方面也害怕引祸上身。但是开弓没有回头箭，既然鱼已经上钩，她就要强撑着演到最后。

　　当熊峰真正靠近，并利用车厢拥挤紧紧贴过来的时候，她才意识到许光讲得一点都没错，此人在这种环境下就像是闻到了腥味的猫，像着魔一样释放自己的私欲。尤其是当他开始有意无意地触碰她的大腿时，她愤怒之余，心中也陡然多了很多勇气和自信。虽然她在网上总是大义凛然的样子，但她发现只有这样深入虎穴地亲身试险，血管里才会散发真正的狂热。这时候她脑子里一闪而过很多不堪回首的往事，有自己的不幸过往，有弟弟的悲惨亡故，也有多年来无数个夜晚自己做过的噩梦。这些思绪像是某种被激发的能量，带动着她、牵引着她，最重要的是让她坚信他们的行动配得上"正义"二字，而且一定能成功！

精神上有了支撑，艾如表现得异常淡定。她忍住心中的恶心，对熊峰的不断试探和深入的无耻行为表现得毫不介意。

而熊峰，显然越来越沉浸其中。

终于到了换乘车站，艾如走出车厢，甚至还颇有挑逗意味地回头看了身后的熊峰一眼。这个回眸给了熊峰极大的魅惑，令他更加神魂颠倒，也更加难以从她身上挪开视线。于是事情正如许光预设的那样，熊峰一直跟在艾如身后，像苍蝇一样粘着不放。

听到这里，我看着艾如镇定得有些冰冷的表情，不由得倒吸凉气。看来只要心中埋有仇恨，现实中必定是个狠人。如果不是亲耳听闻，我真的难以想象作为半个公众人物的她，竟然能够忍辱到如此地步。看来她是真的走心了，她把熊峰当成了那个加害她的男人。

就这样，熊峰一直尾随艾如来到了霜河地铁站。这期间，艾如除了"默许"熊峰的各种小动作，偶尔还会递给他一两个暧昧的眼神。熊峰估计早已心潮澎湃，下车后更是对她寸步不离，大概在盘算着到了站外某个地方和这个漂亮又风骚的姑娘进行更亲密的接触。

然而此时艾如才发现自己漏掉了一个细节，那就是列车抵达霜河站时的方向。她之前光想着在时间上配合许光，却忘了在空间上还要配合彭亮亮，导致她当时完全没有意识到，她的这种换乘方式，导致是从之前方案的反方向抵达的霜河站。而彭亮亮执勤的地点，压根就不在她和熊峰下车的站台。

当她发现站台上的执勤岗亭里不是彭亮亮时，心中第一次出现了极度的慌乱。这个时候她赶紧掏出手机，想着跟彭亮亮报告一下自己的方位，让他尽量注意到对面站台上的自己和熊峰。随后她因为过于紧张，手机还掉落到了地上。这时候她看到不远处的熊峰正幽魂一样地盯着自己，脑中一片空白，又犯了一个重大失误，那就是忘记了和许光同步自己已经到站的消息。

她故作镇定地走出地铁站。

半路她才想起，自己还没有跟许光联络呢。也不知道许光到站没有？她拿出手机，这才发现许光给自己发来了好几条消息，说他刚刚到达霜河站，问她人在何处。她心里乱作一团，刚想回复，却发现熊峰已经趁着四周无人，迈开步伐靠近了自己。她扭头一看，发现身边有个小巷子，便想也没想就跑向里面。

随后的事情我基本都知道了，熊峰兽性大发，冲进去要对她进行侵犯，慢一步赶到的许光凭借她的呼叫声找到了他们。

此时这场悲剧才真正拉开序幕。

艾如的讲述终于告一段落，我们相互对视，眼神从聚焦到空洞，两人几乎都陷入虚脱状态。尤其是我，我万万没有想到，这起看起来光明磊落的事件，背后竟藏着如此一盘大棋。更让我心碎的是，许光果然不是那个我们赞誉的英雄，他只是策划了一场精心的复仇，却也因此赔上了自己的性命。

我已经不似之前那般吃惊了，反而陷入了无可奈何的麻木。我在心中无数遍地问着：许光，我知道你难受，你不甘，你想为死去的爱人做点什么，但你这是何苦呢？为什么要这样偏执而疯狂地冒险？好好活着，面向未来，不好吗？

冥冥中，我好像听见许光在天上回应我：不好。

我忽然觉得自己特别傻，有点想哭。

艾如的眼泪先掉了下来："我没想到，后来的事态超出了我们的预设，那个混蛋身上竟然带着一把刀！许光就那样被他捅死了，而我却帮不了许光，我当时太害怕了，我真是个废物……"

怪不得她事后那样懊悔和不安，还偷偷拿出十万块钱想补偿许光的家人。可想而知，在许光死后她经历了怎样的煎熬。如果不是那次我和李凡尘拜访，她可能永远都处在自责中。正因为她需要一个窗口来表达自己这份复杂又隐蔽的情感，才在事发之后回到工作室录制了那条视频，也渐渐对后来登门的我产生了无条件甚至是有些依赖的信任，而这种信任发展到现在，已经演变成了充满悲情的孤注一掷。

就在我眼窝发热，正要掏纸巾的时候，脑中尚存的一丝理智闪烁起来，好像还有一些问题没有理清楚。比如，在艾如的叙述中，为什么没有骆臻辉这个人物的存在？又比如，那串假的佛珠物证中，田英敏的DNA又是从哪儿来的？

于是我追问道："你们这场行动，只有你、许光和彭亮亮参与了？"

"是的。"艾如喝了一口水，答道。

我想了想，又问："既然那串五线菩提子手串是你后来收购的，上面怎么会有田英敏的血迹呢？"

她却摇摇头："这个我就不清楚了。许光说他能够搞定，但具体怎么做的他也不讲，只说他可以利用工作关系搞到田英敏的血样。我只负责把手串交给他，由他来进行'加工处理'，保证不会让警方怀疑这份证据的真实性。"

这就奇怪了。难道真像关谨天他们猜测的那样，许光早年间就保留了田英敏尸体的血样？虽然听上去像那么回事，但我还是觉得不太可能。这种操作似乎很难，而且当时许光的动机也并不充分。

见我一脸困惑，她又补充道："哦，我听许光提过一嘴，他说他有一个朋友，在这方面能帮到他。"

朋友？难道是法医中心的人？此人将田英敏被存在DNA实验室里当作证据的血样偷拿出来，供许光作假？但那样好像也不太现实。万一东窗事发，这个人绝对涉嫌严重违纪，会吃不了兜着走。谁会愿意担这么大风险帮许光暗度陈仓？

这个所谓朋友，会是谁呢？

在我百思不得其解的时候，艾如早已收拾好情绪，说起了那个最初的提议："现在我能告诉你的都告诉你了，考虑跟我合作吗？"

我这才意识到，她叫我过来不是坦白从宽的，而是担心我把她和许光的那张照片捅出去，给自己招来祸端，所以想要加以收买。艾如是个聪明人，她知道在如今信息发达的社会，警方的技术手段可谓天罗地网，尽管他们在许光的组织领导下做了很多反侦查措施，但一旦露出马脚，导致警方起疑心，早晚会被查出问题。所以她必须稳住我，不能让我把那张照片泄露出去。

当然，为了自圆其说和表达诚意，她只能讲出全部真相。这方面她也有自己的考量，可能认为就算是冲许光，我也不会去主动说出这件事。这样对我有什么好处？更何况，他们本质上是做了一件为民除害的好事啊。许光还因此失去了宝贵的生命，我能忍心毁掉这一切吗？

所以，我删除照片，她帮我挽回名誉，各取所需。

不得不说，我被她吃得死死的。

但是她不知道的是，佛珠的事情早已经引起了关谨天等人的怀疑，彭亮亮与她的交集也在后续的调查中浮出水面，他们的所作所为，早已有迹可循。也许此时我替她隐瞒她和许光的关系，确实能够帮她拖延一下时间，如果他们运气好，没有被警方查出进一步实质性的证据，尚能躲过一劫。但如果随着调查深入，越来越多的疑点被挖出来，他们彻底暴露只是时间问题。

如果真走到了那一步，我肯定是无法左右的。当务之急是，我要接受提议，先替她瞒天过海吗？毕竟目前关谨天还不知道那张照片的存在，而且艾如和许光之前的联络，都是通过非常规手段进行的，警方想查的话，也必有一番周折。拖延了时间，起码关谨天就不会那么早地叫停对许光的宣传活动。而随着许光宣传活动的不断扩大，一旦上升到了全国级别，许光众望所归地拿到了"感动中国"称号，局里想要推翻，恐怕就更非易事。

于我自己而言，也许还真能如她所言，从舆论的旋涡里解脱出来。

是让这件事就这么将错就错下去，还是我立即向关谨天禀明，及时纠错正名？此刻我的选择，倒成了局势走向的关键。

想到自己如今被无数人咒骂唾弃的"社死"处境，再联想到许光为此付出的一切，我痛苦不堪。

艾如此刻却冷静得多，不容我过多思考，又问了一遍："你想清楚了吗？"

见我不答，她又装作很随意地看了眼手机，悠悠道："嘀，你的那个话题已经排到热搜第二位了。"

一句话又让我的焦虑值爬升到了最高。我才察觉到自己早已不是最初那个心高气傲的徐闪星了，此刻的我，俨然成了过街老鼠。面前这个在网络上一呼百应的红人，可能是让我翻身的最后希望。如果我直接拒绝她，我都不敢想象自己走出这间屋子后绝望的心情。

"如果我同意，你要怎样操作呢？"

这很明显已经是上路的表现了。她非常满意地看着我，并没有正面回答："操作的事先放一边，既然你同意了，我还希望你帮我做另外一件事情。"

"什么事？"

"帮我找回一样东西。"

3

艾如说，许光曾经和她探讨过，那条假手串行动的时候应该由谁携带至案发现场。许光最初想把它藏在自己兜里，等击晕熊峰后亲自来调换证物。但经过一番思考，又觉得这样不太保险，因为他和熊峰之间大概率会有一番打斗，藏在兜里的手串难免掉落甚至损坏，万一中途再被对方发现，就前功尽弃了。所以许光就把手串交给艾如保管，让她放在随身的小挎包里，这样相对稳妥一些。毕竟这手串才是重中之重，没有它，他们的一切努力都是徒劳。

那晚许光和熊峰两败俱伤之后，艾如原地蒙了好一阵子，拨打报警电话时还误把手机锁住了，半天了才想起手串的事。于是她在警察还没有赶到时，小心翼翼地把包打开，又凑到熊峰身边，把他胳膊上原本的手串剥下来，换上了他们准备好的那条。

也正是此时，她才发现又有了一件意料之外的事情，就是如何处置熊峰本来的那条手串。他们的原计划是，许光把熊峰原来的手串收好，然后再找机会扔掉或者销毁。但许光当时已经因为失血过多陷入休克，把手串塞到他的身上显然不现实。艾如借着月色四下查看，小巷子里清冷寂静，光秃秃一片，找不到任何可以藏东西的角落，再加上警察可能马上就抵达现场，她情急之下只能把那手串放到了自己包里。

随后警察来到现场，见现场鲜血满地，连忙把伤者抬到了警车上，火速送往了医院。因为只有一辆警车出警，车里坐不下那么多人，现场又留下了一名民警陪伴艾如。据她说，那民警自称姓刘，负责一会儿跟着后续赶到的同事陪她到医院检查伤情。

这个人应该就是刘茂桐。

十分钟后，艾如随着刘茂桐上了另一辆警车。两人坐在汽车后座，刘茂桐反复问她当时发生了什么，身体有没有受到侵犯、有没有受伤等等。艾如整个人在持续地发抖，她实在没有想到事情竟然会演变成这副模样，这也太惨烈了！

她看着车窗外飞快掠过的各种夜色，脑子里如惊雷一般地炸出各种当初他们谋划这件事时的情景。那时候许光和她就像是着魔一般地自信而执拗，好像降伏熊峰是上天给他们的神圣使命。正因有着如同神授一般的信

147

念，他们才固执地想要把计划进行到底。他们处心积虑、机关算尽，自认为做到了天衣无缝，最后才发现在血淋淋的现实面前，自己有多么幼稚！

怎么就没有想到那个混蛋身上还藏着一把刀？

想到此处，艾如又想到生死未卜的许光，心里发慌，一句话也说不出来。刘茂桐只以为她是惊吓过度，所以让她先清点一下随身财物，看看有没有丢失。

这时她又意识到一个问题，便是熊峰的那条手串还在自己包里。那东西可千万不能让警察看到。但她又不知道接下来到了警察局里配合调查时，自己会不会接受随身物品的检查，所以一时更加慌乱无措。

窗外忽然有了刺眼的灯光，他们好像抵达了热闹的市区。刘茂桐在半明半暗中对她说："快到医院了，我先陪你去里面检查一下，看看有没有外伤，需不需要治疗。我看你头上有伤，可能还需要拍个片子，你把包什么的给我，我帮你拿着吧。"

"我不去医院，不用检查。"她紧紧攥着挎包。

"没有关系，你别害怕，或者我叫女同事过来陪你进去。"

"真的不用！就一点皮外伤，不用去医院。"

刘茂桐没办法，让司机掉转方向，开到了宝源街派出所。在派出所里，艾如得到了短暂的休息。也正是这个时候她得到了消息，许光已经壮烈"牺牲"。

她一下蒙了。

下一秒钟，她体内像是雪崩一般轰塌，整具躯壳僵直又冰冷。她想哭哭不出来，想叫又发不出声音。派出所里的民警仍旧以为她只是惊吓过度，还你一言我一语地问她认不认识那个和歹徒搏斗的年轻男子、知不知道他是一个警察等等。这些声音在她耳边若有似无地交杂着，让她感到既聒噪又恐惧。

许光死了。

她现在要怎么办？

148

刘茂桐可能发现了她的异常，端着一只盛着开水的纸杯坐到她面前："你怎么了？我还是带你去一趟医院吧。要不给你叫个120？"

"不用，我想回家。"

"等会儿吧，一会儿我们分局刑警队的人过来，他们得了解一下情况，然后案子由他们接手，可能得给你做一堂笔录。"

艾如强打精神，对刘茂桐说自己想到院子里透透气。她说她憋得快要晕过去了。

一个女民警拿起外套："走，我陪你去。"

"别跟着我行吗？"她忽然警觉起来。

女警被说得不知所措，刘茂桐使了个眼色，示意她远远看着就好。

艾如便走出民警值班室，来到了院子里。她故作随心地遛了一会儿弯，又回到值班室处，问站在那里的女警卫生间在何处，随后她去了一趟卫生间。不一会儿，就看到院子里警灯闪烁，是耀安刑警队的人到了。

讲到这里她停顿了一下，忽然语出惊人："我知道在正式接受调查的时候，身上绝不能带着那条我们偷换下来的手串，于是在这之前，就把那条手串给藏起来了。"

我一时诧异："你藏到哪里了？"

"没什么地方可以藏，当时我出不去派出所大门，只能找个没人的角落塞进去了，想着等做完笔录离开时，再找机会取回来。没想到刑警队的人让我上了他们的车，把我拉到刑警队去做笔录了，做完笔录，又直接把我送回家了，所以我一直没有机会把那东西拿回来。"艾如一脸无奈地说。

"所以现在那条手串，还在宝源街派出所里？"

"是的。"

我愣了，没想到那么关键的证物，竟然一直就藏在公安机关！

"你一直没有回去找吗？"我不可思议地问道。

"我想去找，但是我觉得派出所那种地方，一旦我说丢了东西，民警肯定要陪着我去查找的，不可能由着我一人偷偷找出来后藏在身上带走。"

没错，别说派出所了，你在任何场合说你丢了东西，人家主人也不可能任你随处翻找啊。不过话说回来，艾如确实够厉害，在那种恐怖经历下，还能如此运筹帷幄，当真不是省油的灯。

"我听你后来跟我说过，你去见过那个姓刘的民警，所以我就想着，你能不能帮我把那条手串取回来？总是在那个地方藏着，万一哪天被哪个民警发现了，一对比，发现和熊峰身上的手串一模一样，那我不就暴露了吗？"她皱着眉头，不无顾虑地说。

"你具体把东西藏到什么位置了？"我看着她。

她定定地看着我，旋即嘴角上扬成看起来有些狡诈的弧度："那你先把手机里的那张照片删掉吧。"

我愣住了。她明显是不相信我，让我先迈出上贼船的第一步。

"要彻底删除，连我的电脑，里面有专业的清除软件。"她声音一沉。

我迅速思索着那张照片有没有备份，发没发给过别人。很快我得到了一个沮丧的答案，并没有。

也就是说照片一旦彻底删除，就很难恢复。

我想了想说："你让我回去考虑一下，可以吗？"

她摇摇头："如果你回去把照片做了备份，那即使你在我面前删无数遍，又有什么意义？"

说完后，她一动不动地看着我。

我不知说什么好。

场面一度僵住。

半晌，我才有了一些救场的思路，做出很坦诚的样子："如你刚才所说的，就算我现在删除了照片，恐怕你也不能保证你和许光之间的交集就被彻底抹掉了吧？现在监控探头那么密集，通话记录、社交软件也都留有痕迹，警方真想查你们，真的不是什么难事。"

她半低着头，虽然表情有些阴沉，但看上去还是比较认同我的说法。

我继续说："关键是，我现在知道了所有的真相，但我把这些说出去，对我有什么好处？许光的事迹宣传材料都是我写的，我付出了很多很多，也投入了很多感情。虽然我和他素不相识，但我对他的感情不比你浅。我希望看着他拿到所有荣誉，成为一个全国性的英雄。因为他也是我的偶像。"

她抬眼看我，依旧静默。

我被看得发毛，下意识补充："何况我现在这个样子，除了你，也没有别人能够帮我。"

她扑哧一声笑了，看上去好像已经绷了许久似的："瞧给你吓的，我可没有威胁你。你当然可以认真考虑一下，我也相信你，不会说一套做一套。只不过你不要考虑太久，我也希望能够尽快了结这件事。"

我松了一口气，赶紧顺势点头。

"好，那我就放心了。"她很淡定地说。

我起身做告别状，她没有出门相送，只是简单地在窗边朝我挥手致意。

在我转身时，她又叫住了我。此时已近黄昏，酱色的天空悠远静谧，像是一幅挂在玻璃外面的美丽画作。房间一角不知何时开启的落地灯散发出橙色的光束，照得她脸上暖意盎然："徐闪星，我们是朋友，对不对？"

第二十五章

暴雪

1

  外面飘起了雪花。

  坐在门窗紧闭的公交车里，冷气却还是不知从哪些角落袭来，吹得我心绪难安。我反复回想着艾如跟我说的那些话，恍惚间竟然觉得有些可笑。

  很奇怪，好像那些事情怎么也理不清楚，又好像从头到尾都格外通透。也许从听到许光录音的那一刻起，我就被剥夺了所有幻想。对于他，无论我怎样迷惑不解，怎样脑补细节，怎样努力合理化他的所作所为，首先都只能接受这个早已发生过的荒唐现实。

  这才是真正的许光，即便我崇拜他、美化他、歌颂他，但他就是许光，在他的世界中，做他的事情，认他的死理。哪怕是他还活着，我也改变不了他一丝一毫。也许我对他的好印象，都只是疯狂生长在自己的执念里吧。我只认为他是一个痴情暖男，却不知道这份痴情如困兽一般长久地在他心中挣扎，早就不可控了，注定成为他悲惨结局的伏笔。

  这是荒诞的，也是自然的。只是从前我不愿相信，如今坦然面对，虽然精神上受到了冲击，理智上却达到了空前的贯通。我承认自己并不了解笔下的这个人，我写出的，仍然只是一个由自己情怀和理想的碎片捏造出来的人。

  他是假的，我并没有做到真实。

  但他是错的吗？

  我掏出手机，看着微信里各种各样的留言，心里五味杂陈。在这个世界上,每个人都有自己的磨难。那些没有发生在自己身上的事,永远形成不了自己的痛苦。别人的叹息伤悲,对我们来说本质上都是另一具躯壳里的东西。这些东西的酝酿、衰变和汹涌就像是休眠的火山,外表看上去甚至还有几分风景独好。所以当最后的时刻来临,这个人选择某种方式救赎的时候,我们只有震惊和不解:他怎么就这样了?

因为我们没有经历过,所以做不到真正的共情。

想到这里,再想想自己这两天遭受的一切,我看着微信里无数条安慰的消息连连摇头。也许这些人都出于真情实意,但我却对这些简简单单用手指拼凑出的关心情绪索然。我很感谢他们,但也仅限于感谢而已。

没人能够帮我,除了艾如。可一旦我接受了她的帮助,就意味着我要去隐瞒事实。虽然这种隐瞒等于变相地帮许光,但它有悖于关谨天给我讲的那番从警应有的初心。

但是,我呢?我不恰恰是因为无法澄清事实,才沦落到如此境地吗?为什么我就得不到这种机会?现在单位停我的职,受害者独善其身,我困在舆论的旋涡中苍白挣扎,可能要背上一辈子的骂名,我招谁惹谁了?

想到关谨天可能随时打电话来质问和艾如的见面情况,我瞬间就达到了恐惧的最高峰。要不是窗外寒气逼人,我可能就要打开车窗把手机扔出去了。

在我慌慌张张要给手机锁屏时,忽然在消息栏里看到了一个特别的人。

许纯。

她给我发了好几段语音。

"姐姐,网上说的人是你吗?到底怎么回事?"

"姐姐,你没事吧?我相信你!我在那些恶搞你的视频下面留言骂了他们,替你出了口气!"

"你怎么不回我呀?你可千万别自杀啊。"

还有两段未接通的语音通话。

不知为何,听到这些稚嫩的话我反而冷静了许多。可能因为许光的关系，我对她有着天然的好感。此刻我心情郁闷，对这种好感更生出了几分依赖。

我给她回拨过去，她很快接听了。

"姐姐，你别理他们，我觉得他们都是水军，其实大家未必都那么想你。你该干什么就干什么，过几天这事就过去了。"她特走心地安慰我。

我能说什么呢？只能佯装无事地跟她闲聊几句，冲淡一下糟糕的情绪。她说她今天刚刚知道这件事，前两天因为她月考分数低，爸爸把她的手机收走了。昨天大风降温，再加上失去手机急火攻心，她又发了烧，现在刚刚好一些。不过令她高兴的是，因为发烧，明天可以不用去学校上课了。

我笑笑："那你爸呢？把手机还给你了？"

"没有，他以前的一个工友去世了，一大早就过去帮忙料理丧事了，估计要明天晚上才回来。我一个人在家瞎翻，发现他把我的手机藏在空气净化器的滤芯里了，哈哈哈！"

"你厉害。"

话筒里又传来一阵爽朗的笑声。

"姐姐，等我病好了，请你吃三明治，就咱们上回吃的那种，我有钱。我人缘好，同学们听说我病了，好几个人给我发了红包。"

"好呀。"听到这种天真的承诺，我终于也笑了出来。

不过她提到上次我请她吃三明治，我又突然想起，那时候我们之间好像还有一个没进行完的话题呢。

好像是有关李凡尘的。

我记得她那次跟我说，李凡尘在许光出事两个月前，还跟许光一起吃了一顿饭。但那是怎样的一顿饭，她却没有跟我细说。最主要的是，她说的这个信息，和曾经李凡尘对我说的有很大出入。

于是借着这个机会，我又问起了她这件事。许纯回忆了一会儿，才有些恍然地说道："哦，你说六月那次啊，我是在我们家小区外的饭馆里面看见他们的。"

许纯告诉我，那天刚刚放暑假没多久，她和同学约了一起去游泳，回来正值中午。她看见家附近饭馆的玻璃窗里坐着两个熟悉的身影，正是哥哥许光和他的好兄弟李凡尘。两人面前还摆着一桌子菜，饥肠辘辘的许纯想赶忙进去蹭两口，当她快走到他们桌边的时候，还看见李凡尘正满脸笑意地冲许光说着什么。

李凡尘看到她，马上站起来，做出要走的样子。

"咋了凡尘哥，我一来你就要走啊。"许纯大大咧咧地坐在许光身边。许光扭头看她，一脸惊讶。

"单位有事，你们吃吧，我得赶紧回去。"李凡尘说着抓起自己的挎包，冲两人挥手道别。

许光还说了声："有事就打电话。"

"好。"

李凡尘走后，许纯就开始大快朵颐。他们之前点了很多菜，她记得有宫保虾仁、糖醋鱼和红烧狮子头，甚至还开了两瓶啤酒，但是酒是满的，显然两人还没来得及喝。

"你怎么这么快就回来了？不是给你钱让你在外面吃吗？"许光问。

许纯当然不能告诉他钱被自己充到游戏里了，正想着转移话题，忽然看见刚才李凡尘的位置前放着一条带吊坠的项链。

看样子像是李凡尘带过来的。项链很好看，吊坠是粉色的，有种暖融融的温润感，挂绳也是很精致的细线编织而成的。她一时新奇得很，上手就抓了过来。

许光脸色一变，飞快夺过："别动。"

"怎么了？"

"死人的东西，别瞎摸。"

许光快速说着，但说完又立马住了嘴。

许纯的"那你怎么能摸"已经到了嘴边,突然想到这东西可能是丰凌姐姐的遗物,便赶紧把话咽了回去。

许纯讲完之后不解地问我打听这个做什么。

我当然有我的道理,因为在李凡尘对我的讲述中,那个时候他正处在和许光长达半年的冷战中,所以如果许纯说的是真的,李凡尘必定对我撒了谎。但这些内容牵扯甚广,即使我把话挑明了,她也未必能理解。

"哦,没什么,就是好奇而已。你还听见他们说什么别的内容没有?"

"没了,就这些。"

挂了电话我就想,如果真是这样,李凡尘当初为什么要骗我呢?他又是在什么情况下,忽然把丰凌的一个遗物带给许光呢?

2

晚上的时候,李凡尘来了。

刚刚走进酒店房间的时候,他头顶和双肩还有没化的雪花,浑身散发着凉气。人还没站稳呢,就朝我和屋里的徐烁星挥手:"走,咱们出去吃饭吧,你们也憋了两天了,咱们找个安静的地方。"

我见他薄薄的羽绒服的领口还敞着,有些嗔怪地说:"得了吧,你穿得这么少,回头再冻感冒了。"

他却不答话,很小心地朝我使了个眼色。见他这副好玩的表情,我终于轻松了一些,装模作样地扭头问正趴在床上看电视的妹妹:"哎,你去不去?你不去的话我们给你带点吃的回来。"

徐烁星打量着我们："你这个样子能出去吃饭吗？"

"有什么不行，我都出去一天了。"

她盘起腿来想了两秒钟，跳到床下："好，我也去。"

拜托！这么明显的客气听不出来吗？我毫不顾忌地朝李凡尘苦笑。

可能怕我暴露，李凡尘抬高声音："那太好了，一块去一块去，人多热闹。"

看来当惯了电灯泡的人，对别人当电灯泡也是免疫的。那一刻我甚至有点怪李凡尘为什么提出这样一个诱人的提议。

我很丧地全副武装好，跟着两个人走到了大街上。一开始我还小心谨慎，但走着走着，发现路上的人都行色匆匆，根本没谁注意到自己。此时地上的雪已经积了薄薄一层，放眼望去，整片地面都成了银色，再加上街道两旁被雪雾覆盖了的各色灯光，美得如同童话一般。

李凡尘很应景地牵起了我的手。尽管都戴着手套，但我还是接收到了他的体温。陶醉之余，我依稀听见身后的徐烁星冷冷地哼了一声，扭头看去，她又佯装无事地看向别处了。

徐烁星几乎不怎么参与聊天，自顾自地闲逛，只是像幽魂一样和我们寸步不离。这不禁让我有点困惑，原先我和翟忆山在一起时，她根本不是这副死样子。想来想去，她可能是对李凡尘不太满意。但话又说回来，这关她什么事？

这样想着，我和李凡尘聊得更欢了。甜腻之余，我也想找到一个私密的场合，好好问问他关于许纯跟我讲的事情。毕竟不解开这个问题，我对他还是有种迷惑。

但直到我们找了一间餐厅坐下来也没有单独接触的机会。李凡尘拿着菜单认真点菜，徐烁星则坐在我身边全神贯注地玩手机。我太了解她了，这个人是属青蛙的，虽然看上去总是无欲无求、慵懒随便，但其实心里一直高度戒备，而且有着明确的目的。一旦猎物送到嘴边，就会闪电般地吃个毛都不剩。此刻她的目的就是出来蹭一顿饭，然后狠狠打击我的一切浪漫幻想。

我一直觉得她这方面有点变态,但又不能主动提出来,只能用行动见缝插针地恶心她。这也是我们俩相互折磨多年,我总结出来的抗衡之道。

我故意不理她,很高调地点了一堆自己爱吃的菜,对李凡尘也更加热情。李凡尘似乎发现我和徐烁星之间不大对劲,便有意无意地跟她搭话。但这似乎正中下怀,她开始真正地抽上风了。

李凡尘问她:"我听你姐姐说你快结婚了,婚礼在哪儿办啊?"

徐烁星说:"我们小地方,比不了你们大城市,我们就在家里办流水席。流水席你知道吗?就是把全村人请过来,家门口搭个大棚,大棚外面摆几口锅,边做边吃,老得劲了,比你们城里的什么全透明厨房可地道多了。酒席旁边就杀鱼什么的,这边肠子流一地,那边热乎乎的菜就端上来了,吃饭的时候脚底下还淌着血汤呢,血里还漂着鱼泡和鱼子呢!"

李凡尘当时在嚼一块红烧鱼,听完艰难地咽下去,再也没碰过那道菜。

我冷冷地说:"放屁!你们不是订酒店了吗?"

她振振有词:"小赵家头天晚上就是这样先请一顿,第二天才去酒店。咱们那边的老规矩你都忘了?"

也不知道李凡尘是没听出她的刻薄,还是抱着迎难而上的心态,又很天真地问她:"对了,你上回问我我家人介不介意双警家庭,那阿姨会不会介意呀?"

徐烁星面目坦然:"完全不介意,她上一任也是警察,我妈就喜欢得不行。"

一句话又把李凡尘说蔫了,她还像神经病一样笑嘻嘻补充:"哦,你别有太大压力啊,我妈私下里也跟我说过,说当警察的男的都有点不靠谱,尤其是不顾家,总说加班啊、上勤啊,谁知道去哪儿浪呢?所以当年我爸和我妈一确定恋爱关系,我爸就把工资卡上交给我妈了。"

我瞪着她:"那时候有工资卡吗?"

她啃着一块煮玉米朝我翻眼睛:"别那么咬文嚼字行吗?写稿子写到

脑子坏掉了。"

一顿饭吃得无比心累，李凡尘也如坐针毡。我在心里已经手刃了徐烁星无数遍。看着她兴致盎然地扒拉着米饭，我真怨恨厨子怎么把米淘得那样干净，为什么不留几粒沙子在里面，硌飞她野猪一样的牙。

饭馆里慢慢地座无虚席了。有一桌人似乎是公司聚餐，十几个人围着两张小桌子各种推杯换盏、插科打诨，喧闹得令人烦躁。李凡尘结了账，问我们还有没有想逛的地方，如果没了就送我们回酒店。此刻我才想到自己已经在酒店住了整整两天了，一天大几百的房费，再这样下去恐怕就揭不开锅了。但是除了酒店我又能去哪里呢？在这个风口浪尖，家门口蹲我的媒体应该还大有人在吧，即便乔装打扮偷偷住回去，早晚还是个问题。

李凡尘似乎看出了我的顾虑，提议道："要不，把酒店的房退了吧，你们先住到我那儿去吧。我睡单位宿舍就好。"

我还没答话，徐烁星就跟被踩了尾巴似的一抬头："那怎么行？"

本来我也觉得不妥，可偏偏就跟她杠起来了："怎么不行？你不住你就走你的，碍不着你的事。正好明天周一了，你赶紧回去上班吧！"

不说还好，一说她仿佛想起什么，边狂点手机边说："我都忘了！我还得跟我们护士长请几天假！"

"干吗去？"

"在这儿陪着你呀！"说着她又看着一头雾水的李凡尘，"哎，你家在哪儿？我们什么时候能过去住？这期间你就辛苦了啊，有家不能回。"

我弄明白了，她这是防着我和李凡尘借机同居呢。她脑子里为什么搭满了这种奇奇怪怪的神经！与其说是奇怪，还不如说是无理取闹，自己高枕无忧地嫁出去了，为什么不能考虑一下别人的感受？难道非得在终身大事这方面一枝独秀吗？

我再也忍不住了，但考虑到形象，不能当着李凡尘的面和她翻脸，便不容分说地命令李凡尘："你先回去吧，我们自己回酒店就行！"

李凡尘看看我又看看她，想劝却不知道该说什么。这太正常了，以他的认知，可能永远也调停不了我和这个奇葩之间的矛盾。所以他只能识相地朝我做了一个"稳住"的表情，然后在一团尴尬的空气中匆匆告别。

我压抑着满腔怒火，隐忍地目送李凡尘远离座位。

确认他完全离开饭馆后，我转向徐烁星，紧绷的表情瞬间坍塌："你有病吧？你是婚前狂躁症吗？还是又跟你的准婆婆闹脾气了，想找个软柿子捏捏，发泄一下在那边不敢表现出来的情绪？还是你觉得自己变成已婚人士了，就看不了未婚人士卿卿我我了？"

我自认火力够强了，但她却丝毫不为所动，只是拿起杯子从容地喝水。她一向如此，每当把我逼到崩溃边缘时，她却异常平静。无论是在家还是外面，她从不会明目张胆地与我撕破脸，而是以柔克刚，在别人看来反而是我这个姐姐暴躁得如同被大火烧了屁股。

"跟你说话呢！"拜她所赐，我觉得我积累一天的憋闷和烦躁都要从脖子上青筋里爆出来了，我再也忍受不了身边这些乱七八糟的人和事了，我要跟这个世界掀桌子了！

我一把抢过她的杯子，使劲砸到桌面上。

声音终于盖过了邻桌的喧嚣，那些刚才还叽叽喳喳的打工人瞬间集体失声，一愣一愣地看着我们。

徐烁星冷冷看了我几秒钟，然后竟然什么也没说，只铆足全身力气朝我翻了一个白眼，手疾眼快地穿衣拿包，起身离开了座位。

她竟然什么也没说，她走了！

真是被她气疯了！

这个女的已经扭曲到一定程度了！

坐在原地的五分钟里，我试图让自己冷静下来，回想起这三天来的遭遇，就跟做梦似的，而且是那种浑浑噩噩的鬼压床一般的梦。我多么想回到曾经那些现在看来绝对算是无忧无虑的时光，那时候我不知道许光是何人，不必为他的所作所为牵挂烦忧，不必遭受关谨天等人的咄咄逼问，不必被艾如拿捏得胆战心惊，也不必面对如今网上各种劈头盖脸的咒骂，更不会沦落到连跟谁睡觉这种事都会有人跳出来横加阻挠的境地。越是这么想，我就越为自己感到可悲，感觉这辈子的运势都到头了，像是读取了一种根本不讲道理的命运模式，被强行安排走向毁灭。

然而这还不是最低谷。

就在我对着空气怀疑人生的时候，才发现身边好像站了个人。扭头看过去，正和对方目光相接。是个和我年纪相仿的年轻男人，发型乱得很，戴着一副很装嫩的黑框眼镜，下巴还留着故作潇洒的小胡子。

"徐闪星……真的是你？"

我对他的样貌没印象，但认出了这个声音，才想起这人好像是我的一个校友，好像叫冯萧，是初中时我们隔壁班的。当时我们都是实验班，我还有幸当过一年半的班长。之所以认识这个人，是因为有一年我们两个班在同一个考场考试，这个冯萧不仅堂而皇之地作弊，还不小心把给同党传的小纸条丢到了我的脚下。巡考的老师正从我前面走过来，我心想要是被发现脚下有小纸条，那自己肯定跳进黄河洗不清呀，便主动跟老师打了报告，上交了那个令人尴尬的罪证。

接下来冯萧等人被查出作弊事实，受到了学校处分，被清除出了实验班。从此以后这个人就恨上我了，经常在学校内外散布我的一些坏话。但那时候我爸刚刚被评为英烈，我自己也没什么黑点，口碑上还是立得住的，并没受到什么影响。据说后来他成绩滑坡得厉害，考到了一所不出名的高中，自此杳无音信。

多年不见，那时候的毛头小子已经变成了印象派大叔。冯萧一声怪叫，兴奋不已："真的是你哎！网红啊！"

我心里咯噔一声，瞬间出了一身汗。

还没容我说话，他马上手舞足蹈地招呼刚才和他一桌吃饭的人："哎，你们过来啊！这是网上的那个徐闪星，那个车厢女警察，我跟你们说过的那个，我校友！她就跟这儿呢！"

他话音未落，好些人呼啦一下围到了我身边。这些人有男有女，无一例外都是年轻气盛的小白领。在他们的带动下,饭馆里其他人也跟动物园里看猴子一样朝我投来了好奇的目光。

我仿佛觉得呼吸都不是自己的了,第一反应是赶紧去摸自己的口罩,但人倒霉时喝凉水都塞牙,口罩竟然不见了!再看那些人,已经跟统一部署好了似的一起掏出手机,一边拍摄一边交流心得:"真是她!现在她还有心思在外面吃饭呢?"

"点得不少啊,看来心情不错。"

"你有没有想过,那个被你污蔑的男乘客现在吃得下饭吗?"

这些人在饭馆强烈灯光的照射下惨白无比,好像凭空从地底下冒出的小鬼,没有感情、没有脉搏,甚至没有五官,唯一区别就是脸上形态各异的夸张表情。

不仅如此,人还越聚越多,把饭馆老板都吸引过来了。

"老板,你们这店要火啦,这人是网红!"

"别挡着我!我发个抖音。"

"我直播呢!"

我僵立在人群中,被各种镜头晃得发昏,感觉周围已经天塌地陷。我想逃脱,却感觉自己被好几双手同时拽着,几乎都无法站稳。

大脑一片空白,好像前尘和未来都被抹杀得一干二净,只剩一个无法挣脱的恐怖当下。

在晕头转向时,我滚烫的额头忽觉一凉,紧接着什么东西就像是壁虎一样从我鼻子上缓缓爬下。

一股子奶香味,是提拉米苏。

吵闹声中,冯萧的怪叫十分刺耳:"这货也有今天啊!"

3

我不知道我是怎样走出那家饭馆大门的，只记得跑到酒店门口时，身体已经像被抽干一般，再也没半点气力。我只能靠在酒店围墙上大口呼吸，但无论怎样休息，都无法压制住身体的剧烈颤抖。人的生理其实挺奇怪的，明明此刻我的大脑已经宕机了，这种剧烈的抖动还是持续不止。没有它，我简直都要断片儿了，都忘记刚才经历过什么惨绝人寰的事情了。这仅仅是神经性的应激反应吗？那说明我的自我保护机能已经发挥到了极限。如果不是心中那一丝求生欲，我可能已经暴尸街头了。

周围雪花飘动，身后的石墙像是冰砖一般向体内灌输凉意，我却无法脱离对它的倚靠。大脑慢慢地恢复意识，那股子刚刚如同鸡蛋散黄一般的焦虑现在又重新聚拢起来。我就在这种身体和精神交替受难的状态下蹲下身子，胡乱在兜里摸索手机。

屏幕点亮，我疯了一般地打开通讯录，用僵硬的手指输入两个字：艾如。

在我看到这个名字时，脑子里已经不受控地组织出了一句话：我接受你的提议，赶快出一期视频，帮我澄清，帮我制造反转，我实在是受不了了！

但当手指按到那个名字上时，我又尿了。

我按不下去。

更令我憋屈的是，我不知道自己在尿什么。

紧接着眼泪喷涌而出。

屏幕忽然大亮，显示了徐烁星的来电。

五分钟后，徐烁星在墙根下面找到了失魂落魄的我。她让我大冷天别在这里蹲着，有什么话回到酒店房间里说。而我却怎么也站不起来，不仅腿麻了，整个人也好像成了无脊椎动物，任凭她怎么拉扯都无力起身。

她也只能坐到我身边。

不知哪家店铺门口奏起了音乐，歌声在雪夜里悠悠飘荡，在我听来却格外凄凉，像一首送葬曲，祝我早登极乐。

我这才理解什么叫苟活。

我努力把眼泪压回去，因为眼泪在脸上冻成冰，简直比滚烫的热油还能刺痛我的脸。

徐烁星叹了口气，徐徐开口，声音飘忽。

"去年我们院收了一个肝癌的病人，女的，年纪不大，也就四十多岁。刚入院时，大姐心态特好，是肿瘤科最活跃的病人。我们医院每个月有一次家属开放日，就跟学校开家长会似的，让每个癌症患者的家属和病人们坐在一起，给他们科普，做心理辅导，有时候病友们还会组织演个节目什么的，挺逗的。那个大姐从来只有她一个人，后来我们才知道她十多年前就离婚了，独自养着一个女儿。"

一阵冷风吹过，徐烁星把自己的围脖摘下来绕在我脖子上，继续讲述那个不知道和我有什么关系的故事："前年她女儿嫁人了，她得病的这事压根没跟女儿说。我们最初以为是她们家里穷，怕花钱。后来才知道她家里情况也没那么差，老家是种茶的，有园子，还挺有规模的，隔三岔五老请我们喝茶。她经常说自己心态好，化疗什么的都不在话下。但如果告诉闺女的话，把没病的人也带出心病了，就真挺不值当的。"

徐烁星说着，拿出手机，翻出相册里的一张照片，里面的她穿着护士制服，身边站着一个面庞消瘦却很有神采的女人。

"就是这个大姐。后来病友们隔三岔五都有家人陪，这个大姐一个人待着实在无聊，就天天刷抖音，给人评论、点赞，自娱自乐。她就这样认识了一个跟她差不多大的男网友，自称中年丧偶。男网友听说她是个癌症患者，对她可关心了，成天嘘寒问暖的，还来我们医院看过她。他听说医院有什么家属开放日，就充当大姐的家属，陪着大姐看节目、唠嗑、听讲座，面面俱到。那阵子大姐特别高兴，好几次还溜出去和那个男的约会。"

讲到这里，徐烁星吐出一口白气，语速变慢了："结果没出一周，我们看大姐情绪不对头，精神也挺恍惚的，就问怎么回事。然后才知道，那男的跟大姐约会几次之后就消失了，而且在各种社交软件上都拉黑了大姐。从此大姐精神就垮了，每天郁郁寡欢的，靠着安眠药才能睡觉。过了几天脸都黑了，连床都下不来了。我们一看这不行啊，就轮番劝她，说以前你多乐观一个人啊，怎么也得为自己的病情着想啊。但是不管用，她就是陷进去了，天天琢磨这点事，想不明白也走不出来，也不再配合治疗了，就是觉得活着没意思，不出三个月人就没了……"

徐烁星把头放在膝盖上，歪脸看天："一个中度肝癌，本来以她的意志，我们都觉得再活个几年没问题，但偏偏出现了那么个男人，完完全全把她毁了。"

说到这儿她看向我，黑夜中眼睛亮亮的，像是我们小时候家里停电她四处找蜡烛时的样子："后来我就想，千万要警惕这种你落魄时，男人突如其来的关心。因为谁都知道雪中送炭最能打动人，这时候如果有人这么做了，那他想得到什么都不费吹灰之力。可谁又能保证，他得手之后，会不会一如既往地对你好呢？如果不是，那雪中送炭就成了雪上加霜，你会觉得你真的什么都没了，活着也确实没什么意思了，没准就一条道走到黑了。"

我听到一半眼泪就开始流，这个恶毒小妇人真够可以的，做也就做了，干吗还原原本本地把道理讲给我听！

不知道为什么，我总是受不了家人对我好，尤其是徐烁星这种徒有虚名的家人。在我的印象里，她是我聊八卦、诉苦闷的必需品，是出现问题时与我争执的死对头，是家里摇来晃去的背景板，唯独就不可能是个打心眼里替我着想的好妹妹。现在她冷不丁地这么做了，就像是打破了什么潜在规则，反而让我原形毕露了。所以此刻我除了哭只有一个最直接的反应，就是难为情得要死，迫切地想要逃离。

但是我的腿真的麻了。

此刻我涕泗横流的脸上还残留着奶油污渍，整个人缩在墙角的样子，应该符合一切影视剧中反派被主角彻底干趴下，然后接受灵魂洗礼的狼狈形象吧。

"那你不会早点告诉我，你搞得我很被动好不好。"我还是要装模作样地争辩一下。

"拜托，跟你说管用吗？你只活在你自己的世界里。在你眼里，你只要认准一个人或者一件事，十头牛都拉不回来。小时候咱妈说你倔，但我还觉得你挺酷的。但是在医院上了这些年的班，见过了那么多的生离死别、遗憾终生，我才觉得，你那样真不叫酷，而叫傻，而且是不负责任的傻。你之所以到现在还没醒悟，是因为你还年轻，身上的赌注还多。等到你老了，有家了，甚至身体不行了的时候，你就输不起了。"

自己的世界，这话说得多好，说到了我的心里，我仿佛忽然看到了自己周围高高矗立的透明围墙。多年来，它们以一种想要保护我的姿态，深深地把我与外界隔离。围墙里，我用情绪和意念打造了一个只属于我的王国，墙外面的一切虽然尽收眼底，却从来都是用墙内的信条对它们进行审判。这样做是真的舒适、简便，而且是属于我自己的法则。

但是随着年龄的增长，这堵墙早晚会被现实的洪流冲破。如果我不能硬碰硬地和真正的世界融合，就只能死在自己王国的废墟里。

可是我还不想死啊。

我只有选择披荆斩棘地走出来。

4

第二天上午，枕边忽然响起的手机铃声把我从睡梦中吵醒。点亮屏幕一看，上面是耀安刑警队小苏的来电，我困意顿时消了一半。

该来的还是来了。

我坐起身来打量周围，发现徐烁星并不在身边，于是接通了电话。小苏在电话中问我在哪里，说要亲自过来一趟，想确认一些事情。

我把酒店地址告诉他后，就起身开始梳妆。我给自己梳了一个整洁平顺的马尾辫，上身套了件粉紫色的竖褶羊绒衫，下身穿了条黑色的修身裤。简简单单的装束，我却在镜子前照了良久。书上说人在做出一样重大决定之前，会下意识地注重自身形象。究其根本，可能是预感到自己命运会因此发生改变，要庄重地与从前的自己进行告别。

我也是一样。我决定和小苏说出"八一九"案的所有真相。

从昨晚开始我意识到，我不能困在自己的世界里，执着于一个自己虚设的结果。尽管那个结果看起来很美，但它永远也不可能实现，而且会把自己拖入万劫不复的泥沼。

那些美好的愿望在我脑中依旧很美，但它们的本质只是一份我的精神渴望而已。沉溺其中，只会和现实世界隔得越来越远。

心有执念，必将行事混乱。

而且我是个警察。我没理由屏蔽掉任何我不想面对的事情，做出任何罔顾事实、只利于自己的选择。关谨天有句话是对的，正义是在客观事实的基础上做出的选择，否则正义只能是一腔热血的自我麻痹。

昨晚，我对自己说："差不多就行了，出来吧，还有好多事等着你做呢。"

这句话从小到大在我心中响了千万遍。我爸去世时我对自己说过，高考填志愿时我对自己说过，毕业选择工作单位时我也对自己说过。几乎每一次我都心潮澎湃、充满使命感，因为那时这句话只是自我催眠，我早就勾勒好了那些等着我做的事情。支撑家庭、成为警察、独立勇敢……但我却从没有想过，以后的道路上，等着我做的事何止是这些！

经历了昨晚的种种我才发现，理想的恢宏与壮美，终究抵不过惨淡现实的重重阻隔，如果我不能脚踏实地地奋起迎战，终将头破血流。

许光，我要说出真相了，不要怪我。

谢谢你，曾经带给我那么多感动和回味。你曾经和我一样都是有血有肉的人，所以我理解你的一切，包括那些冲动和过错。但我们总要从情绪里走出来，去面对真正的生活，践行自己的责任。我相信你并非不明事理，你曾经那样聪明豁达，那样光明磊落，你只是和我一样，被自己困住了，没有活到与自己和解的那一天。

所以，请给我这样一个机会，让我做一个真实的自己，也给你的所作所为做一个问心无愧的了结。

就让一切真相大白吧……

半个小时后，我和小苏在酒店大厅咖啡馆的一隅见了面。他穿着一身皮夹克，除了脸上的青春痘依旧明显，嘴唇边还冒出了圈小胡子。他大口地喝了我给他点的咖啡，解释说自己刚刚从安徽出差回来，今天早上七点下的飞机，一把行李放回单位，就直奔我这里了。

"正好，我也有事要跟你说。"

"那你先说？"

"还是你先说吧。"我还是想听听他查出了什么。

小苏听罢点点头，放下杯子说道："是这样，这两天我们兵分两路，一组人留在峭城继续查熊峰，一组人由我带队去了骆臻辉的老家。"

果然够效率，看来关谨天是要彻查到底了。我先是微微紧张，暗暗呼出了一口气，又比较释然地放松下来。

小苏继续说："两组人都有发现。查熊峰的同事通过对熊峰周围人的调查走访，得到了一个比较特别的线索。"

他告诉我，熊峰的两个小弟和一个老板都表示，熊峰在案发前几个月确实经常佩戴一串菩提子手串，但那并不是什么五线菩提子手串，而是凤眼菩提子手串。

"你知道什么叫凤眼菩提子吗？"

我摇摇头，但隐隐觉得，这些内容就像是古老时钟里的齿轮，正在和艾如讲述的那些内幕慢慢对应、咬合上，达成了浑然一体的联动，最终缓缓地转动起来。

钟声响起，像是真相即将昭告天下的奏鸣，已经由远及近地过来了。

心脏疯狂跳动，我下意识调整坐姿。

"凤眼菩提子也是一种体积比较小的菩提子，据说熊峰的那串每粒直径是八毫米，和他之前的那串五线菩提子几乎一样大，而且这两种菩提子有了'包浆'之后，颜色都是红里发棕，所以远远看去两种手串应该非常相像。只不过五线菩提子近看上面有五条细线，但若是远观，就看不到这个特征。"

小苏又喝了一口咖啡，脸上有了一些兴奋："后来我们到熊峰家调查，并没有在他的遗物中发现那串凤眼菩提子。"

确实，这就基本对上了。案发前熊峰根本没有佩戴过五线菩提子手串，戴的只是那串凤眼菩提子。许光在调查他时，因为没有近距离地观察，便把其手腕上的凤眼菩提子认成了五线菩提子。随后许光才会想到制作一枚假的五线菩提子佛珠物证，混到那串他误认为的五线菩提子手串中，以达到混淆视听的目的，在田英敏案上给熊峰定罪。

案发的时候，许光和艾如的确也这样做了。没想到熊峰母亲在收拾熊

171

峰遗物时发现了那条很早就被熊峰藏匿起来的五线菩提子手串，这才逐步揭开整件事的怪象。

艾如到现在都还不知道，她当初慌乱之中藏匿的手串，其实是一串凤眼菩提子。如果那条手串现身，必将成为许光和她联合作案的关键证据！

而耀安刑警队的人估计怎么也想不到，这样重要的证物，竟然就藏在他们分局的宝源街派出所里。

我几乎冲口而出："那个凤眼菩提子……"

与此同时小苏也说道："我这边呢……"

我们两人都停顿了下，小苏礼貌地笑笑："你先说。"

我也笑了，克制住冲动，朝他摆手："你先说，你说完了我再说。"

小苏接下来便告诉我，他到安徽出差取得的一些成果。

其实一开始他们并没有直接赶赴安徽，而是先联系田英敏曾经在本地的朋友小倩，想从她那里打听一下骆臻辉这个人。但不知道小倩是否听到了什么风声，直接拒绝了小苏的拜访。小苏不甘心，决定上门堵人，却发现小倩并不在家，家人说她在接到小苏电话的第二天就去了外地，走得很匆忙，也没说什么时候回来。

可能是我上次自称通过小倩的介绍联络骆臻辉之后，他去找小倩确认，两人从而发现了异常。想罢我略有些尴尬，只能硬着头皮喝手中的咖啡。

因为联系不上小倩，小苏便和同事连夜飞往安徽，按照户籍登记信息上的地址找到了骆臻辉家。不出所料，骆家只有一个老母亲和骆臻辉的弟弟夫妇在家。骆家人说，骆臻辉常年四处漂泊在外，过年过节也难得回家一次。小苏便询问他们是否认识田英敏这个人，并向他们出示了照片，得到的都是否认的结果。

小苏和同事不甘心，提出想到骆臻辉的房间检查一下。骆家人还算配合，拿出钥匙打开了房门，并解释说因为他许久不回家，回来了最多也只是暂住几日，随后又不知所终，所以他的房间已经沦为了库房，堆满了各种杂物。

而就是在这间爬满蜘蛛网的杂物间里，小苏发现了一个关键的线索，那就是一张放在垫抽屉的旧报纸下面的老照片。

他把照片带了回来，展示在我面前。照片中有一男一女，在一座洒满阳光的山石前互相搭肩、笑意嫣然，完全一副浪漫情侣的模样。从样貌上看，男的就是骆臻辉，只不过看上去要年轻一些，那个女人，经小苏等人辨认，就是早年的田英敏。

这也令小苏更加笃定，骆臻辉与田英敏的确存在亲密关系。

我几乎随着他的讲述点起了头。没跑了，就是我和他猜测的那样。但还令我稍感疑惑的是，艾如并没有向我提起骆臻辉这个人。这是为什么呢？骆臻辉此人，到底和案子有什么千丝万缕的联系呢？

还不容我细想，小苏又补充道："但这也只是间接证据，目前我们还没有找到骆臻辉本人，也就没办法确认他是否跟艾如有过联络，以及他是否联合艾如或者……"他说到这里卡了壳，有点为难地看向我。

"许光。"我丝毫不介意地替他说出了这个名字。

说完之后，我以为自己会内疚，会伤感，没想到却像是放出了一口胸中的浊气，有种豁然开朗的舒畅。

小苏显然注意到了我这个变化，最初他略有惊讶，但很快恢复了刚才的语调："啊，就是现在还没办法确认骆臻辉是否联合他们做了违法的活动。现在我们的下一步工作目标还是分两个方向，一是继续寻找骆臻辉，二就是准备进一步暗中调查艾如。我听关局长说，那天艾如主动打电话约了你，她都跟你说了什么？方便透露一下吗？"

我郑重地点了点头，准备把艾如对我讲述的她那个版本的事情经过原原本本告诉小苏。想来，这也是一项浩大的汇报，在诉说之前，我抬眼寻找不远处的服务员，想继续叫两杯咖啡。

此时小苏电话响了，他冲我做了一个抱歉的手势，起身走到不远处的窗边去接电话。

我重新点了咖啡，喝了两口，隔着几张桌子看见年轻的小刑警还在对着电话喋喋不休。此时我竟然有了一些焦急，好像肚子里那些大实话已经憋不住了，要迫不及待地往外冒。看来一个人逃避之后，真的会以一种弥补缺憾甚至是赎罪的心态，去积极完成那些曾经未完成的事情。

等待过程中，我有意无意地又向桌上的那张骆臻辉与田英敏的合照看去。然而就是这么一瞥，我的眼睛却再也挪不开了。

我依稀看见照片中，骆臻辉的脖子上好像挂着一个吊坠。

我不假思索地把照片拿了过来。

椭圆形的粉红色吊坠，绑着一条黄色的织绳。

大脑里轰然作响，我想起昨天电话里许纯对我讲述的内容。案发前两个月，她亲眼看见李凡尘找了许光，而且疑似带给了他一条这种特征的项链。当时她还以为那是丰凌的遗物，难道说骆臻辉也有一条极其相似的？

会有这种巧合吗？我不相信会有如此诡异的巧合。

李凡尘，你做了什么？

我猛地抬头，见窗边的小苏已经挂断了电话，正重新走过来。我来不及细想，拿出手机飞快而隐蔽地拍了那张照片。

"哦，不好意思，领导的电话。刚才咱们说到哪儿了？艾如是吧？"小苏重新坐在我面前。

"是。"我端起杯子贴到嘴边。咖啡凉了，杯沿有点冰嘴。

"她为什么找你？"

"哦，没什么特别的，她只是觉得我被网暴了，想问问我需不需要帮助。"我嘴唇发麻，吐字有些困难。

见他有些困惑，我又放下杯子补充道："也是抱着想挖点内幕的心态吧。他们这帮搞互联网的，巴不得四处搜刮一些能蹭上热点的东西。"

小苏似懂非懂，礼节性地点点头："这样啊……没说别的了？"

"没有了。"我故意不再看他，扭头看向窗户。窗外还阴着天，若有似无的微风席卷着星星点点的雪花，让街景看上去有些朦胧。

我下意识地攥紧了手机。

第二十六章
坦白

1

看着小苏走出了咖啡馆的大门，我扭头快速回到酒店房间。

一路上我心神不定，脑子里想的只有一件事，就是李凡尘对我隐瞒的那些内容好像非同小可。虽然我不确定这里面到底有什么玄机，但直觉告诉我，照片里骆臻辉脖子上的那条项链，一定和"八一九"案有什么潜在的关联。所以那会是当时李凡尘交给许光的那条项链吗？

联想到许纯描述的当时许光和李凡尘神神秘秘的反应、李凡尘关于他和许光之间后期关系完全相反的讲述，以及几天前在墓地时李、骆二人看似偶遇时的古怪样子，我陷入了深深的不安。这一切的一切，像深夜中散落一地的拼图碎片，在一缕不见源头的寒冷光线下，正形状恐怖地自动悬浮翻滚，眼看就要拼凑成一幅令我不敢直视的可怕图案。

从电梯走到酒店房门口的短短十几秒钟，对此时的我来说显得尤为漫长。刷卡进门之后，我来不及进屋就靠在门框上，掏出手机仔细查看刚才偷偷拍的照片。

用尽全身力气把照片放大。放大后的项链虽然不清晰，但显现的特征无一不和许纯的描述相吻合。越是确信自己没有疑神疑鬼，我的呼吸越是短促而紊乱。

不好的预感如同门缝里吹进的凉风，顺着我的后脖颈使劲往脊梁里钻。我缓缓走进屋子，傻呆呆地坐在床沿上，脑子里各种信息疯狂交互，却形成不了任何思路。我反复告诫自己要冷静，先不要胡乱猜疑，至少应该先让许纯辨认一下，这张照片中的项链，是不是她之前在饭桌上看到的那条。

我把照片中项链部分仔仔细细地切下来，给许纯发了过去。

该死，她竟然回复得快速而笃定："啊，好像就是这条，我对这个绳子印象很深。姐姐你是怎么找到这张照片的呀？"

我被雷击一般愣了两秒钟，胡乱敷衍道："你今天怎么没上学？"

许纯不明就里，又发了一条欢快的语音："我说姐姐，我那天不是跟你说了吗。我请假了，今天就在家呢！"

"哦。"

"中午请你吃饭吧？我一个人在家无聊死了。"

我心乱如麻地放下手机，死气沉沉地看着窗外。窗外雾蒙蒙一片，马路对面几幢楼房默然静立，上面一排又一排的玻璃窗黑得深邃，好像也在看着我。

虽然早有心理准备，不至于那么慌乱，但我还是难以挣脱地跌入负面情绪当中。

难道说李凡尘和骆臻辉之间，有什么交集吗？

这不太可能吧？

怎么不可能，太有可能了！否则他不至于在后来他和许光的关系上欺骗我。由此及彼，曾经对李凡尘的那些疑虑像是一颗颗陆续引爆的鱼雷，又闷又重地在我脑海深处掀起巨浪。

我想起了徐烁星的话，李凡尘乍一看挺单纯的，细看又不太单纯。跟翟忆山给人的那种一眼看到底的感觉完全不一样。

心里没个思绪，我拿起手机按了两下，打给了翟忆山。

其实这几天翟忆山一直有联系我，问我处境如何，有没有遇到麻烦。他好像也能察觉到最近李凡尘经常伴我左右，所以口吻上一直点到为止，甚至有些事务性，刻意不过多牵扯。这一点上我很了解他，他是那种心里认准了对你好，从而有点孩子气地想在你心里占有固定位置的人。

他很快接了电话，问我："怎么啦？"

我脑中空白了一瞬间，忽然想打退堂鼓，但随即发现我已经好死不死地把项链的图片给他发了过去。

"我好像发现了一个诡异的细节。"也许是我现在太需要一个树洞了，否则都不知道如何自处了，"给你发去了一张项链照片，李凡尘在'八一九'案案发之前曾经把这个项链交给过许光，但我不知道他们是什么用意。"

"好家伙，你躲到酒店里还当着大侦探呢！"

我没有接话。

翟忆山顿了几秒钟，好像在观察照片，但一时也没看出个所以然："你怎么确定这个项链和'八一九'案有关啊？"

"这个项链是田英敏生前的男朋友的，那个人曾经出现在案发现场附近，现在又不知所终了，已经被你们刑警队的人盯上了。"

翟忆山再单纯，也不至于听不出这里面的猫腻，口气顿时变得有些严肃："这个事，你跟小苏他们说过吗？"

"没有呢。"

我头皮一阵发紧，特别害怕这时候他问出一句"是因为李凡尘吗"。

好在他没有问。真是蛇口佛心啊！他只是说："这项链模样怪怪的，会不会是那种泰国的佛牌或者古曼童啊？我帮你打听打听，你等我消息。"

"好。你谨慎点……"

"我知道，我不问我们分局的人。"

放下电话，我以为焦虑会有所缓解，但半天过去还是如坐针毡。幽魂一般在屋子里晃荡了两圈，我这会儿才发现徐烁星的行李都没了，她应该已经回家了。

没留下只言片语，八成对我失望透顶了吧。

满屋子打转时，手机又响了，我以为是翟忆山查出了什么，心说这效率真是高，看到的却是许纯的来电。

"姐姐，我到地方啦，你什么时候到？"

"啊？"我脑子一蒙，完全不知所云。

"咱们不是约好了吗？"

我赶紧翻看和她的微信聊天记录，发现在她刚刚约我吃饭时，我竟然回了一个"好"字。

都说一孕傻三年，看来我可能提前锁定了这个成就。

这条消息的下面，她还给我发了一间她家附近的咖啡店的链接，还说自己一会儿就到。那个时候我正心乱如麻地跟翟忆山打电话呢。

"你在路上了吗？快来呀，我都饿死了！"

2

半个小时后我"如约"坐到了许纯面前。虽然完全没有心情陪一个小孩吃饭，更没有心情像服务员介绍的那样，品尝他们听上去多么惊艳的三明治新品，但我还是希望留给许纯一个好印象，毕竟她是我身边为数不多的和案件毫无牵扯的许光的身边人。

看着她像做手工一样小心翼翼揭开三明治纸托的动作，我意识到自己现在的这个视角，曾经就是属于许光的。许纯不止一次说过，哥哥曾经偷偷给她零用钱花，带她到各种大小餐馆打牙祭。以他们之间的年龄差，好像也只有这些方式最能体现兄妹情谊。

比我和徐烁星和谐多了。如果我能把徐烁星当闺女养，说不定自己早就是她心目中的白月光了。

"好吃吗？"

"好吃，你也吃啊，这家的口味特别赞。"

"吃，我这就吃。"

"对了，姐姐，我还没问你呢，那张项链的照片你是怎么来的啊？那是丰凌姐姐的遗物吧？"

她越问我脑子就越乱，随口答道："应该是，我也是刚刚发现的。"

"你认识丰凌姐姐啊？"

"不认识。"

"那你跟我哥是怎么认识的？"

"我也不认识你哥，我只不过是帮忙写他生前事迹材料的，所以我做过一些采访，对他的事情多少会了解一些。"

"啊？那你用不用采访我？"

"不用了，已经采访够了，稿子已经写完啦。"

她有点泄气地点点头，伸手抓杯子喝水。

我象征性地咬了两口三明治，忽然找到了一些食欲，随后竟然三两下就消灭了。想来我本就没吃早饭，刚刚还喝掉了一大杯咖啡，饿也正常，只不过一直没有发觉而已。

结账的时候我本来想和许纯抢单，但这个时候接到了翟忆山的回电。

我躲到店门口去接。翟忆山上来就问："说话方便吗？"

我隔着硕大的玻璃窗，看见许纯结了账，正在应服务员的邀请扫一个什么码，估计是加入会员有优惠活动吧。

"方便，你说吧。"

"这种项链，我有一个网安大队的同学认识。你知道这是什么吗？这叫作'血吊坠'，里面装的是人血。"

脑子里像生出一道闪电，直接从我颅骨里劈了出来，劈得头顶电闪雷鸣，周围一切景物霎时间只呈现黑白两种颜色。

人血……

手串里的人血……

"这种吊坠就是情侣双方把自己的血抽出来，放到项链的磨砂壳里，说是可以永久保存，然后彼此交换佩戴，算是一种信物吧。但前一阵咱们市网信办接到群众举报，说这种项链涉及封建迷信和卫生安全，要求全网下架，并且追究贩卖者的责任，所以我们网安的同学才知道。"

翟忆山一口气说完，静候我的回应。

我哪儿还有什么回应，我几乎连呼吸都没有了。

原来许光是利用这种方式获取了田英敏的血样。而且最让我崩溃的是，这样看来，艾如口中的帮许光制作假证的中间人，是李凡尘！

李凡尘一直在骗我。

寒风中，我又开始无法克制地发抖。抖着抖着我就像醒酒一般清醒了好多，那些曾经以为胡思乱想的猜疑，正在迅速形成逻辑，连通大脑里刚刚还混乱无序的思路。

如果李凡尘在这件事上帮了许光，那他肯定是从一开始就知道许光的计划。

俩人从来没有闹翻过。他们关系自始至终都非常近，所以许光才不会对他设防，并让他参与自己的行动。

而李凡尘向我讲述的他和许光吵架、冷战的事情，都是他处心积虑对我编造的死无对证的情节。

在许光琢磨那个计划的时候，最先考虑的肯定是怎样制作假证。也许那时候许光还没有想好是用哪种假证，以他的经验，只要运用某种方式，让熊峰的家中或者个人物品上出现田英敏的痕迹，就会让他重新蒙受重大嫌疑。那么田英敏生前的指甲、毛发这些私物都符合这个条件。想要找到这些东西，免不了就需要田英敏曾经的身边人进行协助和配合。

田英敏案的承办单位是公交刑警队，许光已经调走，不仅看不到案卷，私下调查也没名没分，所以这项任务只有交给在队里任探长的李凡尘。李凡尘大可以利用职务之便拿到案卷，继续调查走访、深挖线索。他可能顺藤摸瓜发现了骆臻辉这个人，然后和他进行了接触，直到取得了他的信任，从而得知这个人手里竟然有一条装着田英敏血迹的项链，简直有如天助！

也许正是从那时候，许光决定制作假手串物证。

骆臻辉被李凡尘说服加入这个行动之后，很快如约带着项链来到了崤城。他把项链交给李凡尘，李凡尘又把它交给了许光。案发时骆臻辉之所以会出现在案发现场附近，可能无外乎两种情况：一种是李凡尘对他透露过行动的时间和地点，他想确认行动是否顺利进行，才转悠到了那里；另一种是骆臻辉本身也直接参与到了行动中，作为协助许光打击熊峰的副手，同时在事后也能充当人证。但我更倾向于前一种，许光是个办案高手，他应该知道，如果骆臻辉充当证人，如果被调查出曾经和田英敏存在交集会面临什么样的后果，所以他不太可能让他走入警方视线。

至于李凡尘，许光也做足了打算。他们的行动是一盘大棋，稍有不慎便会满盘皆输。万一事情败露，为了杜绝一切可能随之而来的猜忌，他必须提前和李凡尘装作渐行渐远的样子，以此来最大限度地保护他。

这便有了那次他们开大会之前，在庄妍面前形同陌路的情景。

这也是为什么当我问到许光死前他们俩的关系时，李凡尘第一反应就是庄妍捅破的。他们可能只在庄妍面前这样刻意表演过，所以他对号入座了。

现在想想，李凡尘那时候不止一次劝导我，不要反复纠结许光生前的事，那样会让他的灵魂不安，也会打扰到他身边的人。现在想想，我心里简直呼呼地灌进冷风。我真是被爱情冲昏了头，竟然没有察觉到丝毫的异常。他不想让我查许光，因为他——李凡尘——是他们这个行动小组里，第五个成员！

"姐姐，你下午有事吗？没事上我家待会儿？离得可近呢。"许纯见我归来，依然兴致不减地邀请道。

"不了，我下午还有事。"我木然地拎起挎包随口答道。但一想到即将回到空无一人的酒店房间，独自面对大脑里这些信息量巨大的恐怖内容时，我又不知道何去何从了，再次沉沉地坐到椅子上。

许纯特别使劲地拉着我："姐姐，别不高兴啦，网上的事迟早会过去，跟我来一下嘛，我还有事想问你。"

"什么事？"

"你跟我来家里就知道啦。"

去就去吧。反正我现在已经穷途末路了，也不在乎多漂泊一会儿。于是我就像提线木偶一般被充满活力的小姑娘从椅子上拽了起来，又被拉着走进了她家小区的大门。

我神情恍惚地随着蹦蹦跳跳的许纯走上楼，看着她拿钥匙开门。我低头看看门口的台阶，忽然想起李凡尘曾经告诉我，丰凌死后，他曾蹲在这里守着许光。那么这些曾经令我万分感动的内容到底有没有真正发生过？

想到这里，我有些恨李凡尘。

我想到了他那双在我看来总是充满诚意的眼睛。那眼睛乌黑深邃，时不时闪烁出晶莹的光亮，就像夜空中飘忽不定的孔明灯，虽然脆弱，却能带给人无限的希望和憧憬。我还想到了他时不时露出的羞涩笑容，释放出来的真挚与安详总是如同冬日暖阳般照亮我心里过不去的沟沟坎坎。我还想到了他轻柔温润的嗓音，每每响起，都是那样和缓和舒适，令我浑身的毛孔都能瞬间得到安抚，然后整个人就像失重一般忘记了天高地厚。

我就是这样爱上他的。

进入许纯家，我坐在沙发上，脑子里不断地过着这些日子自己和李凡尘之间发生的事情。除了许光，我们明明还经历过许多事。他隐忍又从容的性格就像是一股暖流，总能恰到好处地包裹我。我们一起做饭，一起喝酒，一起聊八卦，一起牵手走过大街小巷。他的那些细致入微的关爱比比皆是，早已化为了这段感情中最稳定的基调。这样回忆着，他仿佛就坐在我的身边，体温，心跳，一如往昔地触手可及，好像下一秒钟他就会忽然轻轻问我："冷了吗？我的衣服给你穿上吧！"

一个人再荒谬、再虚伪，也无法把自己伪装成另一个人。我想，会不会他也有难言之隐？

那可是许光啊，他不帮许光谁帮？

他就是这样情深义重。

忽然之间，我又不恨了。但是随着情绪的淡去，我心里又空了一大片，空茫得感到窒息。

许纯端来了一杯水，在我面前坐下："姐姐，你怎么了？脸色不太好呢。"

我端着水杯暖手，问她："你不是说找我有事吗？什么事啊？"

许纯听罢并没有急于回答，而是站起身，走进了主卧，看样子像是去找什么东西。

我站起来打量这个家，发现和上次来的时候别无二致。许光与母亲的遗照摆在电视柜上，旁边还放着一只花瓶，里面插着几枝鲜花。午后的太阳升起来了，照得客厅地面上有了一层金色。我顺着被阳光照射得熠熠发亮的地板砖看向客厅的另一边，自然而然又看见了许光的房间。

房门依然紧紧关着，像是一间被封印的魔法屋，关着一切秘密。

我别过头，躲回沙发上低头喝水。

"姐姐，你来这里。"

再次抬头时，许纯竟然出现在了那扇门前，而且在向我招手，手上还拿着一把小钥匙。

"干什么？"我纹丝不动。

"你不想进来看看吗？你上回来的时候我就觉得你挺好奇的。"她站在从主卧射过来的一缕阳光中，脸上明暗交错，让人看不出表情。

对，上回来我确实好奇，确实有进去看看的冲动。但现在我完全没有这个欲望，只想离那个禁地越远越好。就好像那里存在什么能量场，辐射出的东西已经影响到了我的生活，甚至开始改变我的体质。这些改变叫我明白,但凡是触碰秘密,有形无形之间必将付出你想象不到的代价。

"算了吧。"我摇摇头。

"你确定吗?下午我爸就回来了,你以后想看也不可能有机会了。"

3

轻轻转动钥匙,许纯把门打开的一瞬间,居然没有发出任何动静。

许光二十多年来的私人空间就这样呈现在了我的眼前。

一张单人小床摆放在挂着格子窗帘的窗户下。床单是蓝色的,枕头上铺着常见的碎花枕巾。床上叠着一床四四方方的被子,床下还有一双黑色的男士拖鞋。床边有衣柜,再旁边是一张连着书柜的桌子。书柜上摆放着很多书籍,我走过去观看,发现上面有不少很旧的漫画书,有《乱马》《海贼王》和《名侦探柯南》。除了漫画书,还有一些经典名著和公安执法类书籍。

还有几个相框。有两张是泛黄的老照片,其中一张里是幼年时的许光站在一株葡萄藤下咧嘴大笑,另外一张是他穿着小学校服同父母站在校门口的合照。另外两张照片,一张是许光穿着警服的艺术照,还有一张是他们全家四口人的合影。每一张照片里,许光都笑得那样开心,就好像镜头后面发生了什么令他格外高兴的事,也好像知道这些照片日后会成为很多人的念想,所以他照得特别投入。

角落的鞋柜上有几双码放整齐的鞋,皮鞋、篮球鞋,都很旧了,但还是很干净,底下还扔着一个篮球和一个打气筒。鞋柜边还贴着很多 NBA

球星的贴画，其中有一张科比的，上面写着一行字：二〇二〇年一月二十六日。旁边还画了一个哭的表情。

靠门的位置，有一个木制的简易衣架和一张贴在墙上的穿衣镜，衣架上挂着几件很素净但款式十分有型的外套。想必许光每次出门前，都是在这里穿衣换鞋，然后边照镜子边仔细用小梳子拢头发，直到做出自己满意的造型。

虽然许光已经走了快三个月了，但这个小空间里还是充满了烟火气，仿佛没过多久他就会背着双肩包推门进来，然后一脑门抬头纹地问我们："嗯？你们怎么进来了？"

背光的小屋里灌进一丝凉风，吹得我格外低落。这里并没有什么能量场，只有一个逝去的大男孩留在世上的最后几抹痕迹。那些年轻的遗物轻轻在我耳边诉说着，他走得太早、太突然了，都没有来得及回这里看上最后一眼。

随后我的目光停留在床头柜台灯下的一个硬币大的白色物体上。

是一只蓝牙耳机。

我想起来了，这应该是丰凌被熊峰跟踪时，遗落的那只耳机吧。我脑海中出现了许光每晚都靠在床头，借着昏黄的灯光，轻轻摩挲着它的景象。

太上头了，果然还是不能进来。

许纯把书桌前的转椅推到我面前，自己则坐在了哥哥床上："坐吧。我给你看一样东西。"

我坐了下来。转椅很柔软，却透着入骨的冰冷。

许纯打开书桌下面的一个抽屉，从里面拿出一只红色盒子。她把盒子打开，露出了里面一只明晃晃的金镯子。

"我爸给我哥收拾东西的时候，发现了这个。这个东西我见过，是他以前买给丰凌姐姐的啊，被我发现之后他还让我替他保密，不要告诉丰凌姐姐或者我爸。后来我问他送了没有，他说送了，还说丰凌姐姐特别高兴，但是为什么这个镯子还是在他这里呢？姐姐，你采访了他身边那么多人，有人跟你说过他和丰凌姐姐后来是怎么回事吗？"

我终于缓过了点神，但随即又陷入了另一种困惑。我只是通过李凡尘知道这只镯子是许光送给丰凌的，却不知道它是怎样回到许光手里的。想来想去，只可能存在一种连李凡尘都不知道的情况，就是丰凌父母在给女儿收拾遗物时发现了这枚镯子，并执意返还给了许光。

他们恨许光，所以要抹除女儿身上一切有关他的痕迹。可想而知，许光当时会多么心如刀绞。

但是这种事怎么跟许纯讲呢？就算讲了，她又怎么能理解呢？

我只有摇摇头："这个我也不太清楚。也许他根本就没来得及送给她，他之前只是随口逗你玩呢？"

许纯摇摇头："不可能，我哥从来不骗我。"

我不知道该说什么，躲开她的眼神望向窗外。许光的房间一看就好久都没有装修过了，装潢设计还都是二十世纪风格，铝合金的窗棂，连防风的双层玻璃都没有。现在坐在窗户对面，我已经感觉到了隐隐扑面的凉气。

许纯把镯子装好，抬头看着我，眼里有种不可思议："但是很奇怪，即便这样，这么多年我依然一点都不了解他。"

她叹了口气，看看周围："而且最让我难受的是，在他死后我才发现这一点。他活着的时候，我从来没有这种无力感。"

最终她把目光投向我，有些自言自语地念叨："从我记事起，他是被我骑在脖子上的那个人，是公园里给我买冰激凌的那个人，是偷偷塞给我零花钱的那个人，是替我开家长会的那个人。有时候我好几天见不到他，会觉得这个人好野，已经不属于我们家了。但现在想想，我们一起相处的日子还是特别多的，多得我都回忆不过来。你说奇不奇怪？"

喉咙渐渐发紧，我做不出任何反应。

"但这么多年，我发现我和他之间的对话好像就那么几句，'别告诉爸''电视小点声''你管我呢''神经病吧',再多的内容,我居然想不起来了,然后我发现我们之间竟然没有完整地聊过一次天!就是现在这种你和我面对面坐着的聊天,我们几乎从来没有过,我们以前都是有一搭没一搭地讲话,谁先烦了谁就闭嘴,然后一关自己的屋门,半天不出来。"

说着她低下头,看着自己的脚面。我这才发现,她坐在许光的床上,双脚都无法着地。

"他死之前,班里有同学问我,你还有个哥哥啊?不错哎,他怎么样?我都会说,他人可好了,但有时候又挺讨厌的。那时候我想都没想就能答出来,而且觉得自己这答案可犀利、可标准了。但是他死了之后,有人再问我他是个怎样的人,我倒不知道怎么说了。那种感觉……就像是这么多年,他只是借住在我们家的一个人,好像跟我有点关系,本质上却又没啥关系。现在这个人走了,不在这儿住了,我虽然想他,想他陪我吃饭、给我钱花、帮我辅导功课,但我又一点都搞不懂他。"

她抬起头,使劲抹眼泪:"白当这么多年的妹妹了。我觉得自己挺不是个东西的。"

我难受地看着她,忽然听见自己胸口有啪嗒声。这才发现是自己的眼泪滴落到外套上了。

许纯放下抹眼睛的手,脸上已经一片狼藉,只有眼睛依旧闪闪发亮。她带着哭腔说:"我现在特别后悔,想起以前他在饭桌上吃饭的背影,想起他站在阳台上抽烟的样子,我怎么就没琢磨过,这个人脑子里到底在想什么?有没有什么心事?他会不会也跟我在学校里一样,要讨好喜欢的人、对付讨厌的人?"

我完全失语了,忽然觉得特别委屈。而且可怕的是,我找不到这委屈从何而来。

"所以姐姐,你是给他写事迹的人,你能告诉我,他在单位里,在同事面前,在丰凌姐姐面前,都发生过什么事吗?你能给我讲讲关于他的事情吗?"

我俩默默对视，随后我低下了头。

原来不只我，不只那些关注许光事迹的网友，连他身边最亲近的人，也发自内心地想要走近他、了解他。再多的赞美，再多的功勋，在许纯的这番言语之下，也慢慢褪色成一份近乎透明的外壳，让我能够逐渐看清里面的许光。他似乎在慢慢转身，呈现给世人一个不带任何光环的他。

我想起了那个梦。为什么我总不能在雾气中的树下和他见上一面？可能因为我始终无法跨出那一步，没有做好真正与他相识的准备吧。

最了解他的，莫过于李凡尘。最清楚他到底做过什么的，也只有李凡尘。如果像我推测的那样，李凡尘也参与了他的复仇计划，那我也许还有最后的机会，能够找出这里面的蛛丝马迹。

"许纯，我能看一看你哥哥的手机吗？"

4

许纯告诉我，许光的手机在案发后被鲜血浸透，当时已经无法正常开机。后来许纯和许父在民警的帮助下，到各种支付平台的公司提交了调取存款账户的申请，并在不久之后得到了返还的资金。

如果想要进一步查看手机中存储的数据，还需要送去厂家检修。但许父不想再拿着那部血迹斑斑的手机研究，一是触物生情，二是许光下葬在即，许父觉得这部手机作为儿子最贴身的遗物，理应陪着他一起入土为安。于是父女俩商量之后，把那部手机以及许光的一只水杯和一台平板电脑一起葬入了墓地。

走在街上，冷风拂面。我不知道自己应该去哪儿。

打开手机，点开早已爆满的短信信箱，发现里面全是诅咒和谩骂的消息。不明真相的群众依然群情激愤，不遗余力地对我表达着不满。漠然地翻看着这些内容，我发现除了脏话与攻击，偶尔有几条还算是相对冷静的信息。其中有一条这样写道："微博上说的是真的吗？看来是真的，要不然你怎么不敢澄清？"

还有一条这样写道："你清空了微博，看来人家说的是真的，既然有工夫清账号，为什么不能堂堂正正地道歉？"

"你可是一个警察啊！"

刹那间，我忽然觉得他们说得对。也许我本身确实有问题，抛开柳冬丽的事情不说，我的确算不上一个合格的警察。我执拗，情绪化，自我意识太强，否则不会在许光这件事上畏首畏尾又处心积虑。因为我自以为是地爱着李凡尘，所以才会心甘情愿地走进自己布置好的温柔陷阱。我只是心疼李凡尘的无可奈何，却从没有想过，这些无可奈何何尝不是李凡尘的错误执念，他对许光的情感，远远超过所有人对许光的情感。

大家都认为许光是一个警察，他代表着我们应该弘扬的正能量。但是如果这份能量是杜撰出来的，甚至是建立在掩盖事实的基础上，那它的意义何在？而且谎言终将会自破的啊。

关谨天的话在我耳边响起："衡量英雄的标准到底在哪里？"

不知不觉间，我发现自己走进了一所学校。也许是门卫在开小差，竟容我一个人失魂落魄地走了进来。

我走到操场，发现场地中央有两个班的学生在上体育课。天气渐冷，一群孩子在老师的带领下生气勃勃地做伸展运动，嘴边净是热气。

看台上积了厚厚一层雪，空无一人，我静静走上去，拂了拂塑料椅子上的积雪，坐了下来。

我想起了走出许光家门前时，和许纯最后的对话。

"姐姐，能不能告诉我，我哥哥到底是怎样一个人？"

"你真的那么想了解他吗?"

"对,哪怕再让他活一次,或者再让我活一次,我不再是他的亲妹妹,只是一个他的邻居,或者是路人,我也想好好认识他一下。"

见我不说话,她又看着窗外说道:"你可能不理解我的感受,现在我对他的陌生,让我觉得特别难过。他曾经离我那么近啊,我却对他一无所知。我是不是挺过分的?"

我终于说出了那个最大的顾虑:"哪怕是他曾经做过错事呢?"

许纯正视我,眼里冒出令人琢磨不透的冷静。我想起来了,这何曾不是在许光葬礼时,她面对那些匆匆而过的人群闪烁出的眼神?

"他在我眼里从来不是英雄,只是我哥,哪怕他做过错事,他依旧是我哥。你们早晚会忘了他,但是我不能。如果我现在不好好了解他,我怕等到我老了,死去以后,在天堂里我就找不到他了。"

操场上的孩子们不知听老师讲了句什么,一起嘻嘻哈哈地笑起来。天真烂漫,无所顾忌。笑声回荡在有些空旷的操场,我忽然有种格外纯粹的当下感。

我掏出手机,拨打了关谨天的电话。

对方接通的一瞬间,我平静地说道:"艾如告诉我,是她联合许光给熊峰设了局。"

说完这句话,我身体里仿佛有什么东西被抽走了,顺带着连我的血肉和五脏六腑都剥离得一干二净,塑料椅子上只空留一个意识,来应对电话里可能随之而来的连番疑问。

关谨天并没有太多惊讶,只是不断询问我各种细节。

我一一回答之后,他又问:"她说的这些,告诉你有什么证据了吗?"

"有,有许光和她对话的一些录音。"

对方良久沉默,继续问:"还有吗?"

我想起什么,说道:"还有,那串凤眼菩提子,应该是被她偷偷藏到宝源街派出所里了。你们派人去好好找找。"

"好。"关谨天清了清嗓子,好像也想起了什么,又问道:"公交分局还有其他人参与到这件事当中了吗?"

他果然比我看得更远。我沉默几秒钟,紧闭双眼:"有。"

"谁?"

"可能还有李凡尘。"

与此同时,我的眼泪夺眶而出。

关谨天可能听出了我的情绪,在我稍稍平复之后才继续就这个答案再次发问。

我艰难地讲述完之后,他说:"这些事情,你问过他了吗?"

"没有。"

"好。"他想了一会儿,"从现在开始,你不要主动跟他联络了,今天我会给他布置一些工作,尽量不让他去找你。明天下午他要参加第二轮的事迹报告会,如果我们在报告会之前查出问题,会叫停报告会,你不要同任何人讲。"

我近乎哀求地说:"如果你们查出证据,能让我先跟他聊一次吗?他是我的男朋友,我不想让别人先找他问这件事。"

关谨天沉默了。沉默间,我觉得我整个人已经被冰封在了原地。

"可以。"

第二十七章
袒露

1

小时候有一次除夕下午，我和徐烁星在老宅的院子里堆雪人，妈妈和奶奶在厨房蒸腊肠，这时候好几天没回家的爸爸忽然推着自行车进了院门。我们两个孩子特别高兴地上前迎接，争先恐后地帮他推车。

我爸弹着身上的雪，别提多美了："好家伙，这么想我啊？"

我妈拿着块破抹布站在门框里说："哪里是想你啊，这俩小丫头片子是想你车上带的东西呢！"

我爸一回头，果不其然，我和徐烁星压根没看他，而是在叽叽喳喳地研究怎么尽快把车子上缠的各种年货给取下来。

好东西真多，有酱牛肉、桃酥、鞭炮，还有我和徐烁星盼了好几个月的新书包。书包有俩颜色，一个绿的一个粉的，我和徐烁星都想要那个粉的，站在院子中央吵得不可开交。

我爸从屋里捏出一个包子，边吃边跑出来替我们调停。我妈跟在他身后不住抱怨："你说说你，好不容易回家一趟，又把这俩招起来了。为什么不买俩粉的？"

"我不是想着俩孩子能区分一下嘛！"

接着我爸很严肃地命令我："你是姐姐，让着点妹妹！"

就因为他这一句话，那个下午我再也没出屋，一直趴在床上像个受气小媳妇似的抹眼泪。外屋徐烁星嘎嘎笑得发狂，中间夹杂着妈妈和奶奶的

194

聊天声，我瞬间就觉得自己已经被这几个人开除户籍，成了一个孤苦伶仃的野孩子。于是我赌气，直到从窗户看到我爸又匆匆忙忙离开家门，也再没出来露一面。

我爸又回到单位上班了。对那个时候的我来说，上班好像就是他的另一种生存状态，就好像他在家里一样，只不过换了个环境，我见不到而已。我只知道基层派出所是个家长里短的地方，没什么危险，只是离不开人罢了。所以我压根想不到，也不会去想这个男人出了家门之后会面对什么、做什么事、见什么人。反正他走了就是走了，回来了就是回来了；出门进门间，把角色切换好，便能带给我最大的心安。

我妈那天晚上数落我："你爸成天那么累，还抽出时间跑到百货大楼给你们买书包，你还跟他置气，多寒人心。"

我理解不了，觉得他的忙和累跟我扯不上关系，只有他回家后对我的态度，才是衡量他是否称职的唯一标准。

直到我毕业后到基层实习，才知道派出所里有多么累。白天有鸡零狗碎扯不完的矛盾纠纷，晚上大排档一条街还有无休无止的醉鬼闹事。一天好几十个110，光是接电话就会让你找不着北，还要防着检查和投诉，哪怕是手头没事，也得上街巡控，提高见警率。

而且这种巡逻，经常就是一整夜。

那时候真想跟我妈打电话诉诉苦。但一想到我妈肯定又要拿我死去的爸来说事，也就忍住没打。这么多年，我很怕和家人深入地沟通，怕说着说着，气氛就不对头了，自己和她们就像被扒光了一样互相无所适从。所以我只能义无反顾地往前走，证明我作为一个女孩子也能堂堂正正地当警察，让他们刮目相看。

现在想来，我的梦想，太过于概念化了。也许我从未了解这个职业，我只是把它当作自己逃避现实的角落。

站在酒店房间的窗口，我给我妈打了电话，问徐烁星回去没有。我妈说回来了，还问我最近好不好，有没有被网上那些流言影响到。

我说:"我挺好的,你们也都还好吧?"

"都挺好的,都挺好的,你奶奶也好。"她竟有点词穷似的重复这句话,似乎一直找不到聊天的方向。

"那就好。"

"烁星下个月结婚,你回来吗?"

"回。"

"过年呢?"

这会儿我才意识到,烁星不会出现在今年的年夜饭桌上了。于是我赶紧说道:"回去,咱们好好吃一顿,我给你们做饭。我学了好多手艺,到时候你给我指导指导。"

我妈笑了:"回来就好,回来就好。"

"妈,虽然我一直在外面漂着,但我其实特别想你们。想小时候的事,想你和奶奶对我的唠叨,想你做的那些一端上来我就总说千篇一律的饭菜。我是不是挺拧巴的?"

"你才发现呀。我们都已经习惯啦……你真的没事吧?"

"没事。"

…………

挂了电话,心里终于迎来一阵舒畅。但是这个没有一丝阳光的环境很快又令我低落下来。也许因为越是阴天,就越会让人无限地贴合以及畏惧现实吧。我正在郁郁寡欢地发呆,电话又响了。

是李凡尘。

"哎,你干吗呢?跟你妹妹好了没?"他一副故作轻松的口气。

他知道如果很凝重地提起这个话题,势必会让我觉得他昨天过得不舒服。他总是这样面面俱到。

以前洞察到他的这些细节时,我都会暗自开心,但今天完全不会。此刻我只觉得像是弄丢了什么珍贵的东西,有那么一丝酸涩的悔不当初,更多的还有焦虑于要怎么面对没有了它的未来。

直到现在，我才有些恐慌地意识到，李凡尘帮助许光做假案的行为一旦坐实，必将被开除公职，然后接受相关法律处理。而他的这项重大命运进程的开启，就在刚刚由我完成了。

我僵立在窗前，嘴张着，却说不出话。

"喂？听得见吗？我信号不好？"

"好，我听得见。"我深呼吸，努力调整情绪。

"哦，那就行，我跟你说啊，刚才关局忽然督办了我们前两天办的一个案子，让重新捋一下取证环节，然后还得给他写一个详细的破案报告，看来我今天晚上是没法过去找你了。"

"好的。"这些我怎么会不知道呢？我心虚地垂下了头。

"想我了没？"他忽然嬉笑。

"挺想的，也想咱们之间发生的好多事，和最近我身上发生的这些事。胡思乱想，停不下来。"

"别瞎想。累不累呀，明天忙完了带你吃好吃的。"

"李凡尘，"不知为什么我忽然有一种强烈的表达欲，"这阵子真挺谢谢你的，我不是说网上这事爆发以来，是说从我们认识以来，你带给了我很多不一样的东西……"

"等等。"他打断道，"哎，我听着怎么不对劲啊？你不会是要跟我分手吧？"

"没有……"我下意识辩解，却又觉得这个发自内心的答案，实际上已经越来越苍白。所以，我和他到底会走向何方呢？不用问，到时候他一定会恨死我，到时候提这个问题的，反而会是我。

可是我真的不想失去他。此刻我的心里各种因果矛盾悬浮，封死了所有曾经妄想前进的路口。我本以为我迎来了最美好的爱情，却不知道这爱情从开始便是一个巨大的错误。

这就是所谓人生吧。你以为是缘分，实际上都是上天顾头不顾尾的仓促安排，没有地方讲道理的。

197

李凡尘却乐出了声:"那就行,我就当你是文青病又犯了。吓死我了,我还以为你是被你妹妹洗脑了呢。"

我说:"我不会被任何人洗脑,我有辨别是非的能力。"

"感觉你今天说话怪怪的。"

"你明天要去参加报告会吗?"

"去啊,你来吗?我可以早出来一会儿,两点到团市委大院,咱们可以一起待会儿。"

"好。我也正好要找你聊聊。"

"真的没事吗?"

我沉默了。也许我现在唯一能做的,就是在风浪彻底打来之前,把握和他每一次的相见。

2

翟忆山似乎嗅到了什么不对,第二天上午他忽然跑来酒店见我。他还是老样子,为了臭美连羽绒服都没穿,只套了件薄薄的棉服,下面穿了条浆洗牛仔裤,裤脚塞在两只硕大的翻毛皮鞋里,像个无所事事又追逐梦想的城市猎人。

在酒店餐厅的饭桌前,我把对关谨天交代的内容和他复述了一遍,他咋舌了好一会儿,叹道:"我的天哪,许光真的这么干了!这里面比我猜的还复杂啊!"

随后他看了一眼已经归于平静的我,不禁面露惊奇:"你也够能装的,事已经捅得这么大了,今天要不是我过来,还跟我打哑谜呢?"

我又能说什么呢?虽说一切不是因我而起,但终归会随着我的节奏落下帷幕。此刻我只能空留一丝幻想,希望我推测的关于李凡尘的事情是错的,关谨天他们查不出真凭实据,也就不会那么早对他采取行动。

但是复盘一下我的各种依据,只能在心底里对自己说一声"呵呵"。

"就这样吧。"我深深吐出一口气,"我做不到隐瞒,所以就必须面对后果。人这一辈子,总要做一次这种选择。选错了,一辈子就错下去了,选对了,哪怕失去点什么,也问心无愧。"

翟忆山定定地看着我:"徐闪星,我觉得你变化挺大的。"

我低头吃饭。

他放不下这个话题,一会儿又说:"这李凡尘也真行,样子上看着跟小孩似的,还挺会编瞎话的。不过他倒是挺仗义的,为了许光,也真是不计后果啊。"

我放下碗筷,长吁短叹:"最让我觉得难过的是,许光为了把他撇出去,在最后那段日子里还假装和他绝交,连庄妍都骗过去了。可见他们当时做这件事的决心有多大。"

翟忆山满眼惊诧:"连那个都是装的?好家伙,《白夜行》啊!"

见我面无表情,他没趣地抓杯子喝水。

吃完饭,正要离桌,关谨天来电话了。我看着屏幕上突然溢出的亮光,胸中猛然一跳,又很快感到一丝奇怪的释然。也许相比那个根本无法预料的结局,反而是这个逐渐拨开迷雾的过程让人有迹可循。既然我不知道何去何从,那么让真相去主导一切吧。

翟忆山看见来电显示中关谨天的名字,大气都不敢出。我做了几秒钟心理建设,接起。

"你去找李凡尘聊吧。抓紧时间,我们的人一个小时后就会找上他。我一会儿会叫停报告会,但宣讲团的人现在还不知道,你也别跟别人说。"他用很平淡的语气,简短地传达着这些信息量极大的内容。

我的心脏也随着这两句话不断下沉。确定他说完了，我咽了口唾沫，压下心中的杂乱，问道："是查出什么了吗？"

"宝源街派出所那边还在找证物，李凡尘这边我们查出了一些，和你说的基本吻合，具体的先不跟你细说了，让你先去和他聊也是希望你能让他主动跟组织交代。"

果然，世间没有童话，我们也早就过了听童话的年纪。有人说成熟就是一个不断阵痛的过程，那么从现在开始，我只能咬紧牙关。

顾不了那么多了，也不能想太多。

我说："好。"

要挂断时，关谨天又说道："徐闪星。"

"嗯？"

"注意找一个公共场合跟他聊，注意你的安全。"

眼泪开始不争气地在眼眶里打转。难道已经到这种程度了吗？这种体贴，反而令我心碎。

我脑中忽然蹦出一个很可怕的画面，不禁问道："你们会给他上手铐吗？"

对方沉默了一会儿，最终说："这样吧，你和他聊完，让他直接到市局找我。我不让人去主动找他。"

天上又开始稀稀拉拉地飘荡起雪花。

翟忆山执意要送我去找李凡尘，生拉硬拽把我塞上了他的汽车，还亲自给我捆上了安全带。我说不用跟着我。他说他不放心我。

这会儿李凡尘给我发来了信息。他说他已经从单位出来了，一会儿在团市委大院里等我。

扣下手机，我有些心烦意乱地问翟忆山："为什么你们都这么说？难道他还会对我怎样吗？"

翟忆山猛打方向盘，很认真地说："你别忘了他可是许光的兄弟，本质上他们属于一路人。如果许光还活着，你当着他的面戳穿他，他会怎么样？"

我不知道。也许我确实不够了解李凡尘吧，我没有亲眼见到他的另一面，所以真的不敢保证会发生什么。我想起了和李凡尘初次见面的场景，在那个坐满与会者的大房间里，他怯生生地看了我第一眼。现在回想起来，反而是他当时那个陌生且不掺杂任何情感的眼神，比他现在在我心中的固有印象要明晰得多。

但是我已经不可挽回地爱上了他，这就意味着哪怕他还隐藏着千面万面，我都难以全身而退。爱情的入口是一次性的，进去了就封住了，想要逃离，就只能另寻出路。

他会气急败坏吗？会恳求我吗？会被我气哭吗？我不得而知。这会儿我才觉得造成如今这个局面，自己也有很大责任。和他相处的时候，我只是一味感知他的优点，然后全然投入进去，像是寻到了绿洲的鸟，不管外面是多大的沙漠，只管享受眼前这片小小的避风港。

但和沙漠比起来，绿洲是多么渺小与脆弱啊。

我和翟忆山打着伞一前一后走进了团市委的大院。院里已经有不少与会代表鱼贯而入，人群间，我看见不远处凉亭里有一个背朝我坐着的身影。那就是李凡尘，他好像在低头看手机，形单影只，安安静静。

他一定还什么都不知道。

他一定做好了再次在众人面前展示许光事迹的准备。

他一定还想着，今天下班之后带着我去吃好吃的。

我有些迈不动步子。翟忆山见我踟蹰不前，说道："要不算了，还是别见了，这要怎么说啊。"

我想了想，把伞递到他手里："你在这儿等着我，别过去了。"

说着我抛开心中杂念，迎着雪花，一步步走向凉亭。

3

一阵冷风拂过,李凡尘在我眼前抬了头。和第一次参加报告会时一样,他穿着警服正装,扎了领带,没有戴眼镜,头发还做了一个造型,整个人看上去比上回更自信了一些。

我准备坐到他身边,他却拦了一下我,然后翻开一侧的书包,掏出一条宽大的围脖,叠好,放在我要落座的位置。

"坐这儿,就不凉了。"

"你呢?你不冷啊,连个大衣也不穿。"

"我里面穿了一件特厚的羊绒衫,没事。"

坐在他绵软的围脖上,像坐在了火堆,烧得我想即刻逃离。

"你怎么了?"他可能看出了我的不对劲,很关怀地问我。

我摇摇头,又低下头。在他炽热的目光下,我真的不知道怎么开口!难道我要说"我已经把你出卖了,你赶紧去自首"这种话吗?

他可能忽然意识到了什么,一扭脸,正好看见猫在不远处抽烟的翟忆山。

他回过头,似乎心里快速经历了一个纠结的过程,随即做出一副什么都不知道的样子握住我的手,脸上露出笑容:"晚上想吃什么?今天报告会结束,我就没什么事了,可以一直陪着你。"

我下意识挣脱开,看了眼手表,两点半。可能再过几分钟,报告会中止的消息就要到了。

没有时间了。

"李凡尘，我有点事要跟你说。"

"什么事啊？"他故作慵懒，脸上笑容不减，"等报告会结束吧。我正酝酿情绪呢。"

我摇摇头，心中五味杂陈，心里一股难言的哀伤。

"你先听我说两句行吗？"

"行。"

李凡尘收起了笑，望了望外面漫天飘舞的雪，轻轻说道："有些话我一直想跟你说，但没想到是这种场合。这几个月我一直特别无助、烦躁，好多次我都感觉我坚持不下去了，想辞职了，但是你出现了，真的是你的出现，让我觉得这个世界还是挺好的。真的，星星，你让我觉得生活有了希望。"

这是他第一次用"星星"称呼我。有一天晚上他发微信问我，你小名叫啥呀？我叫你星星可以吗？我说不可以！因为上学时总有人用"猩猩"的谐音取笑我，所以我坚决不允许他这么叫。但他却说叫星星最顺嘴，感觉一开口，心里都发起光来了。

所以我心如刀割。我多想告诉他，我何尝不是如此呢？光是想想"凡尘"这两个字，眼前就已经出现了星辰大海。

"虽然我嘴笨，我厌，还优柔寡断，但是我心里跟明镜似的，你在我眼里，真的特别好，是特别让我有保护欲的那种好。"

我使劲摇头，气息已经不受控制了："我怎么可能有那么好啊……"

"你思考问题时眼珠乱转的样子，固执己见时的孩子气，特别单纯的求知欲，还有时不时犯傻的憨劲，每天都跟过电影似的一遍一遍在我心里回放。哪怕我加班再累，熬夜再困，想到这些，我的心情都瞬间变好了，劲头一下子就变足了。我特别以成为你的男朋友为荣，真的。"

他看着我，眼里亮晶晶的。

他的这些话，好像正一片片剥掉他为自己悉心打造的防护，向我袒露出了干净的灵魂。直面这个灵魂，我几乎浑身颤抖。

"所以如果你想做什么决定，能不能别那么着急。我知道我可能很多方面都不如别人，没那么多甜言蜜语，不会制造浪漫和惊喜，但我保证我能给你一份踏实，让你永远都安安稳稳的。"

李凡尘哽咽着，再一次抓住我的手。

他的温度宛如烧红的烙铁，微微触碰便会痛彻心扉。我也再一次挣脱："不是这样的……你听我把话说完……"

"有些话别那么着急说，行吗？多给我一点机会，让我证明给你看。"他把手伸到自己的上衣内侧兜里，慌乱地翻着什么。

远处传来仓促的脚步声。是翟忆山，他以为李凡尘和我一言不合，要对我做什么。然而就在他跑进凉亭的那一刻，突然愣住了。

李凡尘掏出的是钱包里的一张银行卡。

"你妹妹不是说过吗，你爸和你妈谈恋爱的时候就把工资卡交给她了，我也可以。"

我停住所有动作，怔怔地看着他。

"而且我向你保证，我一定会好好保护自己，我一定不会牺牲，我一定会好好活着，陪你到老。"

当一句最想听到的话，从一个最合适的人嘴里说出来，这种震撼就像是在身体里引爆了一枚核弹。它的威力让我忽然清醒，原来温柔才是这个世界上最具毁灭性的灾难。

我仿佛被炸得碎了一地，灵魂飘到空中，接受全世界的审视。

泪流满面。也许我和他都已经不配拥有这些美好的畅想了。所有仗剑走天涯的序幕，都会迎来相忘于江湖的终场。只是我没想到我的结局来得这样快，这样阴差阳错，这样残酷逼人。

而且是由我手起刀落，亲自斩断。

我万念俱灰！

翟忆山还在一旁不知所措地看着我们。

这时候李凡尘的手机响了。他仓促接起，表情上有了微妙的变化。

我朝翟忆山使了一个眼色,他退到了亭子外面。

李凡尘放下电话,有些困惑地看向我:"报告会临时取消,择期举行,时间待定。"

一阵冷风钻进脖子里。该来的全来了。

我站起身:"李凡尘,你骗了我,对不对?"

"什么?"

我回头,看着仍旧一脸人畜无害的他,看着那张总能带给我安全感的脸,说出了那句足以推翻这一切美好光景的话:"你说你跟许光早就闹掰了,他死前你们都在冷战,你在骗我,对不对?"

李凡尘哑口无言。他的眼睛像两口深井,没有波光,却充满暗流。我曾经无数次地想要看清那里面的涌动,但一次都没有成功过。也许,现在是我最接近这些内容的时刻。

一丝幻想犹存,真想听他说一句:"我没有。"

然而几秒钟之后,他说的却是:"对。"

寂静中,他嘴角上扬成类似微笑的弧度,有些自嘲,甚至有些释然:"还是被你查出来了。"

心里一阵塌陷。残酷的真相终于开始现身。

心疼到无以复加。

我开始惧怕里面的所有细节,那些细节只会像针尖一样,夹杂着寒风一股脑地刺向我。所以我只说了一句:"你这是害了许光,你知道吗?"

他半低着头:"所以我怎么能直接告诉你呢?如果你现在想听,我可以一五一十地讲给你。"

我摇摇头,闭紧了双眼:"我不想听了。现在真正关注这些内容的,是关谨天,你去找他说吧。"

"好。"

他异常平静,没有再试图辩解,然后背好包站起身来,转身走到了亭子的台阶上。

不知为何,在他身后,我却说了句:"对不起。"

他们殚精竭虑地做了这些,冒了多少风险,耗了多少心力,现在落到这个地步,他怎么能不恨我!

面前的这个大男孩,为了自己曾经生死与共的兄弟,不计后果地付出了这些,终归是令人感动的。但倘若这世间的事,都能以打动人作为通行证,世界也不会变成我们想看到的样子。

我只能告诉自己,我没有做错。恍惚间好像有一股力量在体内撕扯着我,让我有些摇摇欲坠。

他回过头,眼里闪烁的微光像是灰烬中跳跃的零星火苗,哪怕是渐渐熄灭,也要发尽最后的余光:"没关系的,你现在这个处境,想做一些有意义的事情,向别人证明自己,也正常,我能够理解。"

这句话不偏不倚地击中了我。我鼻子一酸:"你想错了,我不是想证明自己,我只是觉得应该说出实情。不管怎样,都不应该骗人。"

"以前我还侥幸地想,哪怕有一天你知道了这个事实,你也会理解。现在想想,是我太儿戏了,我没有资格这么要求你,我这个人一直有点自卑,却竟然在感情这东西上,这么恬不知耻地自信了一回。"

他哀莫大于心死,我却有些激动了:"李凡尘,你想错了,你不该……"

他冷笑着打断:"不该说瞎话,不该欺骗大家,不该揣着明白装糊涂,对吧?这些我领着,你不用往下说了。"

"不!"我克制着不让眼泪再流出来,"我也很难受,我也搭上了我曾经以为的后半辈子的幸福,你不知道我有多喜欢你。但这是两码事啊,你不觉得混在一起对我也是不公平的吗?"

他转过身,背对着外面飘洒的雪花,身体轮廓有了一层模糊的虚影,把他的清瘦、帅气和忧郁渲染得恰到好处,就像是刚刚从电影里走出来的角色,那么明亮夺目,也第一次让我觉得那么刺眼。

"徐闪星,你是不是觉得我挺虚伪的?站在台上还能那么唾沫横飞地悼念许光,说出那么多大言不惭的话,我是不是特别让你恶心?"

"没有，我从没有这样觉得。"

"好多时候我都想，其实咱们不应该以这种方式认识。在我的幻想里，你应该在某一个天气特别好的早上，背着书包来到我们队里报到，许光站在我身边和我一起迎接你，跟我说，这是咱们的新同事！那样该多好。"

是啊，那样该多好！

雪花飞溅，他做了一个告别的手势："我走了，你要好好保重，快乐幸福。"

他转过身，走到了台阶下面。

等在下面的翟忆山见他下来，看了看周围的大雪，把手里的伞递给了他。

"谢谢。"他接过伞，头也不回地向前走去。

我远远地看着他单薄的背影，像是在孤岛上看着一艘慢慢漂走的小船。它把我的所有希望永远地带走了，化为了茫茫大海上的一粒黑影，直至再也不见。

我何时才能再等到一艘这样的小船啊。

眼泪夺眶而出，我大喊了一声："李凡尘！"

几乎在他回头的同时，我冲出亭子紧紧抱住了他。我们成为情侣的时间不长，肌肤之亲也少得可怜，而恰恰是因为这种慢吞吞的节奏，才总让我充满着遐想。床榻上的拥吻、沙滩上的嬉笑、手牵手在沙滩上看日出的浪漫，都是我曾经对这具熟悉又陌生的身体的羞涩想象。而现在这一切，都化成了最后的拥抱，沉重而又无力。

想对他说出千句万句，却无论如何也无法再次开口。

他低头看着我，摸了摸我的头发，最后笑了一下："星星，做你自己，一定要好好的。"

他松开我，真的走了。没走几步，他把伞扔在了地上，孤单的身影迎着风雪，慢慢消失不见。

亭子里，刚刚我坐的地方，还摆放着他给我垫的围脖。我一时失神，蹲在地上掩面哭泣。

终究还是到了这个地步。我劝自己，人世间遵循原则的代价就是如此。也许有些正义是一把双刃剑，斩断错误的同时，也会反手割掉自己的美好希冀。等到鲜血四溅时，才知道有多痛，代价有多么大，也是多么无法回头。

我们结束了，以这种惨痛的方式。曾经期待的未来再也没有了，取而代之的，是如眼前一般惨白的雪路。

翟忆山劝了我几句，问我接下来想要怎么办。我心里乱得很，到底要怎么办呢？工作被停了，爱情也没了，网上还有持久不去的骂声，也许我什么也不用做了。重负到极致，身体反而有些轻飘。

我擦干眼泪，呆呆地注视着李凡尘离去的方向。我觉得自己可能一辈子都无法直视那个安安静静的身影了。

这时翟忆山发现了一个连我都没注意到的细节，我手里还握着刚刚李凡尘硬塞给我的银行卡。

我们都把它给忘了。仅仅是几分钟之前，它还承载着李凡尘对于这份感情的最后一丝希望，现在它已然成了深深扎在我心间的一根刺。

李凡尘已经离开了，我轻轻把它揣进兜里，思来想去，也只能拜托小苏还给他了。

拨通了小苏的电话，他心照不宣地应允，又问我："对了，你跟关局说，艾如告诉你她把手串藏在了宝源街派出所里，我们找了一上午，连每个消防栓都掀开看了也没有发现，那晚负责盯着她的女警都被我们问哭了，说没有看到她藏东西啊。你确定她藏在了派出所里？"

4

没有找到那串凤眼菩提子，也没有找到骆臻辉，艾如的犯罪证据收集得不算顺利，所以他们暂时还没做好准备对她进行传唤。我坐在亭子里唉声叹气，翟忆山则在一旁劝我："别自责了，你已经做得很好了。回家歇歇吧，别住酒店了，我送你。"

也只能先这样了。

我和他一前一后出了凉亭，没走多远，就看见甬道边停着的一辆大巴车上逐渐走下几个人，皆大声呼喊我的名字。

我回头一看，竟然是宣讲团的众人，其中还有庄妍。想来他们也是刚刚抵达不久，便接到了报告会取消的通知。

庄妍可能发现了我脸上的泪痕，走上前满腹狐疑地问我："徐闪星，报告会停了，到底怎么回事？刚刚我在车上看你和李凡尘……好像吵架了？李凡尘走的时候我们叫他了，他也不答应，是出什么事了吗？"

我隔着漫天飘动的雪花看着她，一时不知从何说起。

"你说话啊？你是不是知道些什么？"

另外几名宣讲团成员也在她身后目不转睛地看着我。

见我迟迟不语，庄妍底气更足了："我早就觉得你不对劲，关局跟你说过什么吗？你之前问我的那些奇奇怪怪的问题，到底什么情况？"

见他们这个样子，我心里忽然涌起万般委屈，再也忍不住了："要是我告诉你们，许光没有舍己救人，没有见义勇为，这一切都是假的，你们是不是也觉得这个报告会应该停？"

众人静默，面面相觑，团里那位站务员大姐第一个反应过来："你说什么呢？他都死了你现在说这种话？"

另外两个报告人也忍不了了："这人疯了吧？"

"李凡尘是被你气走的吧？"

有两个成员要上前质问我，被庄妍拦住。她终于意识到事态严重，做了一个调停的手势，转而更加严肃地看向我："徐闪星，到底怎么回事？"

"他当时是联合艾如报复熊峰，他们做了假案，耀安刑警队已经查出眉目了，是关局叫停了报告会。"我一口气说完。

"这怎么可能！"庄妍脸都白了，"他们了解许光吗？他们凭什么这么怀疑他？他不可能做这种事！徐闪星，你为什么不早告诉我？我让你给许光写事迹，不是让你给他挑毛病的，你的脑回路是不是不正常？你别仗着和领导有层关系，就跑到他耳朵边煽风点火！"

"她现在在网上被骂得不行，想着给自己戴罪立功呢！"许光生前的派出所同事指着我说。

"你别乱喷！"翟忆山反呛。

"我见过你，你就是耀安刑警队的吧？你们吃饱了撑的吧，外面那么多坏人不抓，查起自己人这么带劲，怎么着，想另辟蹊径整个大活儿，想升官想疯了吧？"

翟忆山也不甘示弱："案发现场那串手串是假的，真的在熊峰家被找到了，这事一开始就有问题！"

"什么真的假的，佛珠上田英敏的血迹也是假的？你把法医鉴定结论也推翻了？"

"那血迹是李……"

我瞪了翟忆山一眼，把他接下来的话给瞪回去了。

"都别吵了！"庄妍稍稍平复了一些，冷冷地看着我："徐闪星，你怎么想的我不清楚，但我记得我跟你说过，许光从来就是特别优秀的警察，他为了保护别人献出了自己的生命，他是英雄，我们这个时代也需要英雄！"

"但这个时代也需要真相！"我脱口而出。

众人瞠目结舌，不知是都陷入迷茫了，还是都对我无话可说了。冰冷的空气中，我竟然感到了一股灼人的燥热。

"真相就是，许光不可能做这种事。你应该反思，为什么提出这种疑问的只有你，为什么你一个成天坐在办公室搞宣传的女警，这么热衷于阴谋论，这么喜欢标新立异，这么利用牺牲民警出自己的风头。为什么是你被网暴、被停职，而不是别人！"庄妍掷地有声。

所有人都提了一口气，冷眼看着我。

我咬紧牙关，拼命克制住几乎冲破喉咙的嘶吼，浑身上下止不住地颤抖。对，我是很失败，也很狼狈，从小到大我都充满着执念，但我只是想成为一名合格的警察，这又有什么不对?!

"主任，你说过，咱们的队伍里出过那么多英模，得了那么多荣誉，他们死了，但精神还在。因为他们做了咱们活人不敢做的事，所以他们才是英雄。但如果我们现在不把许光的事搞清楚，只是为了宣传的形式和口号，那我们对得起那些真正的先烈吗？他们死了，没法说话，但我们是活人啊，活人难道不应该讲真话吗？"

我看着他们，努力保持清醒地诉说心声。我觉得自己已经不能更坦诚了，我不想吵架，只想他们能够真正听懂我的意思。

"如果连我们搞宣传的都弄不清真相，不也成了谎言的帮凶？"

没人回应我，大家把目光转向庄妍。

手机铃声划破寂静，我快速接起。

里面传来艾如的声音："小徐同学，前天跟你商量的事，你考虑好了吗？"

我深深吐了一口气，看着面前依然没有散去的众人，对着话筒说道："考虑好了，我接受你的提议，你现在在哪儿，我过去找你。"

第二十八章
轰鸣

1

我走在马路上，目空一切。翟忆山追上来："你去哪儿？"

"去找艾如。你回去吧，我要找她问清楚，她到底把手串放哪儿了。"

刚才在庄妍等人面前如宣誓一般的陈词，似乎给我灌注了巨大的力量，我觉得必须完成这项只属于自己的艰巨使命。

"她能告诉你吗？她又不傻！"

"会的，她肯定留了一手。她之前跟我有交易，说如果我帮她取回手串，就帮我在网上制造反转，她一定觉得我会接受，而且她不知道警察正在查她。"

翟忆山拽住我，义正词严："你凭什么认为她会信你？"

我思索了一会儿，说："不知道为什么，我总感觉她自认为把我吃得死死的。比如，对许光的感情，我现在糟乱的处境。我好像没什么理由拒绝她，你说对不对？"

我俩相顾无言。我这算是自嘲呢，还是自夸呢？

翟忆山笑了："小傻子。"

我也释然地笑笑："你回去吧。老翟，别把一挺简单的事，整得多惊心动魄似的。她一个女孩子能对我怎样呀，何况人家还是个名人。"

他却收起笑："你忽略了一个逻辑问题。"

"什么问题？"

"就算艾如和你有交易在先，也不可能丧失起码的思考能力。你是个警察，但你不是宝源街派出所的民警，也不是耀安分局的人，甚至找不出什么和宝源街派出所业务往来的理由，红口白牙地过去说要帮她取东西，要怎么取？两手空空地过去，她能信你吗？她可是根老油条啊。"

言之有理。如果我真那么容易取得她的信任，她上回就把藏东西的具体地点告诉我了，不至于还卖个关子。

见我有些蔫，翟忆山又精神百倍起来了，变魔术似的一掏兜，在我眼前亮出一样东西："看这个。"

是他的工作证。上面清清楚楚地写着：崤城市公安局耀安分局。

"你让她看看，我是耀安分局的民警，可以随便进出自己分局的派出所，你已经把这件事都告诉我了，我也愿意帮忙，这不就齐活儿了？"

我摇摇头："可她要是觉得是咱俩设套骗她呢？"

"那你就说我是你的男朋友，也一直想帮你洗清你网上受的污蔑。她要不信我可以给她看咱俩以前的照片，反正我还一直留着呢。"他满不在乎地看着马路上的车流。

我怔了一会儿："这样也行。"

"嗯，先试试，不行就撤，再想其他办法呗。"

他说着一路小跑，把停在路边的汽车开到我身旁，然后潇洒地一摇玻璃："上车吧徐警官！"

我应声上车。但不知为什么，直到车子上了高速路，都不知道该说些什么。我知道这些年他心里一直有我，但我却再也找不回对他的感觉了。而且我搞不清这种情感的转变是因为当初的分手，还是那之后漫长时间的消磨，还是再后来李凡尘的出现。人心真的很奇怪，有时候明明觉得有些东西自己一辈子都放不下，哪怕是暂时放下，也会随时死灰复燃，但实际上却随着年龄的增长和阅历的丰富，就慢慢地把它们归类到了孩子气甚至是年幼无知的范畴里。冷不丁想起，除了偶尔难为情地羞涩一番，实际上内心已经再难起什么波澜。

我不想虚情假意地迎合，也不想过于直白地让他受伤。我觉得必须让他明白，不要再在我身上浪费时间。这恐怕已经是现在的我能为他做的最大付出。

看着窗外的雪花，我试图重拾这个略显沉重的话题。但就在我要开口时，他倒先笑了笑，头也没转地对我说："你可别自作多情啊，我可不是为了帮你。我就想着吧，归根结底这也是一件立功的好事，平时我还没这个机会呢。说不定艾如撂了之后，年底领导能给我个功奖呢。"

我笑了："你这么无欲无求的人，还在乎这个？"

"就因为过得太随性了，我丢了很多东西。现在想想，我自己的确有问题，从小就这样，总是在失去了某样东西之后，才发现自己真的还挺需要它的。"

他扭脸看我："你以前总是说我脑残，我也这么说你，但其实冷静下来，我发现我确实不如你。你这个人虽然总是一根筋，而且有时候也挺矫情，但其实一直知道自己想要什么。你说我以前怎么就没发现这一点呢？"

我躲开了他的目光，故作镇定地抹着侧窗上的水雾，随手画了一个乱乱的图案："我最近也才发现自己其实活得也挺拧巴的。想要的东西有很多，但是有的得到了，也没觉得多高兴，反而会产生新的焦虑。可能这就是你说的矫情吧。"

他很认真地点了点头："人这一辈子，活得就是很拧巴，越是在乎就越不容易得到——我说的不是某样东西，而是那种你得到那些东西后惊喜和满足的感觉。"

是啊，人们向往金钱、爱情、地位，根源上不就是迷恋它们带给我们的精神愉悦吗？但我们往往却把欲望局限于这些东西本身，过分地在乎它与我们的距离，得到后是否会再次失去，以及更进一步的索求，所以我们永远也不会真正地快乐。

想来也公平。这正是每一个殚精竭虑半生，反而把自己彻头彻尾忽略掉的人，最该付出的代价。

我特别欣慰地看着他："没想到你也能说出这么哲学的话。"

"不是我哲学，而是以前咱们在一起的时候，我好像一直在接受自己没心没肺的设定，成天跟你傻玩傻闹，互喷互撑，一旦想说出什么正经话，又怕被你当成神经病。我觉得你好像只喜欢很大大咧咧的男人，但后来看到你和李凡尘在一起了，我就觉得挺挫败的，原来我并不是因为某件事、某个选择错过了你，而是我压根做得不够好。"

我微微低下头，原来包括翟忆山在内，周围每个人都有着丰富的内心世界。是我把他们看得太过扁平化了。

他见我打蔫，立即又恢复平日里的亢奋，笑道："所以我也没想怎样，就想着找个合适的机会，咱俩重新认识一下，这样总可以吧？"

说着他把方向盘上的右手伸到我面前："嘿，这位同学，认识一下，我叫翟忆山！"

在窗外光亮的映衬下，他脸上还真就镀上了一层如同初见般的真诚。我被他逗笑了，应景地握了握他的手："我叫徐闪星！"

2

艾如告诉我她目前正在城南软件园的新工作室里收拾东西。路上有些堵车，我们赶到那里时已是下午四点。

这座软件园刚刚落成没多久，原先是一片自然村落，所以周围稍显荒凉。园子里规划了几个互联网大厂的分公司，还有几幢样式上很新颖的办公楼，目前大部分还空置着。门口有一个睡眼惺忪的保安，对我们并没有多加过问，按照他的指点，我们在硕大又空旷的园子里绕了好几圈，终于找到了艾如公司所在的楼。

大楼崭新明亮，里面却有些残缺，电梯内部还没布置好，只用几张简易的木板遮挡，充满了乳胶漆刺鼻的味道。我们来到六层，看见了已经在空无一人的中厅等候许久的艾如。

她扎着马尾辫，一身休闲装扮，见我还带着一个男人，并没有过多惊讶，很热情地与我们打招呼。我按照计划朝她介绍道："这是我男朋友翟忆山，他送我过来的。"

"好啊，咦，你长得有点像我弟弟。"她朝翟忆山睁大眼睛。

我俩有点尴尬地笑笑。这女人真是不简单，竟然能够把心里那块最大的伤痛如此调侃地说出来活跃气氛。

"一起进来吧。"

她把我们引向了走廊尽头的一扇玻璃大门，边走说："我们可能是这里入驻最早的一批公司了，现在快年底了，别的公司都想着年后再搬过来呢，但我们在云柔租的那个房子的租期到了，我手里也没有太多存货，总要保证更新呀，也只能先在这里凑合一下了。"

打开玻璃门，映入眼帘的首先是一片豁然开朗的大厅，两侧还有一些隔间，视野尽头是一扇巨大的落地玻璃窗。窗外天色渐暗，艾如打开墙上的开关，房间内的更多细节顿时一览无余。

她笑着回头，得意地说："这就是我们新的办公场所，加起来有四百五十多平方米呢，比之前那里整整大了两倍多！来来来，我给你们介绍介绍。"

她兴致勃勃地带我们参观了公司内部的会客区、休闲区、茶水间和两间仓库，并着重地给我介绍了几处口播背景。所谓口播，就是她对着镜头录制节目时的环节，就好像电视里的新闻播报一样。因为涉猎的节目种类较多，所以她布置了好几处风格迥异的背景，比如悬疑风的、数码风的，还有文艺小清新风的。她指着那些五彩斑斓的布景颇有些"凡尔赛"地笑道："其实我也没想搞出这么多花样，但现在甲方爸爸们的要求太高，我得配合他们的产品进行风格转换。"

数码风的布景里既有科技感满满的奇光板和LED大屏幕，也摆放了一些她从旧货市场淘换来的老旧电视机和游戏机，她说这样可以突显年代感，彰显节目的精致和情怀；文艺小清新的布景里，她放了一个书架，里面放满了各种图书，尤其是从网上购置的一些做旧的线装书，旁边还挂着几张鲜艳的油画。

"我有时候也做推书的视频，尽管流量不太好，也得坚持做，人设需要嘛，得带着粉丝一起成长，而且我近期也有出书的计划，所以这一块也要维持热度。"艾如用戴着手套的手轻轻摩挲书架上的一本旧书，"别看就是这么一摞纸，比市面上的新书价格要贵上好几倍呢，都是绝版书。"

至于悬疑风的布景，是她最引以为傲的。在那片区域里，我们看到了几个硕大的油漆桶，桶上面摆着老式电话和留声机，背景板上贴着很多像破案剧里那样互相连着长线的照片，旁边还有一些挂钟、放大镜等装饰物，在底下甚至还挂着一把挺大的猎枪模型。艾如先跟我们讲述了她和公司的小伙伴们把在郊区农家院里发现的油漆桶运过来的艰辛历程，又告诉我们那座挂钟是一个在剧组工作的朋友送给她的，最后指着最底下那把道具枪说："这玩意儿应该就是我淘来的最称心的道具了，我总觉得我讲悬疑案件时气氛上差了口气，不能带给观众沉浸感，所以一直想找几样看上去和犯罪或者刑侦相关的东西装点一下。但是枪状物不好买，这还是我一个喜欢二次元的粉丝送我的，他当时为了参加漫展买了这个猎枪模型。我一看，这不正合我意嘛，挂在这里刚刚好，但愿小编不会卡着不过审。"

说着她用手机打开周围的几盏补光灯，各种道具立刻鲜亮起来，形成了一片无可挑剔的光影氛围。

"看见没，这是我们找海外代购买来的灯，用手机就能控制亮度和色度，随意调颜色，可好用了，以后你们结婚的话新房里也可以用，气氛直接拉满。"说着她笑嘻嘻地看向我和翟忆山。

我俩用讪笑作为回应。不知为何，我觉得今天的艾如似乎比以往都要亢奋。仔细想想，也许是因为我同意合作，免去了她一桩心头大患，觉得如释重负吧。

冗长又无趣的开场白终于结束，她拉着我们到会客区坐下，给我们倒了两杯水，漫不经心地问我："怎么样，终于想通了？"

我点了点头，见她一时沉默，又指着翟忆山解释道："啊，我把你愿意帮我的事都告诉他了，要不是他支持我，我还真是难做这个决定。"

不知道这么说能否打消她的顾虑。

她顿了两秒钟，问翟忆山："你们好了多长时间了？"

"好多年了。"翟忆山面不改色心不跳，拿出手机点开相册，"你看看，我们从几年前就在一起了，打算今年就领证呢。"

我想配合着笑笑，却笑不出来。

光从那些照片上说，她应该找不出什么破绽，毕竟里面有我俩在各个时间和场合的甜蜜合影，比如在冰天雪地中的跨年，在上海迪士尼的疯玩，在泳池边的嬉戏，等等。我俩好的那段日子，几乎一放假就四处撒欢，所以这种素材简直不要太多，只不过我早就把它们删得一干二净，万万没想到有朝一日还能派上这种用场。

艾如接过手机平静地看着，似乎受到那些美好光景的感染，表情越加放松。翟忆山见状又掏出自己的工作证，告诉她自己便是耀安分局的民警，大可以利用职务之便帮她到宝源街派出所里把东西取回来。

"其实我早就跟她说过，让她平时少管闲事，这年头警察不好干，动不动就被人抹黑，她偏不听。出了这事后，单位也把她停职了，她成天在家里哭，觉得自己这辈子都完了，我也挺心疼的，却不知道怎么帮她。"他说着看了我一眼，又很诚恳地盯着艾如，"如果你要是真能行行好，利用自己的公信力在网上帮她说说话，别说找一样东西了，就是十样八样都行呀。"

艾如把手机还给翟忆山，虽然面带微笑，但还是有些不解地问道："可是我骗了你们警察，你也愿意帮我？"

翟忆山摊了摊手："那又怎样，许光已经被我们全市局列为英模，难道就这样撤掉，让我们自己打自己的脸吗？何况你把东西藏在宝源街派出所里，我们当时负责处置的同事也有责任，难道我也要把他们牵扯出来接受处分吗？那得多少人骂我啊！"

我心里暗暗给他竖大拇指。

艾如点点头，似乎接受了他的说辞，然后抱着胳膊思索了几秒钟，说道："好的，我相信你们。"

我胸口猛然一跳，这是要对我们说出藏东西的地点了吗？

不料她却话锋一转，对我说道："我先跟你说说我想怎样帮你制造反转，你觉得可以的话咱们再进一步操作。我这个人向来最倡导公平公正，万一你帮我把东西拿回来了，对我给你做的视频却不满意，那就不太好了。"

翟忆山脱口而出："没关系……"

我赶忙冲他使了个眼色。越是到这种时候越不能表现出迫切，否则一定会引起她的怀疑。随后我很赞同地点点头："也对，我也正想听听你到时候怎么帮我洗白呢。"

艾如满意地点点头："好的，你们来这边。"

3

她带着我们来到悬疑区，扯了两把折叠椅让我们坐下，然后打好背光，关掉大厅的顶灯，坐到了布景前的光影中。

像她往期视频中的开场白那样，她朝镜头方向的我们挥了挥手，释放出一个迫不及待的微笑："大家好，我是你们的老朋友'红叶疯了'，今天想跟大家聊一个最近热度很高、也颇具争议的话题，就是'地铁车厢女警'事件。"

不愧是专业人士，状态进入得如此之快，把我的情绪都带上来了。那一瞬间我竟然有种被开庭审理的紧张感。

"就在前几天，一则由微博网友发布的内容迅速引爆网络，讲述自己在地铁站内被一名女警察误认为流氓，从而遭受的一系列困扰。"

她说着又向我们补充："这里我会插播一条对整起事件梳理的片段，目前只做了样片，就先不给你们看了，但是看上去立场是站在爆料者一方的，只有这样才能吸引观众，而且会让后续的反转来得更刺激。"

我木然地点了点头。

随后她又重回播报状态，摇头晃脑说道："事情发酵到现在，让我联想到以前曾经采访过的一些性骚扰案件。这种案件，如果没有当事人的亲口陈述，其实是很难做到客观还原的，所以我尝试寻找案件中的三名当事人，即爆料者、那名女警察和被侵害人。大家知道，在我的频道里，一向以客观还原事实为立足点，然后才会发表态度，所以为了能给诸位一个全面、真实又独家的讲述，我要尽我最大的努力去采访这三个人。"

我的手机忽然响了，拿起一看，屏幕上出现了李凡尘的名字。

我心生疑惑，他此时不是应该在关谨天那里交代案情吗？翟忆山也一脸困惑地看向我。

艾如正在兴头上，为了不打草惊蛇，我按断了通话。

艾如还在口若悬河地演说："在试图找到那位受害者时，我也大概了解了现在被大家千夫所指的那位女警察的相关信息。如网友们'人肉'出来的那样，她叫徐闪星，是崤城市公安局公交分局的一位普通女警察，不过她目前的工作并不在一线，而是负责给一位牺牲民警写事迹报告。这位民警不是别人，正是之前勇斗歹徒，目前正被各大媒体广泛报道，被称为'崤城之光'的许光。"

我和翟忆山都脸色一变：要说得这么详细吗？还把许光搬出来了。难道这是她玩的一个套路，希望借这个视频，把我和许光之间的联系昭告天下，让我在这件事中没有任何退路可言？

见我们表情不对，艾如再一次解释道："我也是为了把热度拉满，所以凑了这一段，你们先听着，如果有不同意见咱们可以再讨论。"

我们一时无话可说。

艾如又补充了几句对于许光的介绍，言语间充满了钦佩赞美。慷慨激昂之际，她竟然一反常态地站了起来，摸索着各式各样的装饰品："其实不瞒大家说，我之所以想跟大家聊聊这件事，也是想了却一个我一直未了的心愿。有些话我憋在心里太久了，一直因为胆怯、懦弱而不敢向你们开口。作为一个有着百万粉丝的知名 UP 主，我也曾经彷徨和困惑，也曾和画面前的你们一样，有着不愿被外人道的脆弱。这些心事藏了很久，一直折磨着我，也警醒着我，当然也带给我很多成长。所以借着今天这件事，我想告诉大家一个真相，哪怕你们知道之后会惊讶、会质疑，甚至会改变一直以来对我的看法，我也要鼓起勇气说出来。因为我知道，作为一个算得上是公众人物的我，必须对社会有所担当，对曾经拯救过我的人有一个交代。"

尽管还没有完全反应过来，但我的一口气已经提到了嗓子眼。

果不其然，她转过脸，面目凝重地对着镜头方向的我们，口中的话更是如雷贯耳："我就是许光曾经解救的那个女孩。"

她这是要公开自己"八一九"案被害人的身份吗？这是意欲何为？

还不等我和翟忆山惊呼出来，她又面目平和继续说道："许光因为救我而牺牲了自己，我一直心怀感恩和愧疚。也正因如此，我和给许光书写事迹材料的徐闪星警官有了一些接触。当时她在给许光的事迹报告会写宣讲稿，对我有过几次深度采访。"

原来她是要利用自己这个身份，来为我扳回一些印象分。我心下稍定，甚至还隐隐生出了一些感动。看来她为了打动我，真是做足了功课。

"小徐警官是一个非常敬业和正直的人，为了采访我，费了很多周折，说服了最初不敢直面此事的我。现在大家在电视里和网络上看到的许光事迹报告会的很多内容都是她撰写的，为此她付出了很多人无法想象的艰辛。就在今天，还有一场更大规模的许光的事迹报告会在团市委举行。"

而就在艾如深情陈词的时候，我的手机又响了起来，还是李凡尘的来电。这一次我匆忙接起，刚要对他讲现在说话不方便，有什么事情一会儿再说，就听见电话那头李凡尘语气急促，身边还有呼呼的风声："你在哪儿呢？别去找艾如，她在骗你！许光没有做过！"

我脑子里顿时一片空白，来不及思索时，艾如已经在布景前背过了身，幽幽地说着："然而我也是在一个小时前突然得到消息，许光的这场报告会被取消了。小徐警官没有想到，尽管我不是报告会的受邀嘉宾，但是也有媒体朋友受邀过去参加。"

随后艾如转过了身，我们发现她手中竟然端着那把之前被她称为是模型的猎枪！

"徐闪星，你背叛了我。"

双耳猝不及防地失聪。在那片仅仅靠着想象还原出的枪声中，我看到身边的翟忆山身体猛然一抖，胸前喷出一片四散的血雾。

4

我连滚带爬地向外逃，整个人如同在冰冷的海水中疯狂挣扎。那一刻所有的意识都被抽空了，躯壳内只剩一个本能的求生反应。但是反应再强烈，大脑却完全跟不上节奏，昏暗中在如同迷宫一般的房间里，我根本找不到出口。

我怎么也没有想到，那是把真枪！艾如对我们开了枪！

翟忆山血流满地的惨状令我止不住地发抖，我终于跌跌撞撞找到那扇玻璃大门，却发现怎么也推不动。随后我听见了身后催命一般的脚步声，连忙钻到了大门旁边的一间仓库里。

之前艾如带我们参观过这间屋子，现在灯光关闭，里面一片漆黑。我摸索到了一些冰凉的货架，还有上面摆放的镜头和相机等器材。越往深处走，脚下的空间就越逼仄。每每碰到东西发出声音，我身上的毛孔就齐刷刷地跳动。面对一个已经丧心病狂的疯子，我知道一切反抗都是徒劳，只能尽量拖延时间，希望刚刚的枪声能够引来别人。

但这种可能性有多大？想想真是令人窒息。

围绕着货架几乎转了一圈，我看到了不远处门口微弱的灯光。没有艾如，也没有任何声音，我像是被囚禁在凝固的时间中，整个人被汗水浸透，湿漉漉地不知何去何从。这时我才发现手机早就不知道掉到了哪里，自己已经与外界彻底失去了联系。

现在每迈出一步，都是在逃出生天和自取灭亡中试探。无助僵立的那几秒钟，我的大脑才微微缓过了一点神，想不通为什么我仅仅是捅破了她和许光做假案，艾如就这么不顾后果地大开杀戒。她以前那么柔弱和理性，难道都是装出来的吗？

这种忽然爆发的强烈反差，彻底粉碎了我一直以来的自信。徐闪星，你到底蠢到什么程度，才招惹了一个这样的魔鬼？

迟缓的记忆在脑海中回归，我想起了刚才李凡尘在电话里对我的警告：许光没有做过。

身后忽然有一阵窸窣，我惊恐回头，看见了艾如那张毫无血色的脸。

不容我尖叫，她举起手上的枪托，朝我面门上重重砸下来。

一切戛然而止。

快要苏醒时，我陷入一片万物虚无的混沌，身体好像出离了宇宙，飘散为没有形态的像素。但是随着额头和四肢疼痛的加剧，躯体又被迫重组了，现实的冰冷可怖地重新聚拢起来。我睁开眼，发现自己好像处于另外一个房间，而且环境也显得极不自然，首先映入眼帘的，是一片灰蒙蒙的地毯和一些家具底座。

这时我才发现自己侧躺在地上，双手也被某种绳索紧紧捆在背后。不远处一个化妆台前坐着一个人，看上去就是艾如。

脚边还斜放着那把猎枪。

她居高临下地看了我一眼，转而面向了身边的镜子："你这么快就醒了？"

我头一次感觉她的声音是如此骇人。像是夜晚水边陡然惊叫的海鸟，让人浑身一凛。

额头上传来一阵干裂酥麻的疼痛，我动了动嘴唇："你是不是疯了？为什么要这么做？"

她依然朝着镜子，面不改色："我觉得你才是疯了。我从没见过你这样的人，看上去与世无争，其实骨子里是矫情到极致的狂妄。"

真是有点可笑，但我又不敢轻易反驳。这时我才知道被人拿捏着性命的滋味，简直比直接死掉还痛苦。

她看了看我，脸上带有一丝挑衅："徐闪星，你是不是觉得自己特有使命感，就是那种……被老天选中、有老天庇佑的感觉，无论如何也要做出一番你自以为很伟大的事？像你这种人，最擅长的就是自我感动吧？所以哪怕这件事并不那么有益于这个社会，也没什么实际意义，但你为了出风头，也必须做成？"

我无力跟她探讨人生，忽然想到一个关键问题："我的同事怎么样了？他得去医院！"

"同事？你不是说他是你未婚夫吗？"

她不屑一顾的口气还是激怒了我，我满心焦急地大声喊道："你得救救他！艾如，我们只是两个默默无闻的警察，而你是一个名人啊，你有那么多粉丝，有那么多人追捧你，那么多的商业合约，难道这些你都不要了吗？"

她也抬高声音："我还怎么要？徐闪星，我以前真的很喜欢你，但是我没想到你为了达到自己的目的，能一直哄骗我，油盐不进地偷偷毁掉我。"

"你们只是做了假案，而且你顶多算做了假证，你罪不至死！但现在，你在拿枪杀人，我没想到你这么凶残。"

"是啊。"她面朝镜子，捋了捋额头的刘海，忽然拿起一把剪刀开始大把大把地剪头发，"艾如杀了人，艾如马上就是杀人犯了。"

我匪夷所思地看着她剪落一地的头发，心想这个人是真的不正常了。

我要怎么办？看来我碰到了所有坏苹果里最烂的一个，一个丧心病狂的暴徒，还是个精神病人。

我紧张得浑身僵硬。也许这是我在世上存在的最后一刻了。仔细想想，我爸、许光都经历过这些，他们当时也会如我这般绝望吗？

她把头发剪得七零八落，又从容不迫拿起桌上的卸妆水轻轻卸妆，边卸边说："艾如也有自己的痛苦过往和难言之隐，但这些你们警察又怎么会想知道呢？你们成天在外抓这个坏人、那个坏人，没想过一个问题吗？社会上有那么多警察，怎么还有那么多人犯罪呢？这只能说明一个问题，你们破不了的那些案子，漏掉的那些犯罪分子，给了坏人们继续作奸犯科的希望，我艾如也是如此啊。"

我对她过分的冷静噤若寒蝉，瑟瑟发抖地说了一句："但是你跑不了，你做的这些，不可能逃脱法律的制裁。"

她终于面向了我。这是我第一次看到卸了妆之后的她，有些陌生，也有些异样。

她缓缓地摘掉了手套，露出一抹诡异的笑："那如果，我不是艾如呢？"

我打了一个哆嗦。她第一次露出皮肉的双手，在我看来竟有些格格不入的粗壮。

像是一双男人的手。

那双男人的手伸进了自己的领口，拿出一副看样子像是硅胶假胸的东西，嗓音比以往更加低沉地说道："姐姐，我好想你啊。"

"……"

"小徐警官，认识一下，我叫艾晖。"

第二十九章 对决

1

我浑身的血液几乎停止了流动。

那一刻,我就像是《楚门的世界》中的主角,被人骤然捅破了自己身上的庞大阴谋。

身边所有能感知到的东西都变得面目可憎起来。它们曾伙同眼前这个人一起把我骗得如此彻底,真是该死!我甚至觉得自己的五官和大脑都是身上的内奸,再也不能相信。

这个人是艾晖?艾如的弟弟?

艾晖见我说不出一句话,得意地笑出了声:"怎么,这么意外吗?你一个警察,观察力不行,心理素质也不怎么强啊。"

我奋力咽了一口唾沫,说道:"你的身份是假的?你到底是什么人?"

艾晖指着自己鼻子,特别困惑地反问:"我?我早就告诉你我是谁了啊。那个父母双亡、贫困潦倒、在武校里被人欺凌,后来又失去了唯一亲人的男孩。"

他格外专注地看着我,眼底竟涌动着类似温柔的东西:"这个形容你满意吗?我已经在心里演练过很多次了,就想着有这么一个机会讲给你听呢。"

我浑身发冷:"可是你说,艾晖早就死了……"

他的眼睛又看向镜子:"你还不明白吗?是艾如死了。那个流氓王八蛋把她带到那座岛上,回来的时候却是只身一人。我姐姐失踪了,一个大活人,一个女孩子,为了狗屁的安全感,找了那样一个男人,在岛上经历了我想都不敢想的那几天,最后消失得无影无踪。人这一辈子可以是躺在床上寿终正寝,也可以是风华正茂时伤痕累累地被人扔进水里。你说老天是不是挺不公平的?"

他转脸看我,一副真的很好奇的样子。也许是代入了他男人身份的原因,我发现他身上确实存在一些男性特征,比如略宽的额头、有些粗壮的下颌,以及格外突出的锁骨。这些之前我怎么就完全没察觉到呢?

"你看到你姐姐被那人杀了?为什么?"

"为什么?"他愤恨一笑,"姐姐失踪后我去那座岛上找她,村民说只看到那个混混带着我姐姐去了那间破房子,过了两天他慌张地跑到诊所去买外伤药和退烧药,而最后坐船离岛的时候只有他自己。我去他家找他要人,他却说是我姐姐自己跑了,他也找不到。但是怎么可能?我姐姐不可能撇下我一个人不管的,那天是我十八岁生日啊。"说着他流下了眼泪,"所以只可能是他杀了她,把她活活折磨死了,扔到了海里,让她彻底消失了。"

我震惊之余想到的话是"为什么不报警",但我没有说出来,因为我知道如果他这样做了,事情绝不会演变成今天这样。

"于是我和他打了起来,没想到他是个花架子,几下就被我撂倒了,他抄起一把刀刺我,我夺过刀就扎死了他!"他凶狠地说着,"那是我第一次发疯,好像对这个狗屁世界长久以来的愤怒全都爆发了出来。"

我明白了,从那时候起,他原本的身份就再也见不得光。

"后来我就跑了,我以为不久之后警察就会抓到我,但只是在新闻里看到警方提取到了凶手血迹,然后就没了下文。我就再也不敢在大城市生活,跑到广州边上的一个小镇上隐姓埋名打黑工,但现在做什么都实名制,慢慢地没人再用我,后来我流落街头,认识了一帮混社会的小流氓。最初那帮人对我很好,我年幼无知,也告诉了他们警察在抓我,然后就跟着他们坑蒙拐骗，讨债，看场子，打架，好几次差点进了公安局，想退出又被他们恐吓，说要报警检举我，让我过着狗一样的生活。"

他站了起来，抱起胳膊很有兴致地看着我惊讶的样子："你想象不到吧？像你这种从小娇生惯养的人，应该很难和我们共情。你只会觉得我是咎由自取，不能和命运抗衡，没有为人处世的底线。你口中有那么多圣母心的大道理，归根结底，还是你太有优越感了。"

见他情绪稍稍安稳了一些，我试图辩解："我没有这样想过，只不过所有人的一生都不是一帆风顺的，都有自己的磨难。就比如我，就像你所谓过得再如意，现在不是也落到你的手里了吗？"

正说着，我忽然发现不远处的地上扔着一卷胶带。我偷偷尝试活动被捆住的双腕，感到了阵阵黏性。原来他是用那卷胶带缠住了我。

"你才叫咎由自取。你本不应该落到这个境地的。"

"后来呢？你怎么变成了今天这样？"

他老气横秋地叹了口气："这样过了两年，就在我郁闷得想要自我了结的时候，那个流氓团伙的头子找到了我，说接了个活儿。有个女人要报复破坏他家庭的小三儿，但那个小三儿现在不在广州，已经跑到崤城去了。所以需要我和一个同伙去崤城教训那个女人一顿，拍一些她的裸照，事成之后分给我一笔钱让我离开。我没别的选择，就和其中一个混混坐长途车来到了崤城。"

"是田英敏？"

与此同时，我试图挣脱的双手忽然触碰到了地上的什么硬物，好像是一张薄而坚硬的卡片。

"对，就是她。一切都是因她而起的。我们很顺利地找到了她，但是一直没有合适的时机下手。我记得很清楚，二〇一九年五月十八日那天晚上，跟我一起来崤城的那个混混跑去歌厅耍，让我一个人跟着独自出门的她。她很警觉，在地铁里好像发现了我在跟踪她，所以一路上特别魂不守舍。只是我万万没想到，那个时候熊峰也盯上了她。"

原来是这样。怨不得田英敏当时在车厢里被熊峰猥亵，并没有表现出反抗的态度。当一个人心神不宁时，很可能忽略掉那种见缝插针、若有似无的侵犯。

而熊峰恰恰以为那是对他龌龊行径的默许。

艾晖说，他从桃园站旧站下车后一直跟着田英敏。就在他刚刚要拐进桃园站新站工地旁的小路时，他忽然听见前方的田英敏大叫起来，好像在向周围求助，并且扬言报警。这时他才看见田英敏似乎和什么人发生了冲突，而那个人万般紧张，冲上去就要对她加以控制。

艾晖顿时有些慌乱，不敢贸然向前，躲在人迹罕至的墙边观望。

他看见两人似乎在黑暗中争夺什么东西，然后撞倒了旁边的隔离护栏，一起翻滚到了工地里面。不过一会儿，一个男人的身影从倒下的护栏上仓皇爬出，在原地转了两圈，捡起了一些什么东西，随后小跑着消失在了夜色里。

现在想来，应该就是那串散落的五线菩提子手串。

这时他才意识到，田英敏可能把那个男人当成自己同伙了，所以才有那么激烈的反应。但是那片刚刚吵嚷不断的黑暗里，此时却陷入了死一般的沉寂。

田英敏呢？

隐隐约约中他依稀能看到刚才两人翻落的护栏缺口。他小心翼翼地走过去，打开手机闪光灯，想查看一下里面的状况。然后他就看见令他倒吸凉气的一幕：月光下，田英敏四仰八叉地躺在土坑里，看上去有点骇人。

他打量周围，还好只有他自己。

说到这里他突然笑了："你知道我当时想到的是什么吗？我当时竟然想到了我姐姐。我不在她身边的时候，她何尝不是这样陷入了危险的绝境。所以我的第一反应竟然不是赶紧跑，而是想下去对她施救。我完完全全忘了，我是为了搞她才来到这里的。"

他说着走到我面前，蹲下身来贴近我的脸："所以你说，我是一个坏人吗？我只是被世界逼成这样的。"

我视线颠倒地看着这个熟悉又陌生的脸庞，试图安抚："我没有说你就是一个坏人，从来没有。"

他站了起来，冷冷应道："但是事实证明，好人做不得。走下那个大坑，是我这辈子犯的最大的错误。"

艾晖深一脚浅一脚地走下去，来到不省人事的田英敏面前。他借着手机的灯光，看见她额头上有伤口，衣服上也血迹斑斑。

她身体不远处，还扔着一把刀。

他明白了，刚才那个男人和她争夺的就是这个东西。争夺中两人都被不同程度地划伤了。这是她带在身上用来防身的，看来她早就知道自己处境堪忧。

然而就在这时，陷在泥土里的田英敏忽然上来一口气，睁开眼睛，看着近在咫尺的他大声尖叫起来！

艾晖浑身汗毛倒立，第一反应是制止她。当他下意识捂她的嘴时，她竟然咬了他一口。慌乱中他扼住她的脖子，口不择言地告诉她自己并非刚才那个坏人。但他越是使劲，田英敏挣扎得就越凶，双手也不断捶打他的脸颊。他不敢松手，只希望她能有所忌惮，老实听完他的解释，不要引来路人。以他目前的身份，无论如何不能出现在警方的视线里。

田英敏的身体经过一阵反常的痉挛，慢慢失去了所有动作。

他也灵魂出窍般瘫在了原地。瘫软中，他不得不面临一个倒霉透顶的现实：自己又杀了一个人。

2

我万万没想到，杀死田英敏的真正凶手竟然是他——我们曾经怀着矛盾心情百般揣摩的"八一九"案受害者！

看来我今天真是活到头了。

然而震惊暂时盖过了绝望，我突然想到什么："那枚带血的佛珠，你是在现场发现的？"

"就攥在她的手里呢。我把现场所有的东西都带走了，包括她的衣服。作为一个犯过案的人，我知道她身上不能留下我的任何痕迹。"

我忽然想起了李凡尘对我说过的话，法医曾在田英敏脖颈的掐痕处检测出了很可能是来自两名男性的混合DNA信息。看来他百密一疏，还是在尸体上留下了线索。

"后来我就跑了，在郊区找了间废弃民房躲了好几天。那个跟我一起来崤城的混混我再也没联系过，可能他看到田英敏死去的新闻，一定以为和我有关吧。从那天起，我知道我再也没法堂堂正正地活着了。崤城的警察说不定会查到我，广州的那些人说不定也会揭发我，我真是走投无路了。"

我胸口怦怦直跳。似乎越是接近这些不为人知的秘密核心，我越有种必然走向灭亡的恐惧感。

"虽然后来看到新闻，警察把那个男乘客给抓了，但我还是不踏实，只要那个人一天不被判，案子就结不了，我就随时还会被查出来。"不知何时，他已经走到屋子角落，靠在化妆台上，远远地看着我。

"除非我换个身份。"

我顿时悚然。

他却淡然一笑，能用谁的身份呢？现在都是联网管理，如果只是做一张假身份证，很容易就会被识破。所以他思前想后，最稳妥的，就是先利用自己姐姐艾如的身份。毕竟他逃亡时带着她所有的身份证件，也从未给她办理过销户和死亡证明。

更让他放心的是，当年他们姐弟俩孤苦伶仃，几乎一个亲戚都没有。姐姐仅有的一两个朋友也结婚生子，常年不离老家。只要他伪装得当，是有可能瞒天过海的。

关键在于怎么操作。

他从小面容秀气、举止文弱，哪怕是在武校学了几手功夫，气质上也难脱阴柔。更为有利的是，他本就和姐姐容貌相似，二十岁的自己，和对方身份证上的照片还真挺像的。尤其是戴了假发套、化了姐姐的妆容后，他才发现，也许真能行得通。

太像了。

人一旦接受了某个自以为是的荒唐设定，就会义无反顾地执行下去。紧接着他需要搞定的就是一些细节，比如伪装身材的假胸、故意掐细的声线、隐藏男性特征的手套等等。他尝试着扮作女生出门，坐地铁、看电影，一开始心里没底，他还戴着口罩，不敢轻易开口说话，后来他慢慢发现，好像也没什么破绽。只要自己身上没有特别过分的反差，是不会引来周围人脑洞大开的怀疑的。大家最多可能就是觉得，这个女人妆好浓，话好少，穿衣也不怎么有品。

除此之外他最大的感触就是，同性看自己的目光不太一样了。一些男人开始或多或少地注意他，尽管眼神隐蔽、动作微小，但还是有迹可循。性别的转换，令他收获了常人难有的感触。

由此他也联想到从前的自己走在马路上，多多少少也会关注一些妙龄女子，见容貌漂亮就再看身材，见身段苗条就瞄眼长相。那种注目无关道德和情欲，完全是出于生理的本能。现在视角陡然转变，他才发现这种行为是如此突兀，远没有自己曾经以为的那样悄无声息。

然而这仅仅是开始。他发现在一些人多的场合，有人开始对自己有意无意地触碰，甚至是恋恋不舍地尾随。他厌恶之余，也收获了一些感触。相比起男人，女人在这方面确实更有困扰。毕竟力量的悬殊和人类的天性在那里，千百年来都不曾改变。

他觉得自己忽然理解了这个社会上女性到底想要什么。

一份安全感而已。

他平时自己孤独寂寞时，会靠刷短视频解闷，从而也了解到了视频自媒体的蓬勃发展，很多素人通过流量变现实现一夜暴富的不在少数。他认为自己可以尝试通过分享这些感触和经验来破解财富密码，不敢奢望发财，至少可以缓解一下惨不忍睹的经济状况。

而且这项副业对他来说也更保险一些，起码不用深入人群中装腔作势。只要化好妆、布置好背景，打开美颜滤镜，再调快说话的速度，完全可以瞒天过海、大展身手。

于是他在网上自学了剪辑软件，又简单购置了一些入镜道具，照猫画虎地录制了几期视频，满怀期待地发布在了Q站上。

结果喜忧参半。喜的是，自己的身份并没有被识破，甚至演技更加出神入化了；忧的是，视频内容并没有引起什么水花，每条不过一两千点击量，后台分账的任务也从未达成。

他没再坚持。因为做视频太累了，而且回报率比中彩票还低。与其如此大费周章地碰运气，还不如找个普通工作养活自己。

有一天，他通过新闻知道警方抓获的嫌疑人熊某已经进入移送审查起诉阶段。他心下稍安，觉得自己终于躲过一劫。而此时他已经用艾如的身份租了一间楼房，并且做了一份超市导购的工作，如果现在把性别转换回来，衣食将再次没有着落，所以当下也只能先硬着头皮继续扮演女人，等攒够一些钱之后再做打算。

就这样过去了半年，他攒了一万块钱，正打算离开此地，恢复男儿身，到一座三、四线小城市重新开始的时候，刷到了一条晴天霹雳的新闻。

因为证据不足，熊某被判无罪。

新闻很短，但多少也公布了一些庭审内容。从中他才知道，原来法医在田英敏的脖子伤口里，竟然还提取到了一组暂时难以拆分的混合DNA信息，其中一条DNA信息属于另一名男性，所以存在着凶手另有他人的可能性！

他意识到了事情的严重性，抖着手关闭了电脑，默默点燃一支烟。那一刻心里长期压抑的苦楚变成了憎恨，他恨老天为什么总是不放过他，恨命运为什么总要把他逼到绝境。

但是恨老天和命运没有用，还不如恨警察。

明明就是那个熊某骚扰的田英敏，把她搞到那种地步，也害得他慌乱中误杀了田英敏。熊某是根本意义上的凶手，怎么还能被无罪释放？

他又不可避免地联想到了姐姐。为什么在这个世界上，流氓恶棍总能逃脱法律制裁，而受害者和无辜者反而要为他们的恶行买单！

他一怒之下，重新打开自己的Q站账号，瞪着血红的双眼制作了那期抨击警方办案不公的视频。他尽可能地把自己置身事外，用貌似客观公正的立场发表了一些很有煽动性的言论，自认为戳到了警方的所有痛点。做完发布，一气呵成，他便带着一肚子的委屈倒头睡去。

第二天一早他便有些后悔。毕竟自己身份敏感，在这个当口发出这种声音，说不定会引来警方的怀疑。但没想到当自己打开平台的一瞬间，他又愣住了。

视频火了。

身为一个新人UP主的他，第一次尝到了蹭上热点的甜头。评论里整齐划一的支持，私信里无数的加油鼓劲，首页的热门推荐，甚至是日以千计的网友投币，都让他一时间忘乎所以。

警方为了平息舆论，被迫进一步发表声明，却再一次引发热议。那天他完完全全化为了全网追捧的正义之士，一天之内涨粉十万，"自来水"源源不断。尽管没有达到让警方对熊某重新抓获审理的结果，但自己也没有受到任何官方的干预。他忽然觉得，老天并没有给他关上所有的窗户。

常年无依无靠，让他觉得自己一定要抓住这个也许能改变自己命运的机会。他要继续做下去，在这个时代，无论以何种方式一朝成名，都是极其宝贵的财富。

艾晖还沉浸在自己从一个穷途末路的逃犯逆袭成Q站新星的讲述之中，也许这才是他表达的重点。他愤懑的眼神中忽然跳跃出的光亮告诉我，这一段经历尽管错位而扭曲，尽管背后藏着令人错愕的真相，但他确实从中汲取到了利益。他甚至明白了一个道理，上帝虽然给每一样人间礼物都标好了价格，但只要尝试接受、承受和忍耐，你便能涅槃重生。

他看着镜子，感慨万分。

我不顾浑身的疼痛，忽然一跃而起。

那张卡片磨开胶带的过程虽然漫长，但还算顺利。后来我才知道，那是李凡尘曾经硬塞给我的工资卡。

3

艾晖一时不备，冲上前来与我厮打在一起。不愧是练过武的，搏斗中我几乎没什么还手之力，被他一记勾拳打翻在地。

我眩晕片刻，竟然没有感到疼痛。随后他狰狞的面孔悬在我的额头上，狠狠说道："我还没有讲完。记得我跟你说过吗？一个人最痛苦的就是无法做自己，看到自己喜欢的人既不能表白，也无法表达。但是我尽力了，你难道感觉不到吗？我给许光家赔偿款的时候，对你袒露身世的时候，向你播放那段影片的时候，你难道就没有一丝丝感动吗？你看不到我心里的善良吗？你太让我失望了，你和外面那些警察是一样的，你们只会为了仕途丧失人性，只会欺负那些被逼得无路可走的好人！"

我浑身冰冷却怒火中烧："你杀了人，还是两个，现在我的同事还躺在外面，如果不去救他，就是三个！把你挫骨扬灰也换不回他们的命！"

他咬着牙，声音也邪行地走了形："你错了，是四个。如果连你也觉得我是坏人，那我索性就成为一个坏人。我也谢谢你能让我下定决心！我再送你上一次头条怎么样？'知名网红枪杀警察''被网暴女警命丧软件园'，够不够劲爆？"

"你疯了！"

"我没疯！因为从明天开始，这儿的一切都跟我没关系了。"他说着双颊耸成了一个僵硬而铁青的凸起，"明天开始我又可以做我自己了，浪迹天涯，但我起码还能活着。"

我使劲挣脱，却困于他巨大的蛮力，始终无法动弹。

"反正钱也挣够了，我取了整整一个行李箱的现金。现在我想的，就是怎么能够把无视我又背叛我的人慢慢地折磨死。徐闪星，你应该知道的，能够多喜欢一个人，就能有多恨一个人！"

这句话猛然提醒了我，他现在是一个男人啊！我拼尽全力把右腿的膝盖使劲顶到他分开的裤裆。

伴着一声彻骨的惨叫，我摆脱了他的控制，一个鲤鱼打挺冲向了屋外。

大厅里没开灯，我借着化妆间里散发的微弱光亮找到了刚才那个口播工作区，看到了躺在地上的翟忆山。他的胸前已经被血迹浸透，双眼紧闭。那一刻我差点哭出声来，万万没想到那个总是生龙活虎的翟忆山会以这种血腥而凄惨的形象出现在眼前，更令人抓狂的是，在难以控制的时间的流逝中，我却束手无策，完全不知道该怎么施救。

难道他已经是一具尸体了吗？我想都不敢想，克制住浑身的疼痛和紧张，在他口鼻间测试了呼吸，却得不到一个确定的结果。忙乱中我又摸了摸他的手腕，谢天谢地，好像还有热气，脉搏也若隐若现。

化妆间里传来动静，我强迫着自己保持冷静，在四周寻找着自己的手机。就在怎么也找不到的时候，我赫然发现翟忆山的另一只手里攥着手机，刚要拿过来的时候，就听见身后传来一句冷冰冰的警告："别动。"

我绝望地转过头，看到了黑暗中艾晖散发着荧光的双瞳。那是我第一次知道，原来人的眼睛也能像野兽一般在黑夜中发出刺眼的光。

他的眼睛下方，是那个决定我生死的枪口。

"就这样吧，徐闪星，我说得再多你也听不进去了，很荣幸能陪你度过生命里的最后一刻，希望死亡能让你反思，至少能给我一个起码的尊重。"

空气骤然降温，寒气将我猛烈包裹。濒死的体验让我想一跃而起地发疯，歇斯底里地尖叫，满屋乱窜地呼救，但不知为何，我什么也做不出来。思维的活跃与神经的麻木形成了绝望的反差，原来生命的尽头，只是一个心如死灰的等待。

我，徐闪星，女，二十八岁，父亲叫徐增凯，母亲叫王淑玲，微信里有很多不想示人的聊天记录，相册里藏有上千张独处一室时春心爆发的自拍照，各种社交账号里还偷偷关注着众多帅哥网红。我没有当成刑警，也没来得及兑现诺言，没机会过年回家给家人做一顿年夜饭。

但是这所有的一切都要戛然而止了。

恐惧在不可逆转的局势下，已经带不来任何紧张，而是变成了一份单纯的留恋。即便是留恋，在短暂的等待中也是极其奢侈的。甚至在来不及感知这些情绪时，我的泪腺就开始爆发，看起来一定可怜到了极点。

枪口并没有因此低垂，反而进一步瞄准了我的脑门。

"砰！"

4

恍惚中，我觉得自己的肉体已经消亡了，只空留一份意识尚在人间。在这种气息奄奄的恍惚中，我听到大门处稀稀拉拉地传来一阵玻璃破碎的声响。扭过僵硬的头颅，我看到零七八碎的大门口有个人影背光而立，双手举枪、全神戒备，一动不动地看着我们！

是李凡尘。

艾晖看了李凡尘两秒钟，毫不犹豫扣响了扳机。

又是一声炸耳轰鸣，我反应慢了半拍地扑了上去，却被艾晖一把甩开。随后他端着枪冲向门口，此时灯光大亮，大厅内的狼藉一览无余。李凡尘打开开关后，在玄关墙角处冒了一个头，又迅速闪到墙后。

艾晖端着枪不敢回身，一步步向他的方向迫近。

"徐闪星，躲起来！"李凡尘大声叫道。

我受到了莫大的鼓舞，不知哪里来的一股蛮力和意念，把翟忆山使劲拖到了旁边一间办公室。屋内四面空墙，只摆着几张电脑桌，在惨白的灯光下了无生气。我把屋门反锁，用尽全身力气把翟忆山拖到墙角。这时我才看到他的右胸前的衣服竟然破了好几个血洞，血液还在流淌，把衣服浸得又脏又黏。令我欣慰的是，在挪动的过程中，我听到他若有似无地哼了一声。

我一时又喜又惧，轻轻拍他的脸颊，叫他名字。

他眼睛没睁开，但嘴唇动了动，好像在说什么。我赶忙趴下来紧贴到他耳边，生怕错过一个字。

他说疼，上不来气。

我跳起来在屋内翻找，终于在一个抽屉里找到了一卷清理用的软纸，堵在了他的伤口处。看到那纸和自己的双手迅速变红，我又没了分寸，语无伦次地说道："没事了，很快就没事了，你再坚持一下，咱们马上就去医院！"

他眼睑微睁，眼球反射出难得的一丝光亮，有气无力地说道："我要是死了，你能不能也给我写个事迹报告？就像许光那样的。"

我鼻子一酸："你说什么呢，你死不了。"

"一定得比那个还感人啊。"

"别瞎说。"

"你跟许光都不认识，都能写得那么好，咱们之间有那么多回忆呢……"

我紧握双拳，克制着浑身的颤抖。

这会儿外面传来一阵剧烈的响动，我预感不妙，刚要起身到门口查看，忽然灯光全灭，整间屋子又陷入了黑暗。这一次是彻彻底底的黑，伸手不见五指那种，应该是谁把电闸关了。

李凡尘的情况不容乐观。

紧接着，是无比压抑的静默。我甚至能听到不远处翟忆山艰难的呼吸声。

李凡尘呢？

迟来的神经反应令我浑身酸疼无比，额头被艾晖砸中的部位撕拉着神经，好像要自动从皮肤上脱离开来。

轻轻打开房门，我强忍着头昏脑涨，蹑手蹑脚地往外走。强烈的求生欲告诉我不能坐以待毙，要么帮李凡尘解决掉艾晖，要么赶紧向外界求援。但是具体要怎样做又完全没有章程，只能在摸索中伺机前行。我甚至不知道李凡尘现在是否安好，他平日里温顺可爱的样子，此刻反而令我格外揪心。对方可是一个有两条人命在手的凶犯啊，他能抵御这种近乎癫狂的攻击吗？

忽然前方传来一阵剧烈的响动，好像有什么东西被碰撞得散落在地。慢慢适应黑暗之后，我借着窗外的月光，看见两团黑影缠打在一起。

两人的枪似乎都掉落了，变成了难解难分的近身肉搏。

"跑！"

一个被逼到墙角的身影大声喝道。

我被吼得头皮一麻，赶紧朝着大门外微弱的光线跑去。途中还被一把椅子绊了个跟头。身后的动静由远及近，好像是艾晖追了过来。紧接着李凡尘又喊了句什么，我挣扎起身，看见后面不远处一个人压着另一个人，好像已经取得了绝对优势。

我惊恐极了，喊道："李凡尘！"

上面的身影朝我回头："快走啊！"

我稍微放心了些，刚要采取进一步行动，又听见艾晖的声音传来："李凡尘？你就是那晚给许光打电话的人？"

"你说什么？"李凡尘的声音。

艾晖惨笑道："我对这个名字太有印象了，八月十九日那天晚上，在那个小胡同里，许光手机屏幕上一直出现的就是这个名字。你给他打了好几个电话吧？可惜他扒拉半天也没够到手机啊。"

李凡尘倒吸凉气："当时你就在边上？"

"是啊，我还想这个打电话的人够执着的。"

"你就一直在边上看着吗？没有救他吗？"

"可惜啊，要是他弄晕熊峰后，自己也晕过去就好了，但他偏偏醒着，还看见我掐死了熊峰，要我怎么救他？是你你会救吗？"

又是一阵令人窒息的狂笑。

原来当时许光只是把熊峰掐晕了过去，真正杀死熊峰的，是艾晖！

李凡尘声音颤抖："所以，你就在旁边看着他流干了血，什么都没做，是吗？所以耽误了那么久才报案，是吗？"

艾晖收住笑："你以为我愿意吗？我到现在都记得清清楚楚，他的脸枕在一地的血液里，嘴里不断地呛血，想说什么都说不出来，一开始那么充满希望地看着我，然后希望变成了惊讶，惊讶又变成了绝望……我真的挺遗憾的，如果我是他，下辈子绝对不会再义无反顾地去救一个跟自己毫无关系的陌生人。"

我浑身颤抖地听完这些，只看到李凡尘整个人一僵，身体里好像有什么力量破除了封印，他发出了如雷贯耳的叫喊。

那声音嘶哑和剧烈到极点，仿佛野兽在濒临灭亡前吼出的悲鸣，要把所有的控诉和愤恨一泻到底。我不敢相信那声音是从他那副少年般的躯体里发出的，它让我想到了末日！

此时艾晖双手得空，好像抓住了地上的什么东西，使劲一扯，李凡尘身边的一样巨物忽然倾斜，砸在了他的头顶。好像是一顶高大的补光灯。

李凡尘跌倒在地。艾晖猛然起跳，朝着屋里某个方向迅速跑去。

此时窗外忽然由远及近地传来了急促的警笛声，好像有大批的警车浩浩荡荡地开进院里。那种警笛声我平日里早就听麻木了，此时骤然响起，却令我热泪盈眶！

然而太迟了。只见艾晖手中重新举起那把掉落的猎枪，朝着地上的李凡尘说："不要怪我，你们逼得我没法回头了。"

一声枪响。

艾晖的身体先僵后软，缓缓倒地。

尘埃落定，李凡尘在灰色的月光中惊诧地看着我。

我手中举着刚刚跌倒在地时无意间摸到的手枪，整个人像打了石膏一般，半天都动不了分毫。

我，徐闪星，最后一次摸枪还是在大学毕业的射击考试时。当时是补考了一次才勉强通过的，记得当时警体技术老师还安慰我，女孩子当警察，有过这一次体验就足够啦，以后做好后勤工作，照样能给一线贡献力量。

从那以后的从警生涯中，我都不敢去报考持枪证。我害怕周围人用异样的眼神打量我这个搞宣传的女警，害怕动摇自己坚定的刑警梦，害怕玷污了自己英烈后代的身份，害怕回到家被妹妹揭短和耻笑。

　　所以在如此万籁俱寂的狼藉中，我几乎分不清自己刚刚做了什么，如果那是出于主观的意识，那一定是被别的灵魂附了体，帮我射出了这千钧一发的一击。也许是我爸，也许是许光，当然，也有可能是某个平行世界中，那个已经成为叱咤风云的女刑警的自己。

　　我哭了出来。

第三十章
真相

1

翟忆山被推出手术室的时间是晚上十一点半。医生说还好凶器是霰弹枪，只打中了右胸和肩膀。最深的猎弹贯穿了肺叶，形成了血气胸，如果再晚个十分钟送医的话，哪怕不失血过多，也会窒息致死。医生进行了压迫止血和闭式引流，又取出了体内的所有猎弹，才让他脱离生命危险。只不过是全麻手术，还要等几个小时才能苏醒，醒来后也要卧床休养一阵子。

我瘫坐在走廊的塑料椅子上。看来老天也不是那么不近人情，没有让一个无辜的人去承担这份恶果。

只不过有点难过的是，刚刚我看见了翟忆山的妈妈，就是那个刚刚退休没两年、曾经活跃在派出所一线的精干女人。她一直对我没什么好印象，尤其是有一次翟忆山把我带到家里吃饭，我对她的阴阳怪气予以反击后，她就更不想见到我了。如今在这种情况下重逢，她自然不会有好脸色。所以等翟忆山的情况稳定，并在家人护送下进入了病房后，我就一个人走出了医院大楼。

很多人都在一楼门诊大厅等消息，包括翟忆山的各级领导，还有刘茂桐等好友。大家纷纷询问我他的状况，以及事发时的各种细节。从他们惊讶和好奇的表情中不难看出，一个在逃多年并且身背数条人命的凶犯被我一枪爆头，是一件多么魔幻的事情。于是我也不厌其烦地跟他们反复解释，是李凡尘的及时赶到才令我们有了反扑的机会。这会儿我才知道，李凡尘之所以能够准确地找到我们，是因为翟忆山在受伤后用尽最后的力气，忍着剧痛给刘茂桐发送了实时位置，并且告诉他嫌疑人身上有枪。

我忽然觉得翟忆山远远不是我想象中那个混日子的小警察，感动之余，想想自己去软件园之前的志在必得，心里万分羞愧。

这会儿有几个自称是市局刑警队的人找过来，把我带上他们的警车，给我做了一份简单的询问笔录。他们说关局刚刚离开，走之前还嘱咐他们，做完相关工作后一定把我送回家。我问他们，李凡尘呢？他们互相对视了一眼，告诉我李凡尘状况不太好，再加上受了点伤，在医院进行处理后已经被他的同事接走了，他们准备改日再对他进行询问。

走下警车，我发现空荡荡的停车场角落停着另一辆警车，车边有一个熟悉的身影在等着我。

是王铁莹。她穿着一件鼓鼓的工装羽绒服，头上戴了一顶线帽，看上去已经在寒风中站了许久。这时我才如梦初醒地想起来，这半天，她好像一直在陪着我。

我在那间充满血腥味的房间里开枪后，最先冲进来的是她和曾竹，紧跟其后的，是很多荷枪实弹的特警。刚刚还死气沉沉的房间里一下灯光大亮、人头攒动，无数人忙进忙出，对翟忆山实施救援，测试艾晖的生命体征，对现场枪械进行清缴。我被人拉到角落里问了很多问题，但当时就跟做梦似的，我早就忘记发生了什么，只能凭着手腕上被手枪后坐力带来的酸痛感知到自己还活着。

我听到有人说，她在流血，先去医院！

恍恍惚惚中我被王铁莹带离了现场，坐上一辆车，走进这座医院，又坐到了某个根本想不起样貌的医生面前。医生问了我几个问题，给我做了核磁共振，又给我的额头上贴了胶布。这个过程中我好像恢复了一些神志，不断询问翟忆山的状况。王铁莹又把我带到四层的手术室门口，陪我一起坐着，共同等待着里面随时可能传出的消息。

直到一切尘埃落定，我都没有再见到李凡尘。

王铁莹在夜风中看着我，一如既往地面无表情，只说了一句很像是结束语的话："我送你回家。"

我问她："李凡尘呢？"

"他情况不太好，已经先走了。"

"不太好？怎么不太好？"

"好像受了点刺激，问什么都不说话，申队把他接走了。"

"申队？申队回来了？"

"嗯。"

我一阵钻心的难受。李凡尘一定是被艾晖描述的许光临死前的惨状深深刺痛了。就如同我们第一次登门拜访"艾如"工作室，看到那段"艾如"披露案发经过的影片时那样，他接受不了许光死得那样痛苦，尽管事情已经过去了几个月，但他仍然走不出阴影。

在路上，王铁莹断断续续告诉我下午李凡尘那边发生的事情。

李凡尘先是按照我的说法，到市局找到了关谨天。那间办公室里除了关谨天，还有耀安刑警队的薛队和几个办案的同志。他们早就做好了相关的问话流程，开门见山地问了李凡尘有关那串血吊坠的事。李凡尘先是陷入了短暂的沉思，然后给出了一个完全在他们意料之外的答复。

他说田英敏案发三个月后的一天，自己忽然接到了田英敏房东的电话。之前那个房东已经找了他好几次，大意就是说田英敏在他的房子内遗留下了大量生活用品，一直没有家属来取。李凡尘曾经让他找小倩解决，但小倩也迟迟没有去处理。就这样拖了几个月，房东觉得耽误了房子出租，于是干脆打包了一些看上去还值点钱的遗物，直接拉到了公交刑警队。

房东看见出来迎接的李凡尘后，不由分说地从车上抱下几个纸箱子，丢下一句"由你们警察保管最稳妥"后便绝尘而去。李凡尘阻拦不及，只得焦头烂额地给在外办案的许光打了电话。许光回来后和他清点了箱子里的物品，发现里面除了几张不知道余额的银行卡，还有几样难辨真假的手包和首饰。公安局也没有寄存遗物的机构，许光只能央求队里的案管组大姐，把那些东西暂时放到了证物室封存。

后来许光又给田英敏的哥哥打了电话，催促他们赶紧过来领取遗物。那男人可能嫌麻烦，问许光能不能给他们寄到老家。许光说不行，你还得写领据呢，不领我们就销毁了，东西是其次，主要是里面有几张银行卡，你们可以去银行办理一下继承手续。

男人听说还有钱可以继承，一周后就赶到了崤城。许光、李凡尘和王铁莹看着那一脸市侩的男人和老婆在几个大箱子中挑挑拣拣，最终搬走了所有东西。他们一行人走过刑警队的院落时，一条项链从箱子的开口中掉落下来。男人要捡，女人朝地上瞥了一眼，说又不是金的，要它干吗？拿回去也是占地方，赶紧走吧。

李凡尘在他们身后觉得有点悲哀。一个女孩没了，她生前可能万般爱惜的宝贝仅仅剩下了对至亲而言的物质价值，真是可怜至极。于是他默默地捡起了那条粉红色的项链，放进了裤兜里。

许光回头看见了这个瞬间，没有说话。

但李凡尘也不知该如何处理那条项链，烧掉恐怕不妥，也无法进田英敏的坟墓陪葬，于是便放到了自己宿舍抽屉的最下层，再也没有拿出来过。

直到两年之后，已经去了派出所并且和自己鲜有联络的许光突然给他打了电话，问他那条项链还在不在。李凡尘当时觉得有点奇怪，怎么许光突然想起了这件事？许光告诉他，小倩最近突然找到自己，说田英敏的男友来到了崤城，想拜托他问问田英敏还有没有遗物在这边，想留个纪念。许光直言不讳地问早干吗去了？小倩无奈，只得跟他说了当时田英敏案发前的尴尬处境，她那个男友一直怕引火上身，不敢来崤城给女友善后。现在风声已过，男友心里一直放不下，就想着过来给田英敏扫墓，顺道取回她的一些遗物寄托哀思。

许光也有着失去爱人的痛楚,所以对这种事还算理解,想来想去,遗物中也许只剩下李凡尘捡回的那条项链了,便约了他见面。

但当时俩人交接东西时远没有许纯给我讲述的那样和谐,甚至一见面就发生了龃龉。

李凡尘当时已经和许光半年多没有联系,心里还挂着劲,压根就没想着好好跟他吃顿饭,而是直接把项链放到桌上,说了句:"那我先走了啊。"

许光倒是不计前嫌,倒了两杯啤酒说:"坐会儿呗。最近干得怎么样?"

提到工作,李凡尘心里虚了半分,也正因如此他更要表现得若无其事,便也坐下了,很事务性地看着许光:"挺好的,你呢?"

"那就行,当时我跟申队打了包票说你没问题,我还怕打自己脸呢。"许光笑了笑,一看就是逗着玩。

李凡尘却更别扭了:"多谢啊,记你一辈子。"

"吃饭吧。"

"不了,还上着班呢,不比你们上二休一。"

"那行。"许光想了想,又嘱咐一句,"这事保密啊,小倩不想让别人知道她还掺和这件事呢。"

李凡尘心想,过年发拜年微信都不回,现在有求于人还吆五喝六的,于是冷冷应道:"行,就这事吧?后续不会再有什么了吧?"

"啊?"

"没什么,大家都挺忙的,我这趟还是请假过来的。"

"行吧,谢谢。"

正说着,李凡尘看见对面许纯从餐馆门口进来了,赶忙装出以前的模样笑着和许光说话。

事情就是这样。关谨天等人却不大相信,问他:"既然是这样,你难道不知道那项链是血吊坠吗?"

李凡尘说:"我知道啊。"

"你难道不知道许光会拿它干什么吗?许光也没有跟你讲过?"

李凡尘匪夷所思地看着众人："许光会拿来做什么？那种血吊坠里，装的不应该是恋人的血吗？许光会拿着装有田英敏男朋友血的吊坠做什么？"

众人哑然。所有人忽然意识到一个问题，如果李凡尘说的是真的，那么那条项链里的血，压根就不是田英敏自己的血，而是骆臻辉的血！

大家半信半疑地看着李凡尘，一时没人发问。反倒是李凡尘觉得事情有些不大对头了："你们……找我来就是问项链的事吗？那个项链出什么问题了吗？"

薛队想了想，问道："你后来见过那个自称是田英敏男朋友的人吗？"

李凡尘摇摇头。

关谨天沉默片刻，说了一句很公事公办的话："你说的这些，有谁能给你做证？"

李凡尘并不介意，认真答道："当时我们清点田英敏遗物，以及她哥哥来崤城领东西的时候，王铁莹都在旁边，你们可以问她。"

随后关谨天让人叫来了王铁莹，也正因如此，她才知道下午在那间办公室里发生的事。

王铁莹被问话期间，薛队接到了小苏的电话，说找到骆臻辉了。

2

骆臻辉跑到了西安。西安警方通过崤城警方的网上布控，在当地一家网吧里找到了他。经过询问，骆臻辉承认了自己曾经在两年前，用Q站私信的方式和"艾如"取得了联系。当时他在网上看到了对方发布的抨击警方办案不力的视频，便以普通网友的身份发私信表示声援。当时"艾如"还回复了他，两人一来二去地聊了聊，可能是"异性"相吸的缘故，骆臻辉还说出了一些很逢迎的内容，比如自己是田英敏的生前好友，她生前是个好姑娘，等等。

但是也仅限于此，后来两人便断了联络。直到两年后，也就是今年的五月，"艾如"忽然给他发来了私信，又跟他聊起了田英敏。此时"艾如"已经是公认的网红，骆臻辉深感意外，也有点受宠若惊。两人义愤填膺地谈论了凶手依然逍遥法外的无奈现实，再加上案件已经过了两年，他也没再避讳自己田英敏生前男友的身份。

没想到这正中"艾如"下怀，过了两天"艾如"忽然又问他，愿不愿意为自己死去的女友报仇。现在有一个机会摆在眼前，"她"可以让当时逃脱制裁的熊峰被绳之以法。

尽管此时骆臻辉对"艾如"是百般信任甚至崇拜的，但还是很迟疑地问道："要怎么做？"

"艾如"的回复很简单："来峬城，我出路费，咱们面谈。"

骆臻辉就来了。当时他心想，哪怕是不做，也要一睹网红的尊容。

见到"艾如"后，他也得知了对方的计划，就是将熊峰引诱到某处，击晕之后调换其身上的手串证据，他只要以路人的身份见证和协助一下就可以。骆臻辉很不解地问："你是怎么得到那条手串证据的？"

"艾如"悠然自得地一笑，说："我从来不打没把握的仗，这一次，有警察帮我。"

"她"就给骆臻辉听了那段许光的录音。

尽管如此，骆臻辉还是不太敢相信。警察凭什么冒这种风险，去给一起陈年旧案翻案？"艾如"便打开手机网页，给他看了一条去年的新闻。新闻上说，玉龙桥地铁站的区间内发现一具女尸，经现场勘查发现，死者是被早班通行的地铁列车撞死的。

骆臻辉皱眉看了，不解其意。

"艾如"盯着他说道："这位死者，就是这个警察的未婚妻。她生前遭遇了熊峰的跟踪，而这位警察，就是办理田英敏被杀一案的主办民警。因为这件事，他的爱人死了，事业也毁了。"

随后"艾如"又给骆臻辉大致讲了这里面的恩怨，令其大受震撼，他甚至表示能不能见一见这位警察。

"艾如"却说："绝对不行，如果想要计划顺利进行，你们之间就不能有交集。你可以考虑考虑，熊峰只有最近戴了那串案发时戴的手串，过一阵他可能就不戴了，机不可失啊。"

见他仍犹豫，"艾如"毅然决然地说道："我并不认识田英敏，我只是一个稍微有点影响力的普通女性，第一时间敢于为她在网上发声，也目睹了熊峰是如何逃脱法律制裁的。我只是想为田英敏做点什么，因为我想，如果所有人都对此无动于衷，那这个世界就真的面目可憎了。"

骆臻辉感动地点点头，但仍没有当即同意。

第二天，他找到了小倩，要到了田英敏的墓地地址，去给她献了一束鲜花。随后又问小倩田英敏还有没有遗物在峭城，自己想留个念想。小倩含糊其词地应承说帮着问问，两天之后，给了他一条曾经警方代为保管的田英敏生前的项链。骆臻辉手握着那条血吊坠项链哭得撕心裂肺，项链他和田英敏曾经人手一条，互相填充着彼此的鲜血。自己的那条早就遗失不见了，而田英敏这条还完好如初。他忽然觉得自己真是个王八蛋，在她最需要自己的时候，自己却因为胆小懦弱消失了整整两年。

次日，他找到"艾如"，说自己愿意做这一票。

而他之所以愿意向警方大方承认这些，是因为他其实根本没有做成。在实施计划的当晚，他因为遇到了警察巡逻盘查，错过了到现场协助"艾如"的时机。他只是在后来的新闻中看到熊峰和一个路过的警察同归于尽，现场异常惨烈。

他有些难过，也由此更加钦佩那个牺牲的警察，和甘愿为此献身的"艾如"。后来他还在网上看到了那个牺牲民警的事迹报告会，从牺牲民警同事的口中知道了他是一个多么优秀的人。尽管"艾如"事后联络他,让他迅速离开崤城,但他还是等到两个月之后才走。

因为十月十六日是田英敏的生日,他想去墓地陪陪她。

也正是那一天,他在扫完墓之后,偶遇了在路边抽烟的李凡尘。他忽然发觉这个人好像是他在报告会视频里看到的许光的同事,于是想都没想就上去搭了话,不过确认之后他又觉得自己唐突了,于是只能深表敬意地鞠了一个躬,然后匆匆别过。

骆臻辉交代的内容大致就是如此。关谨天和薛队一字不落地听了,基本可以确定李凡尘并没有说谎。薛队的手下还在研究怎么找彭亮亮问话的事,李凡尘却坐不住了,反复问关谨天他们到底查到了什么,才如此大动干戈。关谨天这才把"艾如"告诉我的内容对他复述了一遍。

此时已经是下午五点。在我那边,艾如已经变成艾晖了。

李凡尘大感不妙,他可能猜到以我的性格,一定会去找"艾如"弄个水落石出。所以他赶紧给我打了一个电话,叫我不要轻举妄动。然而就在电话里,他听到了那声惊天的枪响。

3

我回到了自己的出租小屋,本以为会失眠,结果一觉睡到天明。

将近一周没有回来了,我躺在床上瞪着天花板。这几天发生了无数事情,我与很多人的关系也发生了转变,想好好地理一理,却发现脑细胞根本不够用,好像那些事情已经固化成一个质变的结果,没有任何转圜和重塑的余地。

我有些难过,因为李凡尘也在这个范畴里。我翻开从案发现场找回的手机,果然没有发现他的任何消息。

我甚至一度以为他的消息被淹没在了无数的未读信息里。这种信息爆炸的场面我已经见怪不怪了,自我从被网暴的那天起,未读消息就压根没有清空过。今天一早忽然又涌入了好几十条,想必是车厢女警的话题又被某个题材匮乏的博主重提了。

我没有理睬,想着要不要给翟忆山打一个电话,问问他苏醒没有。这时我的房门忽然响起,打开一看,是那位神龙见首不见尾的室友小姐姐。她连睡衣都没来得及换,一手举着手机,一手使劲敲着我本就酸痛的肩膀:"哎呀,你看新闻没有?说是大网红'红叶疯了'是个逃犯,昨天晚上被一个徐姓女警察击毙了,还说这个女警察是前一阵那个车厢女警,亲爱的,是你吗?"

我一怔,她这会儿才看到我头上的伤口,一下子豁然开朗:"真是你啊?"

然后她迅速和我并肩站好,啪地来了一张自拍。

我说:"你干吗?"

她埋头操作手机:"能干吗,发朋友圈呗。今天这可是头版头条,你不知道,微博上都炸了,'红叶疯了'可是顶流,比你车厢抓流氓不知道劲爆多少!"

我伸手阻止:"别瞎发。"

她跳到一旁,头也不抬:"我得让我的同事们看看,我和一个会打枪的女警察住在一起,看他们谁还敢招我!"

然后她竟然还忙里偷闲地问我:"把人打死是怎样一种体验?"

我陷入沉默。到底是什么体验呢?我几乎忘了那个经过,只依稀记得,自己甚至都没有时间仔细摆姿势和瞄准,也压根没有注意到艾晖中枪倒地的一瞬间。如果那一枪打偏或者是空弹,我都没有任何求生的备选项。可能放手一搏和深思熟虑的区别，就是老天有着充分的操作空间吧。但现实总是简单粗暴的，艾晖最终命丧我手，他的死和我的生，已经有着不可割裂的因果联系。

尽管我压根没敢看一眼艾晖的尸体，但我知道，自己不可逆转地在他脑袋上制造了一个血洞。

我杀了他，虽然他是一个凶犯，但是那种感觉还是分外沉重。我甚至想到，以后等我到阎王爷那里报到时，小鬼会不会在我的生死簿上抹上一笔，注释我背了一条人命？

舍友小姐姐忽然一声怪叫，吓得我浑身一抖。

"哎呀，这张照片不能这么发，幸亏我删得快，我还没有洗漱化妆呢，你等等啊，我这就出来。"她乐呵呵地冲进卫生间。

我坐在床头回了几秒钟神，忽然觉得此地不宜久留。我是体会过媒体的狂轰滥炸的，所以要趁他们有所行动之前赶紧战略转移。好在酒店还没有退房，也不知道押金还够不够，有没有把我的行李扔到前台去。我也顾不了那么多了，草草换了衣服扎了头发，脸都来不及洗，就悄无声息地下了楼。

我戴着口罩像做贼似的往小区大门走，还没走几步就听见不远处有人叫我。我大感不妙，立即拔腿飞奔，却很快被对方从后面扯住了衣衫。

看见对方我愣了，叫了声："申队？"

好些天不见，申队瘦了些，眼睛还和以往一样贼亮，他上下打量了一下我，笑道："跑什么呀，PTSD（创伤后应激障碍）了吗？你不至于吧？"

"您怎么上这儿来了？"我觉得他形容得还真精准，那一瞬间我几乎以为是艾晖的鬼魂朝我追过来了。

申队朝身后的一辆小车竖了竖大拇哥："我给你拉东西啊，我们帮你把酒店的房退了，王铁莹帮你把东西收拾好，我过来这边办事，就给你拉回来了。"

"哦。"我紧张地环顾了一下四周，有些唯唯诺诺，"我先不在家住了吧，我准备住到单位宿舍去。"

"行，我送你。"

"没事，您先去办事吧。"

"办的就是你这件事。"

我一时无话，诚惶诚恐地跟他上了车，看着窗外一闪而过的各种景观发呆。那一刻我甚至在想，也许击毙艾晖并不是一件多么光彩的事，现在闹得这样大，自己又成了大家茶余饭后的谈资，那当初我怀疑许光做假案，并且暗地里帮助关谨天进行调查的事情也会一并曝光。我的未来的同事，也就是许光曾经的战友，以后会怎样看我？他们会不会像那天庄妍对我的态度一样，分外地嗤之以鼻？

我好像也没有什么理由辩解。因为现在只要想到许光，我就愧疚得感到压抑，只想找个没人的角落把自己藏起来。

心里乱极了，完全没有立功的成就感。

申队边打方向盘边问我："回分局是吧？"

我开始犹豫了，随后说道："先去医院吧，我想去看看翟忆山。"

"好。"

又是一阵沉默。

可能是气氛太沉闷了，申队打开了收音机，里面响起了迪克牛仔的《傻子的约定》。我记得这是一部电影的主题曲，电影讲的一位少年因为一起刑事案件突然离世，与他分别许久的父亲内心觉得亏欠儿子，通过和很多涉案人的沟通，逐渐还原出了儿子生前真实模样的故事。早年间我看完这部电影后并没有什么特别的感觉，现在突然听到这首歌，不由得回忆起了里面很多静默而满含深意的画面。尤其是那对父子再也无法相视的两双眼睛，一直在我脑海里挥之不去。可能生死相隔的悲剧内核，就是无论死者留下了多少谜团，都注定成为生者的自问自答了。

在听到那句"他还在告诉自己，坚持会不一样，流星会掠过擦亮他脸庞"时，我的眼泪流了下来。

我对申队说："对不起。"

说完这句话，我更恨自己了。草草地回顾了一下，我也分不清自己究竟是从哪里开始错的，忽然就很想道歉。也许过程真的不重要，重要的是，我做了一切想做的和能做的，却连自己内心的认可都没有得到。

身子异常沉重。如果说之前的网暴是一片雷电交加的恐怖氛围，这回的事情则更像是一个力量庞大的风场，把我吹到空中，让我飘摇不定，什么也抓不住。

可我真的想降落，哪怕摔死也行。

也许是发觉了我的低迷，申队很无所谓地看了我一眼："得了吧，你又没做错什么。要不是你，许光可能还会一直被人误解。"

我自嘲地上扬嘴角，看见玻璃外反光镜中的自己似是笑了，但笑得好丑啊，于是赶紧收住。

"看这个。"申队朝我摆了摆手机，屏幕上，是一串排在桌面白纸上的手串，"艾晖之前藏起来的手串找到了，竟然在警车后座的底座里，肯定是那天晚上去医院的路上塞进去的。所以你的消息还是准确的。"

我忽然想到一个问题："申队，许光虽然没有做假案，当初他为什么去找艾晖？"

一缕阳光打在申队脸上，让他看起来有些严肃。他没有很快接话，而是沉默了一会儿才说："李凡尘给你讲过丰凌那姑娘是怎样去世的吧？"

"说了，是被地铁列车撞死的。"

"实际上不是。丰凌的尸体被发现的那天，许光走后，我们从现场不远处发现了一团呕吐物，经过检测是属于丰凌的。通过对呕吐物和丰凌胃内未消化的食物的对比，法医发现那呕吐物出现的时间要早于丰凌死亡四个小时左右。也就是说，丰凌在案发那晚的凌晨就走到轨道区间里了。"

我有些意外："她是在地铁轨道上待了整整一夜？"

"是的。"

"为什么？因为出不了站吗？那为什么不去找工作人员求助？"

他答非所问："你知道地铁站地铁运行的轨道旁边，还有一条俗称'第三轨道'的线路吗，那是负责给地铁输送高压电的，夜间停运时，那条第三轨道是停电的，只有在早班车开始运行前，才会拉闸通电。后来法医通过尸检，还发现丰凌的脚踝处有电击伤。所以早班车在通过那座地铁站撞到丰凌时，其实她已经死了有一会儿了。"

是被电死的。我浑身汗毛一立："为什么会这样……"

"后来我们就分析，丰凌她可能从来就没想过出站。她当时喝了酒，在卫生间睡着后，出来后发现地铁封站了，于是就想出去透透气，她走到区间里，坐了下来，把双腿搭到了旁边的第三轨道上。当时第三轨道已经断电，所以一晚上都没事，但她就那样一直坐着，坐到了清晨轨道通电，一下就被电死了。"

我还是没有想明白，丰凌为什么自己一个人，在寒风中独自坐了一晚上？

见我一脸困惑，申队叹了口气："后来为了印证我们的想法，我们又去找了案发前一晚，和丰凌在酒吧喝酒的同事。那个女孩子告诉我们，丰凌对于父母强行拆散她跟许光感到特别绝望。她没有办法，只能想到用怀孕这个办法让父母改变主意，听上去虽然可能行得通，实际上她也承受着巨大的心理压力。一方面她担心父母知道后会更加着急上火，另一方面她也担心万一计划失败，自己和许光就真的没了退路。她不想失去许光，但她也不想伤害家人，所以喝酒的时候哭了好几次。后来我们就想，也许那晚她坐在地铁轨道上，就是在思考这件事吧。"

怪不得当初李凡尘跟我说，丰凌的父母一直要告许光，直到看到尸检报告后才作罢。因为他们最终发现，对于女儿的死，他们也有着不可推卸的责任。于是尽管悲痛和不甘，也只能接受了事实。如此，他们便把那只金镯子退还给了许光，试图回避这段痛苦的记忆。

4

我眼前出现了这样一幅画面：静谧的夜晚，一个女孩远离城市光影，独坐在狭长而空茫的城际铁路上，抬眼看着漫天星空，似是满怀希望，似是陷入迷茫，似是心潮澎湃，又似是心力交瘁。女孩子这一生中，总会有一些时期会把爱情当作自己未来的全部，有时候这是一件幸事，有时候这又是悲剧的开始。

窗外冰雪消融，阳光普照。景象越美，我就越觉得不真实。如果我们每个人的际遇和这世界一样，都有着充满秩序感的四季变化就好了。那样一个人就不会因为过分悲伤而陷入绝境，因为她会明白，严寒过去必然迎来春天，只要把最冷的时候挨过去，就一定能看到万物复苏。而不是像我们现在一样，一旦遇到了什么磨难，都会担心将永远得不到解脱。

"许光知道这件事吗？"我问道。

"知道，后来我跟他说了。他调到派出所后，还找过我几次，说想查找一下熊峰之前被人举报的几起案件的同一性。你知道同一性是什么吗？"

我摇摇头。

"熊峰之所以能在前几次举报中脱身，就是因为那几起案件作为孤立的案件，都没有他违法的确凿证据。像这种地铁性骚扰案件，之所以证难取、案难办，都是如此。熊峰这种作案人也很清楚这一点，所以才会肆无忌惮地持续犯案。后来许光就跟我分析，能不能像办理刑事案件一样，查找这一系列案件的同一性，利用同一性把这些案件串并起来，来给熊峰的猥亵案定案。"

申队告诉我，简单来说，所谓同一性就是指在熊峰做过的所有案件中，提取相同的构成要素，比如都是在地铁空间、都是被陌生女性受害人举报、被举报内容都是涉嫌猥亵等等。以此来证明熊峰被举报绝不是偶然，他一定是有着惯犯的行为逻辑。但是想要核定这种同一性，就要对之前熊峰涉嫌的几桩猥亵案件进行重新梳理，申队便帮许光从相关派出所要来了那三起已经结案的卷宗复印件，并叮嘱他一定要秘密进行，小心行事。

许光针对三起案件的各种笔录和监控截图做了详细对照，写了一份条理清晰的同一性总结报告。然后他又想到，一旦真的把案件串并起来，肯定还要找三位报案女事主做一些补充材料，进一步收集一下这个方向的证据，于是他试图联系一下三起案件中的报案人。也就是在这个时候，他才发现调查的棘手之处，那便是三起案件中的两位报案人都已经不在崤城，很难再过来配合工作。另外有一位也已经结婚生子，不想重提此事，从而拒绝了他。

面对现实之后，许光和申队喝了一顿酒。

当时许光已经从之前的消沉和仇怨中走出来大半，和申队坐在一起也基本上能恢复曾经侃侃而谈的状态。只不过他身心上的阴影还是存在的，那就是绝口不提丰凌，也很回避一些曾经单位里的事情。好像对于那顿饭的目的很明确，就是要向申队好好请教，想办法找出能够给熊峰猥亵案定案的证据。哪怕最后只裁决他拘留一天，也要堂堂正正地把他关进拘留所。

说到这里申队扭脸看我："所以许光一直就知道熊峰不是导致丰凌死亡的人，他也从没想置熊峰于死地，他只是想把之前熊峰的那些地铁猥亵案查实，让他知道地铁车厢不是法外之地，也不是光靠耍无赖就能躲过法律制裁的。"

尽管当时申队对许光的使命感和意志力非常肯定，但是面对现实问题，还是认为很难继续推进。许光一开始并不认可，还在试图从各种角度寻找破局的方法，直到酒过三巡，申队很意味深长地问了他一个问题："许光，你现在这么执着于做这件事，仅仅是出于工作，还是带有个人情感？"

许光忽然从刚才的口若悬河中获取了片刻的宁静，定定地看着这位自己昔日的队长，渐渐绷起了表情。我记得李凡尘跟我说过，许光那张脸，笑起来显得又坏又浪，而一旦严肃，就有种让人胆寒的凌厉，甚至是凶蛮。

"申队，我也想问问您，警察破案，也要给出一个动机吗？"在酒精的作用下，许光的脸一片通红。

"我不是这个意思，我是怕你陷得太深。"

许光指着桌子上那份自己写的案件同一性分析报告："这上面句句都是依据事实写的，没有一个字是杜撰的。哪怕我陷得再深，又能出什么问题？"

申队一时不知该说什么。

许光又说："可能在你们看来，我现在做什么，都和以前那些事有关，好像我就只能活在过去了。连李凡尘都跟我吵，说我以前怎么剥削他。是你们带着偏见看我，这难道不是你们的个人情感吗？"

申队只得骂道："李凡尘真这么说了吗？这个小王八蛋，真是不知好歹！"

"他说什么并不重要，重要的是我做的这件事，哪怕真的有我的情绪在里面，但它难道不是我们警察的职责吗？谁都知道熊峰是那样一个人，你们应该想的，不是让我怎么放下那些事，而是怎样不让熊峰继续去犯那些错误，让地铁里遭受这种侵害的人少一些！"

许光掷地有声地说完，抬屁股就要离开。

"坐下！"申队抻脖子命令道，"去了派出所，别的本事没长，脾气倒越来越大了！"

许光重新坐下，沉着脸，瞪着桌上的剩菜一言不发。

申队忽然觉得面前的这个小伙子有点陌生，但与此同时，他又有了种甚至可以称得上是敬佩的感觉。这个小伙子再也不是刚刚到刑警队实习时，那个看什么都充满新奇、举手投足间亢奋得没有分寸的新警了。他思考与实践的东西，哪怕执拗、顽固，但确实是一个深刻的课题。作为警察，只要固守原则，只要实事求是，那么哪怕是真的带有一些自己的主观情绪，也没有什么可指摘的。

因为警察也是人，是感情动物，这种东西无法避免。

申队把弄着手上的打火机，看了许光一眼："还记得'五二一'案吗？"

"当然。"

"那起案子中，田英敏的脖子伤口处检测出了一组混合DNA信息，咱们之前一直拆分不了，最近我们听说北京成立了一家特别权威的法医工作室，由顶级专家轮流坐班，我们准备把那组信息送到那里去拆分试试。如果能够成功拆分这组信息，证明其中一条男性的DNA是检材污染，而另一条DNA就是熊峰的，那么就可以重新锁定他的犯罪证据。"

许光听了，眉头虽仍未舒展开，但还是略显欣慰地点点头。

两人碰了一杯酒，许光又说道："但我还是想做点什么。"

申队看着他有点老气横秋的样子不禁发笑："其实关于之前那些猥亵案，你要想继续查下去，还是有机会的。"

"什么机会？"

"熊峰做过的猥亵案肯定不止这三起，看看还有没有其他没有报案的受害人愿意检举他。"

第三十一章 告白

1

"后来呢？"我全神贯注地盯着申队。

"后来许光就再也没找过我。虽然我提的这个建议在原理上是成立的，但其实调查起来难度特别大。我也不知道他要怎样去查。直到昨天晚上，我在专案组听到了艾晖手机里录的那段他和许光对话的完整录音。我才知道，原来他是去找这个人求助了。"

那顿饭之后，许光思前想后，觉得只有一个人能够帮他找到那些没有报案的被侵害人，那就是网络上大名鼎鼎的"红叶疯了"。

许光的想法是单纯而务实的。"红叶疯了"曾经在网络上大放厥词，认为警方没有认真办理"五二一"案，导致嫌疑人熊峰逍遥法外。所以这个 UP 主至少从主观上是跟他站在同一立场的。如果"她"愿意利用自己的影响力，做一期视频呼吁那些曾经被熊峰侵犯过的女被害人觉醒，站出来一起指认他，那么熊峰犯下的那些没有被报警的猥亵案就能够浮出水面，自己对于熊峰作案同一性的排查也就可以以此重启。

于是他找到了"艾如"，并在一开始说了那段"她"给我放的录音里的那些话。

许光当然并不知道，他当时所面对的，正是杀害田英敏真正的凶手。

所以当时的"艾如"心怀鬼胎，先趁机问了一些有关田英敏案的问题，比如当时熊峰被抓获之后，为何没有受到法律制裁等等。许光耐心回答，告诉"她"案件的证据链出现了问题，缺少了能够证明他痛下杀手的直接证据。"艾如"又故作关心地问许光："那案子就真的冷掉不办了吗？你们没有后续的一些补救措施吗？"

许光告诉"她"："现在唯一的希望就是那组混合DNA的拆分，一旦送到北京权威的法医工作室拆分成功，田英敏案就会被重新立案调查。"

艾晖心里当时一定是咯噔一声，他很清楚这意味着什么。因为那组信息根本不是什么检材污染，而是夹杂着他这个真正凶手的DNA信息。如果这组信息被提取出来，经过全国联网的比对，多半是要和他在老家犯的那起案件关联上的。到时候不管是老家的警方还是崤城的警方，都会摸排出他艾晖的踪迹，那么他离灭亡也就不远了。

他当时并没有答应许光，只说自己需要考虑一下。然而背地里，他就开始酝酿怎么自救。

根据专案组的推测，艾晖一开始可能想要杀掉熊峰，以此一了百了。于是他运用自己媒体人的优势，通过各种手段找到了熊峰的所在地，并开始寻找下手的时机。也正是这个时候，他通过非法途径购买了猎枪，但动手之前他又犹豫了，他发现直接灭口也存在着莫大的隐患，而且可能把状况搞得更糟。

首先他没有把握做成完美犯罪，其次就算是能够瞒过众人，恐怕也会招致许光的怀疑。毕竟许光刚刚跟自己筹谋过怎样对付此人，转眼间这个人就突然被谋杀了，自己怎么脱得了干系？

多年间逃亡和伪装的经验告诉他，绝对不能贸然行事。一边是油滑的老流氓，一边是刑侦经验丰富的年轻警察，两者还存在着错综复杂的对立关系，他搅在中间，一旦露出什么马脚，反而会弄巧成拙。

那么能不能有一种方式，合法合理地坐实熊峰杀害田英敏这件事呢？这样最好不过，只要赶在那条混合DNA信息被送往北京进行拆分之前达到这个效果，警方就完全没有必要再去排查检材污染这种细节，自己也能够得到保全了。

也正是在这个时候，艾晖忽然发现，熊峰现在竟然佩戴着一条和案发时极其相似的手串，甚至有可能就是那一条。他忽然灵光闪现，想起自己手上还有当时捡到的沾有田英敏血迹的佛珠，那么他完全可以制造一个机会，将此物放回他身上，并采用某种方法让警方发觉，从而锁定其杀人的直接证据。

本就属于熊峰的证物突然重见天日，还在上面检测出了被害人的DNA信息，想来他就是跳进黄河也洗不清了吧。

艾晖思忖许久，一个大胆的计划慢慢在心中成形了。

2

原来艾晖一直都在骗我，自始至终，他都是那个唯一的幕后推手。当我发现他曾经和许光有过交集后，他便把这所有的一切都推到了死去的许光身上。为自己开脱的同时，也料定我会理解许光，从而不再深究此事。但他也有一个心头大患，那就是案发那晚，他害怕警察检查他的随身物品，从而发现那串熊峰本来佩戴的手串，便偷偷把东西藏在了警车里，想着回来的途中找机会取出来，但没想到后来调换了警车，那手串就一直留在了车里。

这样下去肯定不行。艾晖没有合理的理由再接近那辆警车，便筹谋着利用我的遭遇来和我达成合作，由我来帮他把东西取回来。但他留了个心眼，并没有说出手串藏匿的具体位置，直到他得知许光的报告会被中止，便想到我已经向单位汇报了此事。

哪怕我们当时还不知道他才是那个凶手，但只要以伪证罪抓捕了他，他势必就要以嫌疑人的身份在公安机关接受体检和生物信息提取，那么他的身份和他做的那些事情就再也捂不住了。

也正是如此，他便起了杀心。

知道这些后，我的心里并未平静，尤其是想到曾经那个意气风发又心思深沉的网红如今已成了我的枪下亡魂，成了一具面目全非的尸体，我就怎么也定不下神来。脑子里充斥着惊讶、自责、后怕，还有着以前从未有过的不真实感。这种感觉就像是做着一场清醒的梦，虽然能够触手可及地感知到身边发生的一切，但潜意识里却汹涌着漫无边际的虚幻。在这种状态里，不管是劫后余生的庆幸，还是真相大白的醒悟，都让我觉得迟早会归零一般地戛然而止，就像从未发生过一样。

然而，怎么可能呢？

我和申队的手机几乎同时响了起来。庄妍在电话里语气高昂，说现在大家都知道了我勇斗歹徒、一战成名，已经有好几家电视台要采访我，市局也要给我做一个专题报道，问我什么时候有时间，赶紧过去露一露脸，正好也解释一下之前抓流氓的误会。不知为何，听到这种"喜讯"，我只感到了一瞬间的亢奋，心中马上又陷入了杂乱，觉得现在无论做什么都只会增加焦虑。

于是我谎称自己正在医院看伤，匆忙挂了电话。

申队那边也放下手机，对我说："专案组已经正式找彭亮亮问话了，彭亮亮交代了艾晖联合他做假证词的事，也在配合技术人员调取之前艾晖用虚拟号和他们进行联络的通信记录。明天市局会举行新闻发布会，你是大功臣，估计会有记者采访你，要参加吗？"

我想了想说，不了。

我忽然想到小说《比利·林恩的中场战事》中的一句话："这种感觉其实挺奇怪的，有人来表扬你这辈子最惨的这一天。"

3

　　翟忆山恢复得不错，经过一周的康复，已经能坐在床上无所事事地刷抖音了。护士反复警告他，要控制情绪，尤其不能大声说话和大笑，那样不利于伤口恢复。但他有时候还是会破戒，举着手机向我展示他挖宝一样刷到的短视频，笑得前仰后合。

　　我木然地看着画面里两个男人不小心在冰天雪地的台阶上摔了屁股蹲，然后跟小孩坐木马似的一节一节地溜到了地上。

　　"你怎么幸灾乐祸啊？"

　　"人家自己还乐呢！"

　　"都是摆拍的。"

　　"那就更不叫幸灾乐祸了。"他笑呵呵地看着我。

　　我的手机闹铃响了，预示他妈妈马上要来送饭了。我站起来，把给他带的各种零食堆到床头柜上："我走了，记得吃啊。"

　　"放床下面！尤其是巧克力，我妈不让我吃，说上火。"

　　我不可思议地看着他："你都快三十了，拜托！"

　　他特别安静地思索了两秒钟："也是啊……放深点，她在我都没机会吃。"

　　我无可奈何地在床下面藏宝，起身后发现他直勾勾地看着我。

　　"你说我还有机会吗？"

　　"啊？你说巧克力？"

　　他摇摇头："你是不是已经跟李凡尘分手了？"

　　是啊，我们算是已经分手了吧。这几天来，我给他发的微信基本都没有得到过回复。唯一打过的一个电话，也在他的敷衍中匆匆了事。话语间我俩极尽客套，已经沦为单纯的同事关系，除了简单的问候和关怀，没有任何可以深入的话题。其实我多想再跟他多聊一会儿啊，但是在那种淡漠的氛围中，又觉得说什么都很突兀。我们好像都很惧怕再直面彼此，一味地坦诚，只会更显尴尬。

我看着翟忆山："是，不过……"

"哈哈，我说你怎么三天两头往我这儿跑！"翟忆山的话术真是越发高超了，这都能联系得云淡风轻。

我很不开心地说道："我休年假了好吗，明天我就要回老家参加徐烁星的婚礼了，没工夫来你这儿点卯了。"

"小烁星结婚了吗？真是可惜。"

"可惜什么？"

"我还想着你要老是不跟我复合，我就去追她呢。"

"那确实可惜了，没机会见到她拿听诊器抡你了。"

"帮带一份份子钱吧，我转给你。"他低头操作手机。

"不用了吧，你们也……"我一时不知道怎么措辞，难道要说你们也没关系了吗？那样好像有些不合时宜。

他炫耀地向我摆摆手机："转过去啦，包一个好看的红包啊，上面再画个笑脸，像我的风格一些。"

"好。"

"徐闪星。"

"怎么了？"

"没什么。"他顿悟了什么似的摇摇头，"等我出院了，请你吃饭你可别不来哟。"

"好。"

徐烁星的婚礼竟然办得分外豪华隆重，新郎小赵家相当给力，请来了我们绵岭最大的婚庆公司，撒钱一样把每个细节都装点得精致细腻。我和我妈走过散发着香气的鲜花拱门，坐在靠近巨大的投影屏幕的主桌上，看着餐盘中央银光闪闪的蜡烛台，一时之间都有点恍惚。我们何曾想过，某年某月的某一天，我们这种小门小户也会置身偶像剧一般的梦幻婚礼中，见证一位家人走上新的生活轨迹。

尤其是我妈，简直可以称得上是惶恐。她特意买了一件自认为很高档的羊绒开衫，还戴了仅有的一副金耳环，整个人走在邻里间已经是珠光宝气了，然而现在坐在这里，仍旧有点格格不入。

看着她不自信的样子，我有点心疼，说："妈，你坐直了，一会儿还得上台等着敬茶呢。"

我妈竟然问我："端茶杯我是用左手还是右手？有什么讲究没有？"

不一会儿，庄严的婚礼进行曲响起，西装革履的新郎牵着光彩照人的新娘，在花童们的簇拥下缓步入场。我费了好大一会儿工夫才认出那个身穿着硕大婚纱、脸上妆容明艳、两条胳膊如水葱般光洁柔顺的姑娘就是我妹妹徐烁星。她看上去真的和以往不大一样了，尽管有些紧张，但脸上已经堆满了新手人妻的稳重和自持，再也不是那个动不动就脖子一梗、脸一甩、成天跟我互相伤害的毛丫头了。

当我舅舅把她的手递给小赵的一瞬间，我还发现她眼里闪出了一丝很有感染力的泪光。和以往我理解的感动的泪水并不同，它更体现了一种平时不敢张扬，只能默默积攒，只有在这种时刻才抑制不住的委屈。我忽然意识到，对主角来说，原来婚礼可能真的不仅仅是一个形式，哪怕场面再聒噪和俗套，但它是真的能够把爱情和浪漫具象化的，并且能让人深深地代入，可以放肆地自我感动。只不过这时候我们也才发现，面对一段终于修成正果的感情，我们的第一反应并非多么幸福，而仅仅是在历尽万般的付出和投入之后，对自己的心疼甚至可怜。

我妈哭了，我想她可能体会得尤为深刻。

然后她问我："你呢？有什么打算没有？"

我没有像以前一样，要么顾左右而言他，要么抵触地不回应，我只是冷静地思考了几秒钟，告诉她："我会加把劲的。"

因为我知道，付出之后的回报是人性里自然而然的诉求。她付出了这么多年，只是想要一份我能有人携手走完后半生的心安。

宾客散去后，身穿旗袍的徐烁星在撤桌前短暂地和我聊了几句。她先是调侃地说我在网络上已经完全"洗白"，现在已经不用她这个妹妹东奔西跑地保驾护航了，而且说不定我还能借着这个东风飞黄腾达。我又能说什么呢，事业上的貌似辉煌，在感情美满的人面前，只是一片虚假的繁荣。我只能以一种很见外的口气说："再多的赞誉没有你现在这样无忧无虑的好，既没有外界的纷扰，又能做自己想做的事情，我羡慕还来不及呢。"

她乖张的表情透过满脸的油彩显现出来："你少来这套。"

"哪有，我是真心的。"

徐烁星是最了解我的人之一，她知道一旦我和她好好说话了，肯定就是心情出问题了，于是很一针见血地问："怎么着，又开始患得患失了？以前吵着嚷着要当刑警立大功，现在功成名就了，又难受了？"

我摇摇头："那种感觉……跟你想的不太一样。"

"那就说明跟你之前想的也不太一样。所以你呀，总是感觉不到快乐。"

我苦涩地想：谁知道呢，也许我注定要过这种拧巴的人生吧。

在家的几天，我和我妈一起给屋子进行了年前的大扫除，还去老宅把院子里堆积了好几年的旧物进行了变卖。趁着徐烁星不在，我们娘俩尽情劳动，好像突然之间同时焕发了激情。我们会为家中某样东西的去留展开激烈的辩论，也会一致对外地和收废品的师傅讨价还价。尽管这样能够短暂冲淡家中少了一口人的冷清，但偶尔停歇下来，我的心里还是会有点不着边际。那天站在老宅院子中央，头顶忽然飞过一排响着哨声的鸽群，我忽然想到小时候也经常见到这种景象，也会和现在一样静静地注目，直到它们飞离视线。那会儿我总会想，鸽子多自由快乐，自己也能这般就好了。但现在自己已经实现了曾经追求的生活状态甚至是事业收获，却完全没有小时候那种预设的幸福感。这算是真正看清生活了呢，还是我本身已经不那么单纯了？

晚上跟我妈聊到这个话题，她边打着哈欠边说："你记住，快乐不是谁给你的，而是在于你能不能发现其实你本身就有。"

然后她就在电视的背景音中，靠着沙发睡着了，竟然还打起了呼噜。一时之间我觉得有点荒唐，这个总被我避之不及的婆婆妈妈的家庭妇女，竟然在意识混沌时说出了这样富有哲理的话，实在是令人惊叹。更讽刺的是，如果不是我到了这步情绪里，而仅仅是在毫无波动的日常里听她说这些，我一定会嗤之以鼻，觉得这个女人又要卖弄自己的人生阅历了。毕竟和我相比，她身上能够称为财富的只有这些东西了。

但现在她的话却击中了我。我忽然相信，这是一个有着近六十年生活经验，并且善于总结的家庭妇女的思想沉淀。大家总说人活到一定岁数就会明白一些道理，真正明白之后，就会知道自己从前有多幼稚，办过多少件错事。如此算来，以我这种性格，等我到了满头华发的年纪，会不会要成天痛心疾首地悔不当初？

我认认真真地想了一会儿，给这个鼾声正浓、浑身上下被我灌满刻板印象的女人盖上了一条毛毯。

4

单位恢复了我的职务，我又回到了分局上班。

借调期已经结束了，但刑警队对我的人事安排还未落实，所以我也只能在庄妍手下做一些打杂的工作。庄妍施展强大的公关和统筹能力，给我安排了很多采访。中间我还到电视台参加了一档法制节目，配合着主持人全神贯注的聆听和提问，专门讲述了已经基本尘埃落定的艾晖案。一波又一波的宣传下，坊间对于此案的热议不断，我的形象也得到了大大扭转，甚至连曾经骂声连连的微博都涨了好几万粉丝。朋友们都笑称："毙了个网红，你自己把这个缺顶上了！"

而我却只能苦笑，他们也许不知道，直到现在我都不敢翻看里面的评论和私信。哪怕里面充满赞许，我好像也无法坦然面对。那种感觉就像是小学时碰运气考了个一百分，受到家长们热情的肯定和褒奖时，只有我自己不住地思考，这里面存在着多么大的偶然性，有多少运气成分，以及我能把这种所谓光鲜维持多久。

我期待着热度赶紧散去，然后回归到以前的生活里。

又过了一周，庄妍告诉我，许光的事迹报告会重启了。举办地点仍是团市委大院的礼堂，规格比以往还要高，据说市长都要亲临致辞。也许经历了之前的事情，大家更加体会到了英雄身上的纯粹与不凡。这种精神的迷人之处就在于经受过猜忌之后，它反而更加撼动人心，让那些原来对此并不感兴趣的人，也由衷地觉得自愧不如。

相比起曾经片面地书写许光生前的事迹，此时我才忽然意识到他的人生并不只有那些荣誉，相反，那些荣誉仅仅是他人生的附属品。也许我们要讨论的不是他具体做了什么，而是他二十八年的生命中，到底是什么动力促使他能够无私无畏地奉献了自己的所有，这些动力到底是来自人性本身，还是客观因素的激发。我希望重启后的报告会，能够着重探讨一下这些。

报告会我去了。我以为我会见到李凡尘，然而没有。

五位宣讲人，唯独缺了李凡尘。听到一半的时候，尽管听众们热情高涨，我却静默不语，怅然若失。想来我和李凡尘已经半个多月没有联络了，哪怕分局大院和刑警队只有一墙之隔，哪怕我们共用一个食堂，我也

277

没见到过他的身影。身边一阵热烈的掌声，我耳边却响起了李凡尘在和艾晖搏斗时，那声撕心裂肺的嘶吼。两种声音的巨大反差让我感到一种悲壮，原来仰望着光芒，和逆着光寻找光源真的存在不同的意义。想必再虔诚的追捧，也没有真正地投入英雄的绝境，去直面他当时的艰险和抉择更能涤荡灵魂吧。

从那声喊叫我知道，哪怕有再多的人不可以，李凡尘也可以。

但我却失去了他。

我悄悄地走出会场，来到院子里的一棵大树下透气。大树参天的枝干虽然空无一物，却被太阳照得生机勃勃，好像一位老人在向眷顾自己的苍天招手。我昂首注视，想到李凡尘曾经跟我说，许光也曾经在他和丰凌约会的大树下驻足。那么他会不会也和此时的我有种同样困惑，就是刻骨铭心的爱情里，先离去的人和后离去的人，到底哪一个更幸运呢？

身后响起一个熟悉的声音："怎么提前出来啦？"

我回头，有些惊讶："关局。"

关谨天和我一样身着制服，表情却比我轻松许多："我听庄妍说，你最近情绪不太好。我还说不应该呀，你现在可是红人呀，犯什么神经呢？"

我撇撇嘴，嘟囔道："我就是觉得，我没你们想的那么好。"

关谨天在阳光下眼睛半眯，指了指身后雄伟的大楼："你觉得你跟许光的区别在哪里？"

我有些蔫："那可差远了。他是真的英勇就义，我无非就是撞了大运，碰巧捡起把枪，又刚好没有射歪。"

"不。"他摇摇头，很笃定地看着我，"你们的区别就在于，他不幸牺牲了，而你还活着。"

我一下子愧不敢当："怎么能这样比较呢？许光生前拿了那么多荣誉，他一直是那样一个人。"

关谨天笑了，有点无奈地看着我："你也知道许光以前就有很多荣誉。那你采访过李凡尘那么多次，他有跟你说过，许光面对荣誉时多么扭捏、多么惶恐，觉得自己多么名不副实吗？"

见我不语，他又说道："我相信如果许光还活着，今天也会站在这里堂堂正正地给大家讲自己的事迹。你爸爸也是一样。这没有什么说不出口的，自己的功劳，自己的成果，自己冒着生命危险完成的使命，只要是既定事实，就应该光明磊落啊。"

"可是，我之前的一些想法都错了，还误导了你们。"

他耸耸肩膀："我也走过很多弯路，甚至有过错误的判断，对许光、对李凡尘都是如此。但只要通过调查找到了真相，就没什么可愧疚的。那些所谓错，也是经过验证之后的排除项。就拿这个案子来说，如果没有那些所谓错，艾晖的真实身份也不可能暴露。我们总在说队伍的纯洁性，那么没有合理地质疑、纠错、还原，这就是一句空话，英雄的概念也只能是浮于表面。他们可不是电视里的广告，为了让你掏钱就塑造得神乎其神。我觉得相比起消费，精神中的觉醒更需要靠有血有肉的模范来唤醒吧。"

我又何尝不明白这些呢？只是道理上的疏通，并不能推动心理上的重建。我总是隐隐地觉得，自己一辈子都不可能达到我爸和许光的高度。

有些时候一旦侥幸接近了理想和抱负，反而会觉得它们更加遥不可及，或者虚无缥缈。

真是挫败。

"除非你自己就不认可你自己。那你何必要来干这一行呢？是哪个扎着小辫的姑娘，坐在你们老宅的那个旧沙发上，一板一眼地跟我说今后要当个刑警，满街抓坏人？那个小姑娘现在还在吗？"

我鼻尖酸涩，无言以对。

关谨天说着，伸手摸了摸眼前的大树，犹如自语："我明年就要退休了，人一到这种时期，就特别想把最后的工作做好。当警察这么多年，多数时候焦头烂额，但真要卸任了，想想也挺有意思的。什么梦想不梦想的先放一边，最起码我没觉得不值，也没觉得对不起自己。往大了说，这叫不忘初心；往小了说，其实就是有股劲一直牵着自己，否则我上哪儿找成就感去啊。"

他嘻嘻一笑:"估计退了之后,只能靠天天到公园里打拳解闷了吧。人总得有点奔头呀。"

我好像懂了点什么,尽管带点悲凉。

他收起笑容,很认真地看着我:"所以徐闪星,自信点,别老是自我否定,挺直你的腰板,拿出你当时接李凡尘宣讲稿时的那股不服输的劲头。想要的得不到,就干脆甩头忘掉;一旦得到了,就大大方方地乐出来,否则这世界上就没什么东西能让你高兴了。"

我点点头,忽然觉得吸进鼻子里的空气清凉怡人。想起了我妈说的那句话:快乐不是谁给你的,而是在于你能不能发现其实你本身就有。

就算是为自己吧。

我轻松了一些,顺势想到了一个问题:"对了,那天案发前也是在这里,您跟我说,当时查到了李凡尘可能协助做假案的线索,是什么呀?"

关谨天的眉毛耸了耸,颇感意外地反问:"你没有亲口问过他吗?"

"没有,我们好久都没有联络了。"

"哦。"

"他今天也没有来啊。他生病了吗?"

"他退出宣讲团了。"

"啊?"

"他主动退的,具体原因我也不知道。"

见我不知道该说什么,他建议道:"你要是关心他,可以去找他呀。也许他现在也需要你呢。"

我受到了一点鼓舞,心中莫名紧张起来。但随后我又越来越怀疑起这个假设来,李凡尘怎么可能需要我呢?他不恨我就是天大的恩赐了。在他心里,我可能是一个疑心重、恋功名,又特别爱自作主张的女孩吧。从他再也不联系我来看,他不可能需要我。因为以我对他的了解,但凡他心里还残存着一丝眷恋,哪怕是不直接表达,都要想方设法地从侧面传递出来，绝对不是现在这种查无此人的状态。

所以我又能怎样呢？

踌躇间，我又巴巴地看向关谨天，希望从他那里得到更多的有关李凡尘的小道消息。没想到他看了看手表，只是说道："哟，我得进去了，结束时我还得致辞呢。"

我毫不掩饰自己的失望："噢。"

"哦，对了。"他瞥了我一眼，"借着许光的这阵风，市局接下来准备组织一个英模家属的跨年活动，去祭奠一下英烈，大人孩子们顺便一起爬山玩水，放松一下心情。我们联系了许纯，她挺想来的，但她爸来不了，你能不能陪她一起啊？"

"好。"

5

我们市局的后面有一片小山，海拔只有二百多米，却属于大名鼎鼎的太行山山脉。山上建有一片高墙，上面刻着新中国成立以来省内英雄模范的姓名。每逢警察节或者重大安保任务，局里就会组织青年民警去祭奠和誓师。我以前作为市局的宣传员，参加过好几次这种大规模的活动，然而陪着英烈家属到山上游玩还是第一次。我这才发现山上的风景其实还不错，尽管山坡上的大树都光秃秃的，黄沙泥土却被太阳照得金光闪耀，那些山谷、沟壑也包裹了恰到好处的阴影，人们在其中穿梭攀爬，时而显露、时而隐藏，嬉笑玩乐，仿佛就要把春天带来了。

许纯玩得很尽兴。她说她好久都没有完完整整地爬过一次山了，今年春游时他们学校曾经组织去爬山，跟她搭伴的几个人一路上步履缓慢，搞得她根本不好意思冲锋在前。这一次跟我成功登顶，她一边眺望城市景观，一边跟我核对那些她熟知的街区和建筑。看得出来，作为一个世界观尚未成熟的初中生，每每从不同的角度观察人间，都能产生莫名的兴奋感。

在她的感染下，我也很投入地欣赏起了脚下的这座城市。六年前我刚到这里时，高楼大厦并没有如此多。那时候好多地方都立着高耸入云的塔吊，很多地标性建筑还只是围着脚手架的半成品。在我挥霍青春的时候，它们也日渐丰满，慢慢变成了那些曾经令人无比惊叹的设计图里的形象。

真是欣欣向荣。

我就要二十九岁了，按虚岁就要而立之年了。想到这里，我下意识有种警惕感，随之而来的，却并不是以往悄然蔓延的焦虑。我的内心竟然有种分外的平静，就好像恐水的人似乎不再害怕注视湖面，也许是学会了游泳，也许是已经懂得了自己不会轻易地跌落进去。我看着许纯那双灵动的双眼，忽然想到几个月前，也是这双眼睛，在葬礼上空洞得令人悲悯。但此时此刻，它却犹如两颗星星一般，点缀在这座城市的白昼，带给我对眼前这片景象的无限感慨。或许这就是孩子们相较于成年人的优势，是他们有着更接近生命本质的强大愈合能力，因为他们的未来更遥远，也更可塑，所以他们更加充满希望。

我有点感谢她。

中午时分，家属们被组织者带到下面更广袤的山坡上露营，我也陪着许纯扎着一只她从家里带来的老旧帐篷。这时我的电话响起，拿起一看是申队。他说他也刚好来这边参加活动，让我去一下山顶，有话要对我说。

我带着满腹疑问再一次爬到山顶，看见山石和松树的光影间站着一个背影。越是靠近我的步伐越是沉重，因为我发现那背影正逐渐牵动着我大脑里的某些神经，让我还未产生明确意识就开始紧张。如此凭借意象就能带动生理反应，恐怕只有爱情能够做到吧。

李凡尘回过头，发现是我，也有些惊讶。

我俩四目相对，一时无话。

还是他先开了口："你怎么来了？"

"我和许纯在这边玩，申队叫我过来的，你呢？"我尽量自然地开口。

"今天申队约我爬山，刚才他绕到一边去打电话，然后就不见了，又说让我来这里等他。"

我明白是怎么回事了。本着不辜负领导的念头，我故作轻松地笑了笑："最近你跑哪儿去了？一直见不到人。"

"队里给我放了几天假，我又请了年假，一直在家。"他平静了些，往四处望了望，头发被风吹得有些散乱。

"哦，我托人把工资卡还给你，收到了吗？"

"早就收到了。"

我望着他有些微驼但依旧称得上是挺拔的身姿，心里忽然柔软得不行，一肚子的话怎么也出不了口了。

他见我没什么表示，只是淡淡说道："那我先走了，你去陪许纯吧。"

在他与我擦肩而过的一瞬，我几乎是脱口而出："李凡尘，我记得那天在团市委大院我就和你说过抱歉，我当时只是想做一件正确的事，是我误会了你，哪怕你不能再接受我，我也希望你能原谅我。"

他回过头看着我，眼里有些苍凉。

我特别想再说一些温暖的话，但现在的身份又令我难以启齿，最后只说道："我只是希望你能好起来，就算你恨我，也别忘了打起精神好好生活。"

"我不恨你。"

"那你怎么一直没回过我的消息？连宣讲团也退了？"

静默了一会儿，他两手插兜，深呼吸地看了看远方，徐徐说道："八月十九日的前两天，我的探长转正了。我想请探组里的人吃顿饭，私下问了他们每个人，他们都半推半就，说时间不确定，没有一个明确答复我。我知道他们不认可我，他们还想着许光，所以他们不想跟我有任何私下里的交集。"

明明是万分无奈的内容，他却带着几分看透的释然。

"但我心里还是有一丝希望，觉得跟大家一起吃一顿饭、喝几杯酒，关系可能就会缓和许多。八月十九日那天我自己订了饭馆，在群里发了地址，又早早地去包间里点好菜等着，心想哪怕只来一个人，也要好好推心置腹地跟这个人聊聊，毕竟我是一个真正的探长了，我要有责任感、有积极性，我是真的想把探组带好。"

山下露营的人们传来一阵喧闹声，反而令山顶显出几分寂寥。

"但最后他们谁也没来。"

李凡尘说，那晚他郁闷极了，坐地铁回家，到站后却连起身的力气都没有了，就这样一直坐过了很多站。他不明白自己为何落到了这般田地，也不知道以后将怎样面对团队里的同事。然后他失魂落魄地下了车，在同成街附近随便找了一间小酒馆，喝得浑身发飘，心情却更加沉重。

难过至极，他想起了许光，想起了他们曾经在一起虽然辛苦劳累却无比开心的日子。他记得那天许光应该上白班，这个时候快下班了。于是他拨打了许光警务室的电话，他也不确定自己到底想干什么，也许是单纯地诉苦，也许是想让许光给自己分享一下带队伍的经验。总之，他觉得如果今晚没有一个倾诉的出口，他可能连自己那个毫无生气的家都不敢回了。

许光接了电话，听上去似乎正要下班。

"你怎么了？喝酒了？"许光莫名其妙。

这个时候他才有点没趣，他想起自己一直在刻意冷落许光，尤其是一个月前自己与他在分局礼堂前相遇，都没跟他打招呼。他们根本不算朋友了，这不是小打小闹和意气用事。

这种间歇的清醒，更让他的心情跌落谷底。

反倒是许光，很走心地问了一句："到底怎么啦？"

李凡尘愣了两秒钟："我的探长转正了。"

"啊，恭喜恭喜。"

"……"

"你没事吧？"

这句话像把李凡尘心里的阀门拧开了，各种委屈一下子倾泻而出："但是我请他们吃饭，他们一个都不来。他们都不待见我，混成这样，我觉得我特别傻×。"

许光沉默了一会儿，说："别瞎想，回头我找他们聊聊。有谁带头整这事吗？是王铁莹还是曾竹？"

李凡尘心里一热，眼泪就下来了。

许光听他在电话里抽泣，又说："你在哪儿呢？还跟外面呢？我过去找你，咱俩喝点！"

"你真的过来啊？"

许光笑着说："真的。别人不管你我得管你啊。"

李凡尘有点难以置信："你不是挺烦我的吗？"

"你想听实话吗？"

"当然了。"

许光想了想说："丰凌刚去世时，我确实挺不想看见你的，我觉得你不仗义，在我那么难受的情况下还和领导一起骗我。后来我好点了，你又指着鼻子说我欺压你，你有点良心吗？我说你不是为你好？再说了我对你怎么样你自己心里不清楚？"

"我……"

"还有上次我托你办事，你瞧你那个德行，我当时正想借着那事跟你好好聊聊呢，你倒好，还说自己特别忙，还说让我下次别再找你了，后来干脆见面连招呼都不打了，我心说李凡尘现在怎么变得这么傻×。"

"你不是也连拜年微信也没回过我？"

"那种群发的破玩意儿我什么时候回过啊？就更别提丰凌刚刚去世那几个月了。"

李凡尘攥着酒杯低着头，忽然对自己感到几分陌生。什么时候自己的自我意识也这样过剩了？当时为什么只是挖空心思地想从许光那里得到自己想要的回应，而不能多顾虑一下他的感受？

然而许光静了两秒钟，又笑了："不过后来我想，我也有很多不对的地方。丰凌出了那件事之后，我也伤害过好多人，首当其冲的就是你。毕竟你是无辜的，而且好多事真是为我考虑，我却一股脑地对你发泄。等到明白过来时，也把你伤透了。"

"没有……"

"行啦，现在我也基本走出来了，虽然有时候还是会很想她，但起码不会因为这个再犯浑了。咱俩这么多年，你还不知道我是什么样的人？身边哥们儿是不少，但跟你在一块时是最舒服的。我还想多压榨你几年呢。"

李凡尘盯着小酒馆的昏灯笑得眼泪都下来了："行，我就在同成街岔路口这边的小酒馆呢，等你过来，到了咱们再聊。"

"得嘞，等我啊，李凡尘小哥哥。"

李凡尘按断了通话。

他没想到，这是他这辈子听到的许光的最后一句话。

李凡尘看着我，本就白净的脸庞此时更是面无血色："后来你跟我说，你查到了我和许光后来又有过联系，我就想你肯定知道了案发那晚是我把许光约到同成街的。果不其然，到了关谨天那里，他们也说调取了许光警务室的通话记录，发现案发前我给他打了一个电话。我才知道我害死许光这件事，再也捂不住了。"

一阵风吹过，我感到脸上撕裂般疼痛，这才发现眼泪已经挂满双颊。我说："你为什么不早点告诉我？这也不是你的错啊。"

他冷冷地笑了："徐闪星，你知道我站在报告会舞台上，说着你写的那些感人肺腑的话，心里真正在想什么吗？我想的压根不是许光啊，不是他多么伟大，多么值得我们学习，多么令我怀念。我想的只有一句话，就是我他妈的怎么那么贱，大晚上灌了几口酒就要他来陪我，如果不是我，他就不会死！"

我真的听不下去了，打断他："不，不是这样的！害死他的不是你，是熊峰和艾晖，你这样想才是作践自己！"

他愤怒地看着我，眼里涌出大颗的泪水："当时那个案发地，离我只有二百米，二百米啊！"他伸手比画着，"我一直给他打电话，发现他一直不接，我也没说出门去找找。如果我当时去门口迎迎他，说不定就能看见他，他也不会在那里一直等着血流干都没人管了。"

我上前试图握住他摇摆着的手，想给他一些温暖，却被他一把推开："所以你让我怎么告诉你？你那么聪明，一上来就问我许光案发那晚为什么会出现在那儿，难道让我说，是你面前的这个失败的宣讲人把他约过去，害他死得那么绝望、那么凄惨，然后又要面对着无数观众，大言不惭地追思他吗？我他妈是个人，不是个机器啊，我也想给大家，尤其是你，留个不至于太差劲的印象！"

我的心像被什么东西捣碎，我只想在心彻底沦为粉末之前，说出自己最后的挽留："我从来没觉得你差劲，相反我特别特别喜欢你，跟这件事一点关系都没有，我也觉得跟你在一起特别舒服，那种感觉我能感受到。真的，许光没有骗你，这就是你的好处，你是那个真正让我想一起走完下半辈子的人。"

他摇摇头，抹了一把脸，表情渐渐归于平静："我觉得你喜欢的不是我，而是许光。你知道你每次听我讲述许光故事时的表情吗？你自己可能意识不到，但我看得一清二楚，那种陷进去的表情，已经远远不是崇拜了，那就是彻头彻尾的爱！看到你那副样子，我这辈子第一次有了一种嫉妒许光的感觉。所以咱们怎么能在一起啊，你不觉得这个样子很奇怪吗？"

大风刮过，山顶树枝一片摇曳，我依稀听见下面的山坡上许纯在喊我。

立了一会儿，李凡尘说："你过去吧，我也要走了。"

我好像被风吹醒了，看着这世间万物，我忽然觉得什么都不用在乎了。世界这么大，我却这么小，在乎有什么用呢？无非就是拉着无穷无尽的牵绊，看似很平衡地支撑自己，实际上已经把命运的主动权分散到毫不相干的各处，假装很安全而已。生活如此，工作如此，爱情更是如此。当人真正意识到无法改变别人的时候，彰显一个真实如初的自己，才能不愧对这份孤独着来又寂寞着去的唯一人生吧。

我叫住了他。他回过头，逆着光，在阴影中看着我。

"李凡尘，以前我觉得我有很多愿望，当刑警，谈恋爱，给周围人幸福，但现在我觉得这些东西都得有一个前提，就是我必须知道自己到底是个怎样的人，这样我才能有自信不伤害别人，也不委屈自己。你也一样，如果你压根都不了解你自己，你一辈子只能被别人的情绪带着走，跟着他们哭，跟着他们笑，他们高兴了你就自信，他们烦躁了你就焦虑。你说我陷在许光的那些事里出不来，你难道不是吗？许光都告诉你他已经走出来了，那我倒要问问你，你走出来了吗？即使我那样喜欢许光，在我怀疑他弄虚作假时，我也采取了应该采取的行动。因为我知道，我们不能一味跟着感觉走，心有执念，行事就会千差万错。"

他定定地看着我，虽然并没有表现得多么认同，但好歹不那么决绝了。

"还有，"我抛出了一个冷笑，"你说我对许光是爱情，那你真是小看我了，我真没有必要因为谁的故事动人就去爱谁。我爱的，只可能是用细节打动我的人。天冷时的一条围脖，住酒店时从家带来的烧水壶，无处洗手时马上递过来的湿纸巾，那么不管他是不是英雄，我都愿意和他在一起。"

说完这些，我头也不回地下了山。

尾声

又过了一周，我的人事调令正式下来了。我将彻底告别宣传工作，投入到一线的刑侦办案工作中。

并不是李凡尘的探组。

这一周也过得并不清闲，我先是协助市局刑警队做了艾晖案的一些扫尾工作，又把手头的工作和庄妍做了交接，最后还去医院探望了即将出院的翟忆山。他的伤口全部拆线了，基本上已经算是痊愈。他在病房脑袋都憋大了两圈，发誓必须回家跨年。他还邀请我一起，但是紧接着他妈妈的电话就打来了，说是已经攒了家庭局，七大姑八大姨要给他接风洗尘。他吐舌头扣上手机，说："你等我信，回头家里忙完了，我就约你。"

我要怎么跨年呢？二〇二一年就这么过去了，我必须有所纪念。

出乎意料地，又有好多人邀请我。新老单位的同事、本市的几个老同学、室友小姐姐、徐烁星、许纯，甚至还有柳冬丽。她说给我造成了那么多麻烦，早就想请我吃饭，她也是单身狗一个，没机会在这么重要的日子跟别人成双入对。还说公司给她发了一笔不错的年终奖，可以陪我到金融街吃一顿像模像样的海鲜大餐。

聊了一会儿，我婉拒了她。

她问："姐姐，你是不是还在生我的气？"

可想而知，在她发送第一条消息时，就已经因为怕收到好友验证提示而惴惴不安了。

我回："当然没有，都过去啦。"

回到家里，我把所有有关许光的事迹材料和照片都归置好，封存在了一个精美的月饼盒里。如果放在以前，我说不定会把它们装订成册，成日摆在自己的书架上，时不时拿起来欣赏回味。但现在我决定只在记忆深处给它们留一个位置，不遗忘，但也绝不沉迷。因为生命逝去后的痕迹只能属于他本身，光明也好，暗淡也罢，他终究无法带走，我们也不能强行把这些痕迹并入自己的生活。我们能做的，只有或早或晚地认识那个最真实的他，尽量做出那些他已经为我们验证过的伟大的选择。

许光，祝你在那边一切都好啊。

夜晚的时候，我很应景地拿着一听啤酒坐在阳台，看着夜空中时不时绽放的美丽烟花，心里比任何时候都要平静。零点过后，我就二十九岁了。这一年，并不虚度。

旁边的手机提示音响起，上面显示出一条微信。

"如果你愿意，咱们重新开始吧。"

瞅瞅，爱情就是这样，像是无垠草地上的一棵小野花，没发现它时，你会觉得真是单调无趣，当它若隐若现时，就吸引了蝴蝶，一片生机勃勃。但人怎么能和昆虫相比呢？人这一辈子，不可能只是奔着花香和花蜜而去。在合适自己的路途中遇到那么一朵，才是最美妙的。

尤其是失而复得，真的就可以称得上是幸福了。

只是那晚我又梦见了许光。在那片久违的梦境里，我看见漫天白光的深处，他立在柔美的大树之下，似是踌躇，似是思索，久久不曾离去。我迎着他挺拔的背影跑过去，虽然知道这次八成又是无法相见，却还是加快步伐，奋力靠近。因为我知道，这也许是自己最后一次做这个梦了。正是这种清醒而又飘忽的迫切感，让我对这个梦有了超凡的掌控力，几乎是飞一样就来到了他的身后。

而这一次，我看见近在咫尺的许光向我转过身，有点惊讶，却保持着一个警察特有的警惕和镇定。

我要说些什么呢？这是我们珍贵的第一次相见啊。

我伸右手，很郑重地介绍自己："你好，我叫徐闪星！"

许光好像懂了什么，面目轻松了许多，嘴角上扬，两边的笑纹显得成熟又可爱。

"你好，我叫许光！"

（全书完）